W9-BGS-196

新潮文庫

# 夜のピクニック

恩田　陸著

新潮社版

*8033*

晴天というのは不思議なものだ、と学校への坂道を登りながら西脇融は考えた。

こんなふうに、朝から雲一つない文句なしの晴天に恵まれていると、それが最初から当たり前のように思えて、すぐにそのありがたみなど忘れてしまう。だが、もし今のお天気がどんよりとした曇り空だったらどうだろう。または、ポッポッと雨が降っていたりしたら。ましてや、吹き降りだったりしたら？

彼は自分がそんな天候の中で坂を登っているところを想像してみる。傘をさし、足元が濡れ、舌打ちをしながらここを歩いている俺。

そうしたら、今、心の中にあるのは、お天気のことだけに違いないのだ。どうしてよりによって今日がこんなお天気なんだ、頼むからせめて雨だけは降らないでくれ、なんでこんなにツイてないんだと、今ごろ贅沢は言わないからなんとか止んでくれ、なんでこんなにツイてないんだと、今ごろ空の上の誰かを罵ったり、誰かに祈ったりしているだろう。

だけど、実際のところ、今日は、こんなにも素晴らしい、あっけらかんとしたお天気なのだ。風もなく、ぽかぽかして、秋の一日を外で過ごすのには最高の晴天。だから、俺はたちまち天気のことなど忘れてしまう。その幸運を当然だと思い込み、もし今後ろから友達に声を掛けられたら、あっというまに頭から天気の話題など消え失せてしまうに違いないのだ。

「とおるちゃーん」

後ろから思い切り肩をどつかれ、その痛みに多少腹を立てつつ振り返った融は、たった今自分がした予想通り、すっかり天気のことなど忘れてしまった。

「いってーな」

「おはよう」

後ろから来た戸田忍が、どついたあとに続けて膝カックンをしようとする気配を察知し、融は慌てて逃げた。

「やめて、膝はやめてっ。まだ怪我が完治してないんだよっ」

「あれ、そうだっけ？」

「頼むよー、これから丸一日歩くんだから」

「融がバスに乗っちまったら嫌だもんなあ」

体が仲間という家族的な雰囲気だったのに比べて、忍は本当に、こそばゆい言葉だが一対一の親友という感じがしたのだ。

「テニス部の奴らと一緒に歩くのならそうしろよ。膝が治り切ってないんなら、なおさらだ。俺は、どっちにしても走るからさ」

忍は融に気を遣ったのか、さらりと言った。

「足の状態も分からないから、今夜歩いて決めるよ」

「そうだな。それがいい」

朝の八時から翌朝の八時まで歩くというこの行事は、夜中に数時間の仮眠を挟んで前半が団体歩行、後半が自由歩行と決められていた。前半は文字通り、クラス毎に二列縦隊で歩くのだが、自由歩行は、全校生徒が一斉にスタートし、母校のゴールを目指す。そして、ゴール到着が全校生徒中何番目かという順位がつく。もっとも、順位に命を懸けているのは上位を狙う運動部の生徒だけで、大部分の生徒は歩き通すのが最大の目標であった。

だから、自由歩行は、仲の良い者どうしで語らいながら、高校時代の思い出作りに励むのが通例である。誰と一緒に歩くかは、ほとんどの生徒が事前に決めていた。ただし、自由歩行と言っても時間制限があるから、最初のうちはある程度走って距離を

稼いでおかないと間に合わないので、思い出作りどころではない生徒も多いのである。それに、既に一晩歩いて疲れ切っているので、思い

融は、テニス部の三年生に誘われていた。五人ほどのメンバーで一緒に歩こうというのだ。もちろん、高校生活の大半を一緒に過ごしてきた連中だし、彼らとイベントをしめくくるのも悪くはない。

だが、融は、今回は忍と一緒に二人でゴールしたかった。どうやら忍の方でもそう思っているらしい。けれど、忍は融がテニス部のみんなに誘われているのを知っていたから、遠慮している。彼は水泳部に所属しており、毎年一人で走って結構いい順位に入っていた。

それでも、今年の北高鍛錬歩行祭が近付くにつれ、忍が「走る？　走らない？」と聞くようになった。「走る」は、忍と二人で自由歩行をすることだ。「走らない」は、テニス部のみんなと歩くという意味。そして、今朝になっても融はまだ迷っている、

というわけなのだ。

「おっ、甲田と遊佐だ」

忍が前方を見て顔を上げた。

「あの二人が仲いいのって、ホントに不思議だよな」

そう言って、忍がちらりと融を見るのが分かる。

こいつ、疑ってるな。融は彼の視線に気付かないふりをしながらそう思った。

やっぱり日焼け止め持ってくればよかった。

つんと澄み渡った秋の朝を味わいながらも、甲田貴子は自宅の洗面所で最後まで持っていくかどうか迷っていた、日焼け止めクリームの赤いケースを思い浮かべていた。

抜けるような青空、とはまさにこのことだ。嬉しいけれど、これが数時間後にはげんなりするような暑さになることも予想できる。

体力に自信がないわけではないけれど、根っからの軟派な文科系を自認している貴子にとって、一番耐えがたいのが暑さである。

「おはよう貴子」

「おはよう、みわりん」

既にげんなりした顔で振り返った貴子を、遊佐美和子の爽やかな顔が迎える。

「あんたはいつも朝から爽やかだねえ、みわりん」

「だってこんなにいいお天気なんだもん。嬉しくって」

美和子は、どこか草食動物に似た、首の長いほっそりした顔でにっこりと笑う。

こういう、きちんとした「真っ当な」女の子を見ていると、人間、持って生まれた
ものがそれぞれ違うのだなと貴子はいつも思う。美和子は老舗の和菓子屋の娘で、今
日び死語になりかかっている大和撫子。お茶、お花は言うに及ばず日本舞踊はとっく
に名取。姿勢や所作にも躾のよさが表れていて、同性ながら惚れぼれする。

汚い言葉は使わないし、容姿も色白でほっそりしていて、笑顔が地という和風の美
人だ。しかし、このお嬢様は剣道の有段者で、スキーもかなりの腕前と聞く（貴子は
寒い雪山で転げ回るのなど真っ平ごめんなので、学校でスキー参加希望者を募るスキーツア
ーに行ったことがなかったから、友人からのまた聞きだ）。おまけに成績は優秀で、
進学校であるわが校の国立理系クラスでも常に上位。将来は、農学系の学部に行って、
バイオテクノロジーを研究したいという。

故に、一年、二年と同じクラスだったのに、国立文系クラスである貴子とは三年に
なって別のクラスになってしまった。貴子は既に私立文系へ「転ぶ」のを自分で早々
に決定してしまったため、美和子の受けている授業数との差は開く一方である。面倒
くさいことが嫌いで、身体を動かすことも嫌いで、遅刻魔で、およそきちんとしてい
るとは言いがたい貴子と気が合うのは不思議だが、人間、自分にないものに惹かれあ
うのは永遠の摂理で、学年が進むごとに親しさは増して、明日の自由歩行は二人で歩

くことにしているのだ。

「貴子、休憩の時には遊びに来てね」

「うん、行く行く」

美和子はごそごそと小さな紙包みを出した。

「うちの草もち持ってきたの。今日は気温上がりそうだから、貴子の好みに合わせて、餡は少なめにしてもらっと
いた。今日は気温上がりそうだから、早めに食べてね」

「うわあ、ありがとみわりん」

貴子は美和子の家の草もちが大好物なのだ。こんな忙しい朝でも、友人の好みに合
わせてお菓子を用意してきてくれるところが、美和子らしい細やかなところだ。

「あ、見て見て、戸田君と西脇君だ。きゃー、手振ってくれた、嬉しい」

美和子はしゃいで手を振った。

見ると、校門のそばにいる戸田忍と西脇融が愛想よく手を振っている。

「いいわねえ、貴子のクラスはかっこいい子が多くて」

美和子は二人を見送りながら溜息をつく。そうなのだ。このお嬢様は、ミーハーで
面食いでもあるのだ。

「あんたには志賀君がいるじゃないの」

「それとは別」

それとは別、か。貴子は心の中で繰り返した。

今の西脇融の、すっかり慣れっこになった、一瞬の刺すような視線を思い出しなが

ら。

教室で出席だけ取ると、生徒たちはぞろぞろと外に出て行き、校舎をぐるりと回る

坂を降りて校庭に歩いていく。だだっぴろい校庭は、明るい秋の陽射しを浴びて、眩

しく輝いていた。全校生徒が真っ白なジャージ姿で、あちこちに幟を立てて集まって

いるところは壮観だ。

クラス毎に幟を立てるという習慣がいつから始まったのかは知らない。だが、確か

にいい考えではある――なにしろ、道の狭いところなど、千二百名が一列になってし

まうのだ。数キロにも及ぶ行列になった時、どの辺りにどのクラスがいるか、遠くか

らでも分かるというのはなかなか有効だ。広い休憩場所で、自分のクラスに戻る時に

も役に立つ。

白い幟には、一番上にクラスを示す二桁の数字が書かれる。一年一組なら11、三年

九組なら39。そして、下の部分には各クラスで決めたスローガンが書かれている。ス

ローガンといっても大したことはない、その頃流行っている歌謡曲のタイトルをもじったものや、担任の口癖をひねったものなど、あまり意味のない文章が書かれているだけだ。

ちなみに、貴子たち三年七組のスローガンは「ただいま乳酸大量製造中！」という、これまたよく意味の分からないものだった。幟はクラスの先頭で、男子生徒が交替で持って歩く。

早くも校庭は照り返しで気温が上がっていた。

校長の挨拶を聞きながら、貴子は既にげんなりしている。

応援団長の「きたこー、こーかぁー、せいしょうッ」の掛け声を合図に、無伴奏で校歌を斉唱する。北高の校歌は、制定されたのが昭和初期とあって、歌詞も古めかしいが曲もマーチ風で、戦意を高揚させることは確かである。

「フレーええ、フレーええ、き、た、こ、う」

「フレ、フレ、きたこう、フレ、フレ、きたこう」

生徒たちが拳を振り上げシュプレヒコールを終えると、ついに先頭の一年一組の生徒が二列縦隊で歩き始めた。もっとも、厳密に言うと、先頭と最後尾には教師とハンディートーキーを持った実行委員長が「では行ってまいりまーす！」と叫び、実行委

員が付く。実行委員は、夜光塗料を塗ったオレンジ色のベストを身につけているので、すぐに見分けられる。彼らは生徒たちの誘導や途中の休憩所での世話、借りたトイレの清掃まで、何でも雑用をこなす。その運動量は、一般の生徒の比ではない。

「毎度のことながら、歩行祭の実行委員をやろうなんて奴は本当に偉いと思うよ」

貴子は出発を待ちながら、後藤梨香に話し掛けた。梨香は頷く。

「うん。大体さ、実行委員やるのって運動部の子じゃん？　で、自分の後輩誘うのよね。歩行祭の実行委員って、何年もやる子が多いもの」

「ほとんど世襲だね。でも、達成感はあるだろうね」

後ろにいる、のっぽの梶谷千秋がのんびり呟いた。

この三人は、クラスでも私立文系に「転ぶ」と自覚しているので、自然とつるむことが多い。梨香はクリティカルな毒舌女で、早稲田に行って芝居をやると決めている。それも、演出・脚本を手がけたいのだという。飄々とした千秋は、慶応文学部が入学時からの第一志望で、それ以外の大学は念頭にない。一応、親の手前国立文系クラスに進んだが、本人は密かに私立文系に絞った準備を進めている。

三年七組ともなると、終わりから三つ目のクラスだし、なかなかスタート時間が来ない。

まだだと思って雑談をしていると、ふと顔を上げた時に、いつのまにか校庭が空っぽになっていて、自分たちのクラスを含む百数十人だけが隅に取り残されていることに気付く。そして、前の生徒に続いて慌てて歩き出しながら、ついに今年も歩行祭が始まってしまったことを実感するのだ。

この日を迎えるまでは、ちゃんと歩き通せるだろうかと緊張したり、不安になったりするのだが、始まってしまえば、とにかく目の前の道を歩くしかない。スタートした時は、これから八十キロ歩くというのがどういうことかまだ実感できない（という か、思い出せない）ので、最初は単なる遠足気分なのである。

さっき来た通学路を、逆に降りていく。早くも、列は長く伸びて、坂の下に白い線を作っている。実行委員が校門の前で、しきりに「急いで！」と声を掛ける。ずるずる遅れることはあっても、予定時刻通りに中継地点に着くことはめったにない。とにかく遅らせないことが彼らの至上命令なのだ。

ついに来たか、この日が。

貴子は坂を降りながら考えた。

高校最後の行事。

彼女は眩しそうに空を見上げる。

そして、あたしの小さな秘密の賭けを実行する日が。

坂のガードレールの下を、ゴトゴトと貨物列車が走っていく。

もう走り出してしまったんだから、後には引き返せない。

貴子は、遠ざかる貨物列車を横目で見送った。

「父親捜し?」

融は思わずぎくっとして忍を見た。

父親という言葉を聞くと、なぜか昔から動揺してしまう。特にここ数年はそれが顕
著だ。

「うん。どうやら、うちの学年の奴らしいぜ」

忍は、融の動揺に気付く様子もなく頷いた。

彼は、近所の女子高の、北高の男子にも人気がある二年生が、最近子供を堕ろした
らしいという噂について話していた。

「でも、本当なのかよ、堕ろしたっていうのは」

「多分。母親と産婦人科から出てくるところを見たって奴がいるんだ」

「そういうのって、必ず誰かが見てるもんなんだな」

「だって、学校からスタートして、学校に戻って来られるじゃん」

「ああ、そうか」

北高鍛錬歩行祭には三つのコースがあって、毎年順繰りに変わる。三年間で、三つのコースを体験するわけだ。今年のコースは、北高から出発して海沿いを歩き、ぐるりと大きな円を描いてまた北高に戻ってくるコースだが、他の二つのコースは、早朝山奥までバスで運ばれて放り出される。それも、北高がゴールとなるものと、離れた運動公園がゴールになるものとがあるので、北高の門を出て北高の門に帰ってくるのは、今年のこのコースだけなのだ。

融は意外な感じがした。忍がそんなことを言うとは思わなかったのだ。

忍はいつも淡々としていて、他人やモノに対する執着をあまり見せない男だ。どちらかと言えば、その怜悧（れいり）な顔つきとあいまって、そっけない、クールな人間に見える。つきあってみると、本当は、なかなか可愛い、淋（さび）しがりのところもあるのだが、北高に対してそんなふうに素直に愛校心を吐露したのは初めてだった。

鉄橋を渡り終えると、列は国道を逸れて、住宅街の中に入っていく。交通量の多い国道沿いを歩くのは結構ストレスが大きいものなので、車の音が聞こえなくなると、列の前方が目に見えてリラックスするのが分かる。生徒たちの会話もざわざわと賑（にぎ）や

かになり、ホームルームの教室のようだ。

この辺りは古い町で、町全体がしっとりとした黒い塊に見える。小さな運河の両岸には、最近植えたらしい若い柳の木の枝が揺れていた。人の気配も、車もない。ほんの少し前まで車の激しく行き交う国道にいたのが夢のようである。

当たり前のことなのだが、道はどこまでも続いていて、いつも切れ目なくどこかの場所に出る。地図には空白も終わりもあるけれど、現実の世界はどれも隙間なく繋がっている。その当たり前のことを、毎年この歩行祭を経験する度に実感する。物心ついた時から、いつも簡略化された地図や路線図やロードマップでしか世界を把握していないので、こんなふうに、どこも手を抜かずに世界が存在しているということの方が不思議に思えるのだ。

その一方で、世界は連続しているようで連続していないのではないかという感じもする。一枚の大きな地図ではなく、沢山の地図がちょっとずつあちこちで重なり合って貼り合わされている、というのが、融が歩いていて感じるこの世界だ。だから、ところどころで「つなぎ目がぎくしゃく」していると感じる場所があるし、「薄い」と感じる場所と、「濃い、重要な」感じのする場所があることに気付く。

この、北高鍛錬歩行祭が始まった理由は定かではない。

まことしやかに囁かれているのは、かつては修学旅行があって、関西方面に行った時、地元の高校生と乱闘になって、以降修学旅行の代わりにこの行事になったという説だ。修学旅行というのは、一回なくなると二度とできないというのである。北高には、今も修学旅行がない。ただ、他にも似たような行事を行なう学校は幾つかあると聞いているので、もしかすると単なる流行りだったのかもしれない。一時期、制服廃止運動が全国の高校に吹き荒れたように。北高には、その時の名残で制服もない。一応標準服というのがあるので、男子生徒の中には、ずっとそれで通している生徒もいる。

　ようやく終わる、と融は安堵に似た心地を覚える。

　忍が密かな愛校心を吐露したのとは違って、融の感情は複雑だった。もちろん高校生活は楽しかったが、先を急いでいる彼にとって、この二年半は、じりじりとしか進まない、まどろっこしい歳月だった。早く大学へ。早く就職して社会へ。早く独立して自分だけの世界へ。融はいつも先を望んでいた。その理由が母親と二人きりの窮屈な家庭環境にあることは自分でも承知していた。むろん、母親は何よりも大事だし、二人で協力して頑張ってやってきたという自負もある。しかし、だからこそ早く独立して一人前になりたかったし、母親からいったん距離を置きたかった。母の実家の援

助なしに大学に行けないことも分かっているから、なるべく早く世間に対する借りを返したかったのだ。

あのうちとは違うのだ。

融は知らず知らずのうちに、あの女の顔を思い浮かべている。

誰にも頼らず自ら会社を切り盛りし、女一人で子供を育てていけるようなあのうちとは。

「――甲田が」

ぼうっとしていた融は、いきなりその名前が忍の口から出たので今度こそギョッとした。

「え？」

忍の顔を見ると、どことなく探るような目つきでこちらを見ているので内心焦った。

「九組の芳岡とつきあってるらしいよ」

「ほんとに？　いつから？」

「最近みたい」

「おまえ、そういう情報どこから仕入れてくるの？」

忍は、そんなに友人がいっぱいいるというタイプではないのに、意外とそういう情

報に詳しかった。逆に、忍みたいな男だと、誰もが安心して打ち明け話や秘密の話をしたがるのかもしれない。

「いろいろさ」

「ふうん、芳岡ね。ああいうのが好みなのか」

融は、ひょろっとした天邪鬼な感じの芳岡祐一の顔を思い浮かべた。

どこで接点があったんだろう。クラブかな。

忍がじっと自分を見ているので、融は怪訝そうな顔をする。

「なんだよ」

「いいのかよ」

「何が？」

「俺はてっきり、おまえ、甲田のこと好きだと思ってたんだけどな。一時期、おまえらが出来てるって噂もあったし」

「だから、ガセだってば。俺、あいつと、ほとんど口きいたこともないんだぞ」

融は半ば腹を立てて否定した。

そうなのだ。自分と甲田貴子がつきあっているという噂を聞いた時には心底驚いたし、心底むかついた。そもそも三年で同じクラスになったことだけでも不愉快だった

のに、そんな噂まで立てられるとは迷惑もいいところだ。

「本当かなあ」

忍は真顔で首をひねる。

「本当だってば」

「でも、おまえたち、なんとなく独特のムードがあるんだよな。こう、何も言わなくとも、お互いのことが分かってる、みたいな雰囲気」

忍はブツブツと独り言のように呟いた。

融は、忍の観察の鋭さに驚く。

「おまえ、気が付いてる？　よく甲田のこと見てるだろ」

「俺が？」

「うん。気が付いてないかもしれないけど、何かの拍子に、いつも誰かを見てると思うと甲田だ。だから、俺、てっきりおまえが彼女のこと好きなのかと思って」

融はますます驚いた。全く自分でも意識していなかったのだ。

忍はちらちらと融を見ながら続けた。

「で、甲田の方も、時々こっそりおまえを見てるんだよな。あっちはもうちょっと、なんというか、後ろめたそうな顔なんだけどさ。だから俺は、おお、二人は相思相愛

だ、と思ったわけだ」

うむ、忍の眼力、侮りがたし。

融は心の中で唸った。だが、忍だけでなく、みんなが二人の間の共犯者めいた緊張感を感じ取っていたのだとすれば――

融は苦笑しながら首を振った。

「やめてくれよ。俺、ああいうかったるそうなの、嫌いなタイプだ。どちらかといえば、遊佐みたいなお嬢様タイプの方がいいな」

「ふうん。そうかよ」

忍はまだ疑惑が晴れないらしく、じっと融を見ている。

「なんだよ」

「ま、いいや。夜は長いしさ。じっくり聞かせてもらおうじゃないの」

融は小さく溜息をついた。幾ら忍と言えど、話せないことだってあるのだ。

「そういえば、この間、杏奈から葉書が来たよ」

唐突にそのことを思い出し、貴子は千秋の顔を見た。

「へえ。そうか、もう半年経つんだねえ。元気だった？」

「うん。歩行祭だけはもう一回参加したかったって書いてあった」

「杏奈、歩行祭が一番好きだって言ってたもんね。いいなあ、杏奈とか、成績いいし、英語ペラペラだし、アイビーリーグに行けちゃうんだろうなあ」

千秋は羨ましそうに呟いた。彼女は留学がしたくてたまらないのだ。

榊杏奈は、二年の時に貴子、美和子、千秋と同じクラスだった。貴子と美和子は杏奈と親しくしていて、一時期はいつも三人で過ごしていたものだ。

両親共化学者で、帰国子女の彼女は、中三から高二までを日本で過ごしたが、この春に両親と共にまたアメリカに舞い戻ってしまった。もちろん完璧なバイリンガルで、大学入学資格試験の準備のために、予定を早めてアメリカに行ってしまったのだ。けれど、彼女は北高を卒業できないことをひどく残念がっていた。特に、歩行祭にはどく執心で、何をまた好きこのんであんな行事を、とクラスの女子は不思議がっていたものだ。千秋など、あたしなら、歩行祭に出ないで済むんなら絶対にそっちを選ぶのに、としきりに繰り返していたのを思い出す。

貴子には、杏奈の気持ちが分かるような気がした。

杏奈は、帰国子女だからなのか（他には知らないので不明だけど）、何ものからも自由で、いつも彼女の周りだけ違う風が吹いているような感じがした。持ってうまれ

た闊達（かったつ）さと、環境に鍛えられた強さに裏打ちされた、他者に対する寛大さがあった。あちこち細切れに世界を渡り歩いていただけに、逆に日本的なシステムの高校の、一種理不尽にすら思える因習めいた伝統に、憧れを持っていたのだろう。

去年の歩行祭で一緒に歩いた時も、杏奈はしきりとはしゃぎ、しきりと感動していた。

みんなで、夜歩く。たったそれだけのことなのにね。

どうして、それだけのことが、こんなに特別なんだろうね。

杏奈の声が、今も耳に残る。

逆に、彼女の言葉で、貴子の中に残っているのはこの言葉だけだ。歩行祭に関するこの言葉。それにしても、彼女の寄越した葉書。あの内容はちょっと不思議だった。

歩行祭で一緒に歩きたかった、というのは分かるけど、あの最後の文章は——

「杏奈ちゃんて、見た目はいかにもカリフォルニア風の子だったけど、意外に中身は奥ゆかしかったよね。結局、彼女が最後にラブレター出したのって誰なのさ？」

梨香が貴子と千秋の顔を交互に見た。まるで、二人なら知ってるだろうと言わんばかりの口調である。

貴子も千秋も首を振る。

「知らないよー、ほんと、杏奈って、そういうところは結構シャイだったもの。美和子だって聞いてないと思うよ」

「あたしも知らない」

「本当に出したのかしら?」

「あ、出したのはほんと。アメリカに発つ前日に投函したんだって」

「それじゃあ、相手が受け入れようにも返事できないじゃん」

「そういうところが杏奈らしいのよ」

貴子は大きく頷いてみせた。

そうなのだ。貴子はよく、美和子と杏奈が一緒にいるところを見ると、この二人は完全に裏返しだな、と思ったものだ。見た目は絵に描いたような日本女性の美和子と、茶色っぽい髪に小麦色の肌をした、ヤング・アメリカン風の杏奈。しかし、美和子の方が大胆で新しいもの好きなのに比べ、杏奈は意外なところで遠慮したり、恥ずかしがったりした。

恋愛に対しても、美和子は積極的で、ミーハーに男子の品定めをするのに比べ、杏奈は「悪いじゃない」と、そういう会話はニコニコしながら聞いているだけで、加わろうとしなかった。心の防備には長けているのだろう。結局、彼女が誰を好きだった

のかは、美和子も貴子もさんざん水を向けたものの、彼女の口から聞くことはなかったのだ——

「とりあえず、うちのクラスのハチマキだけ杏奈に送っといた」
「このド派手ピンクのを?」
「うん。これしめて大学入学資格試験受けてくれって」
「もう終わってるんじゃないの?」
「あ、そうか」

「貴子らしいわ。今ごろ、杏奈があきれてるよ」
三人で笑っていると、遠い川べりから流れてくる風が頬を撫でた。
ふと、貴子は無意識のうちに周囲に杏奈の姿を探していた。彼女が笑いながら、一緒にすぐ近くを歩いているような気がしたのだ。

ピーッ、という笛の音が鳴ると休憩である。
一時間歩いて十分休憩、というのが歩行祭の目安だ。
まだ最初のうちなので、もっと歩けるのに、という不満の色が窺えて、今のところ、みんな余裕の表情である。

笛が鳴ったら、とにかく座る。そして、足を乾かす。それが長時間歩く鍵であると上級生は知っているから、じっと自分の足を見る。みんな真っ先に靴を脱ぎ、靴下を脱ぐ。マメができる気配がないか、じっと自分の足を見る。

天気が良いと、こういう時に楽だ。地べたにぺたりと座れるし、足も乾かせる。

時刻は九時半くらいで、まだまだ序の口。

風景は、住宅街から徐々に農村に移っている。屋敷林を持つ農家が増え、生徒たちも生垣や濃い屋敷林の木陰に腰を降ろしている。

ぐんぐん気温が上昇していた。ウインドブレーカーやヨットパーカーを着ていた生徒は脱いで腰に結わえつけ、ほとんどの生徒はTシャツ姿だ。帽子をかぶる生徒も多い。

まだ水分を摂る生徒は少ない。水をがぶ飲みすると疲れることを知っているのだ。

始まったばかりなのに、もう何時間も歩いているような気がする。

再び笛が鳴る。生徒たちは靴下を履き、靴紐を結び直す。そして、濃い影の中を歩きだす。

くっきりとした青空に、柔らかな絹雲がふわりと浮かんでいる。

あの雲になりたい、と貴子は思う。

こんな風もなく、気持ちよい空にぽっかり浮かんでいられたら、どんなにいいだろう。

こんなことを考えていること自体、既に歩行祭から逃避している証拠だと思い、彼女はうんざりした。

そういえば、ゆうべ、よく眠れなかったんだよなあ。

睡眠というのは、猫のようなものだ。試験の前など呼ばない時にやってきて、目が覚めた時に呆然（ぼうぜん）とする。待っているといつまでも来てくれなくて、いらいらと心を焦（こ）がす。

ゆうべ眠れなかった理由は分かっている。今日、自分に課した小さな賭（か）けについてぐずぐずと考えていたせいだ。自分にそれをする気があるのかどうか。自分がそれをしたらどうなるか。そんなことをいつまでも考えているうちに、眠れなくなってしまった。

「――靴を集める男、というのがいるのよ」

梨香が千秋と話し合っている。

「どうして？」

「その理由を考えてるんだ。一緒に考えてよ」

「なんで靴なのよ?」

リュックを背負い直し、首にしっかりタオルを巻いてから貴子は尋ねた。

梨香は、受験勉強の傍ら、どこかの懸賞に応募する戯曲を書いているらしい。

「ただなんとなく。舞台にずらりと靴が並んでたら、絵になるかなと思っただけよ」

「それは男物の靴なの?」

「ううん、ありとあらゆる靴よ。子供の靴あり、ハイヒールあり、スニーカーあり、下駄（げた）あり。性別も年代も、いろんな靴を集めているの。ね、舞台に並んでたら綺麗（きれい）でしょ」

「綺麗かなあ。実際問題として、臭（にお）いそうだけど」

「臭う臭う」

「真面目（まじめ）に考えてよ。なぜ靴を集めてるのか。男はどうしたいのか」

「靴のデザイナーになりたい、なんていうのじゃ駄目なのよね、きっと」

「もっと面白い理由考えてよ」

難題を友人に押し付けている割に、梨香は尊大な態度である。

だが、歩行祭の最初の興奮が冷めてくると、長持ちするのは意外にこういう話題なのだ。

歌を歌ったり、しりとりをしたりして時間を潰し、足の疲れをごまかそうとす

る連中もいるが、それもやがてはネタが尽きてしまう。しかし、ただ黙々と歩いているのも疲れる。そこで気分転換となるのは、こういうなぞなぞや問題だったりする。

「靴は新品なの、使い古しなの？」

貴子が尋ねた。

「使い古しね、やっぱ」

梨香が頷いた。

「じゃあ、その靴は生きてる人の靴、死んでる人の靴？」

千秋が尋ねる。

「うーん。どっちかな。それじゃあ、貴子は生きてる人の靴、千秋は死んでる人の靴っていうことで考えてよ」

「梨香は何を考えるのよ」

「あたしは、演出の仕方」

「なんだか騙されてるような気がするんだけど」

「いいから考えなさいよ」

三人は、しばし考え込んだ。

日は高くなり、草の匂いが周囲に漂っている。

鳥の声が遠くで響く。

靴を盗まれたら、困るだろうな。今なんか特に。歩けなくなっちゃう。

貴子は、ぼんやりとそんなことを考えていた。

子供の頃、町内で習字を習っていた。近所の子がいっぱいいたのだが、とにかく悪戯好きの悪ガキがいて、帰ろうとしたら、靴を隠されていたことがあった。あれは困った。自分の靴がない心許なさ、悲しさは今でも忘れられない。まるで、自分の時間や行動が丸ごと奪われてしまったような感じだった。

「あ、一つ思いついた」

貴子は思わず口を開いていた。

「なあに」

梨香が聞いてやる、というように貴子を見る。

「そいつは靴泥棒なのよ。生きてる人の靴を盗む。それで、そいつに靴を盗まれると、盗まれた人は人生の時間が止まってしまうの。もしくは、靴を盗まれていた間の時間は、全部そいつのものになっちゃうの」

「ふうん。すると、どうなるの?」

「だからさ、そいつが靴を盗めば、相手の時間が止まってしまうんだから、その間にいろいろ細工できるでしょ。会わせたくない人と鉢合わせしそうだったら、片方の靴

を盗んでしまえばいいのよ」

「それって、どちらかと言えば、コメディ向きのネタだね」

「あたしも考えたよ」

千秋がのんびりと口を挟んだ。

「死んでる人の靴バージョンね」

「ええとね、その男には特殊な才能があるの」

千秋はマイペースで話し始めた。

「その男が死んだ人の靴を履くと、その靴の持ち主が考えていたことが分かるの」

「サイコメトラーね」

「何それ」

貴子が割り込むと、梨香が答えた。

「遺留品から居場所を割り出したりする人のことよ」

「ふうん」

「それでね」

千秋が続ける。

「轢き逃げで死んでしまった子供の靴や、誰かに殺されてしまった人の靴をみんなが

その人のところに持ってくるの。最後にこの人が見たものを教えて下さいって言って」

「うんうん。いいね。ミステリーだね」

「いいでしょ」

「うん。その靴を持ってきた人間が犯人だったりするわけだ。最後の方では、その男が命狙われたりね。うんうん。使える使える」

梨香はしきりに頷いている。

「そう、その男が初めて自分の才能に気付いたのは、こういう遠足の時だったりするのよ。間違えて友達の靴を履いてしまって、仲良しだと思ってたその子に実は嫌われていたと気付いた。うん、これはショックだね」

考えていることが友達にバレる。確かにそれはショックだ。親友でも知られたくないこともあるものだし。

貴子はそんなことを考えた。

どうなんだろう、美和子でもそういうことってあるのかな？

あのにこやかで落ち着いた顔を思い浮かべる。

「じゃあ、どうしてその男は靴を集めてるの？　サイコメトラーの記念品？」

貴子は思いついて尋ねた。

「さあねえ。集めてるんじゃなくて、みんなその男のところに置いていくんじゃないのかな。男に履いてみてもらったら、その人には必要じゃなくなるんだよ、きっと」

千秋が考えながらゆっくり答えた。彼女は、その場凌ぎの言葉は言わない。いつもマイペースで自分の考えをしっかり言えるところがあって、貴子にはそれが羨ましい。

逆に、梨香は一見毒舌に見えて、みんなの表情や雰囲気をパッと読むところがあり、その場を収める言葉をいつも探しているようなところがある。意外に、周りに気を遣う子なのだ。

道は、少しずつ田園地帯に入っていく。

稲刈りの終わった田んぼの奥に、電信柱が並んでいる。畦道を行く生徒たちの列は、遠目に見てもとぎれることはない。元は果樹園だったのか、腰の高さの切り株がずらりと並んだ空き地があって、ちょっと不思議な眺めだ。

まだ紅葉には早い季節だが、畦道にはススキが揺れている。

「秋だなあ」

「そうだね」

「そういえば、西脇君て、明日が誕生日なんだってね」

貴子はいきなりその名前が千秋の口から出たのでびくっとした。

「へえ、そうなんだ。いいじゃない、みんなに祝ってもらえる。ラッキーだね、歩行

祭の最中に誕生日を迎えるなんて」

「内堀さんが、彼に誕生日のプレゼント用意してきてるって言ってた」

「ほう！　偉いね。午前零時と共に駆けつけてくるのかな」

三組の内堀亮子が彼に思いを寄せていることは、貴子も知っていた。それを隠さな

いところが、羨ましいところだ。貴子にはそんなことはとてもできない。

西脇融が、思いのほか女子に人気があることには気付いていた。がっちりしていて

ルックスも悪くないし、男らしい感じがするからだろう。だが、貴子にしてみれば、

同じクラスになってからというもの、あの乾いた視線が常に身体のどこかに棘のよう

に刺さっていて、いたたまれない心地がしているのだ。同じクラスでさえなければ、

お互い無視したまま卒業していただろうに、なぜよりによって今年同じクラスになっ

てしまったのだろう。

何度も考えた愚痴を、貴子は今また繰り返していた。

「西脇君て、彼女いないのかな」

「みたいだね」

「興味ないって感じだよね」

　二人はぼそぼそと会話を続けている。察するに、彼女たちも融のことが気になっているのだろう。確かに、女の子から見て気になる男の子であるというのは分かる。

　でも、あの目付きはやめてほしいんだよな。まるであたしが悪いことでもしてるみたいじゃない。

　貴子はこっそり溜息をついた。彼の気持ちは分からないでもないけれど、あたしにはどうしようもないことなのだ。

「ねえねえ、あたし、前から思ってたんだけどさ」

　千秋が急に思い出したように貴子の顔を見た。

「なに？」

「貴子と西脇君って似てない？　なんとなく目の辺りとかさ」

　貴子は息が詰まりそうになった。

「あたしと彼が？　似てないよ、全然」

「そうかなあ。あたしはなんか似てるなって思ってたんだけど。梨香、そう思わない？」

「どうかなあ。似てるかねえ。今いちピンと来ないけど」

梨香はしげしげと貴子の顔を見る。

「似てないよ」

貴子は苦笑し、顔の前でヒラヒラと手を振った。なんとなく、二人の視線を避けてしまう。

「うーん。あたしだけかしら」

千秋は首をかしげる。

ありがたいことに、二人ともすぐに次の話題に移ってくれたので、動揺は見抜かれなかったが、貴子はまだ心臓の音が速いのを必死に宥めていた。

ああ、びっくりした。今ごろ、こんなことを言われるなんて。千秋って、変なところ鋭いからなあ。でも、似てるなんて言われたの、初めてだ。

貴子は、思わず融の顔を思い浮かべていた。

西脇融と、甲田貴子が異母きょうだいであることを知っている人はほとんどいない。教師も知らないし、親戚だって知らない人がいるくらいだ。

甲田というのは母親の姓だ。貴子の母、甲田聡子は、二十代前半に結婚した夫と共に経営していた商事会社を離婚と共に一手に引き受け、そこそこ成功している。

平たく言えば、貴子は、西脇融の父親、西脇恒(たる)が聡子と浮気をした際に出来た子供である。聡子はいわゆるシングルマザーということになるが、離婚をしているので、周囲からは別れた夫の子供だと思われていたのだ。

西脇恒の妻は、聡子と貴子のことを知っていたようだが、何かを言ってくることはなかった。聡子は恒に養育費を要求しなかったし、貴子を産む代わりに彼とは一切関わりを絶ったからである。貴子は父親に会ったことがない。

聡子はとてもオープンな人なので、貴子は小さい頃からその辺りの事情は少しずつ説明されていた。だから、特に自分の境遇に引け目を感じたり、ショックを受けたりしたという記憶はない。むしろ、聡子と貴子の存在にこだわり続けていたのは西脇家の方だったように思う。そのことを貴子が思い知らされたのは、西脇恒が亡くなった時である。

高校に入学する前のことだった。死因は胃癌(いがん)だったという。

葬儀で、こちらを恐ろしい目で睨(にら)みつけていた少年の顔は、今でも脳裏に焼きついている。母親の方は、ずっと二人を無視し続けていた。遺族に頭を下げた聡子にも、知らん振りをしていた。貴子は、少年から放射された憎しみに戸惑い、怒りすら感じた。融と貴子が同じ学年であるということも、彼らには耐えがたいことだったようだ。

あとで冷静になって考えてみれば、彼らの憎しみも理解できないことはないが、そ
れでも貴子には何の罪もない。あたしまでもがあんなふうに見られる理由はない、と
自分に言い聞かせたものの、少年の憎しみは、貴子の中に残り続けたのだ。

同じ高校に入学したと知った時は憂鬱だったが、二年間は別のクラスだったし、そ
のうち彼の存在も気にならなくなった。融は融で貴子のことを完全に無視していたか
ら、二人の接点は全くなかったのである。

ところが、三年になって、同じクラスになってしまった。

始業式の朝、貼り出された名簿を見て、仰天したことを今朝のことのように覚えて
いる。

周囲を見回した瞬間、やはり驚いている融とばったり目が合ったことも。

「西脇融と同じクラスになったよ」

母にそう言うと、彼女は「あらそう」としか言わなかった。それ以来、彼の話はし
ていない。

貴子はこのことを、美和子にも話していない。母がシングルマザーであることを恥
じているわけではないが、その辺りのことを説明して、美和子に気を遣われるのが嫌
なのだ。

融も、そのことを誰にも言っていないようだ。彼の中では、甲田親子のことは父親の汚点であり、恥なのだろう。貴子は彼にそう思われていることを、悲しいわけでもなく、憎いわけでもなく、平静に受け止めていた。

いわば、暗黙の共犯関係が、ここ半年ずっと続いていたのである。

るし、貴子は母親似なので、見た目で見破られることなどまずないだろうと思っていただけに、千秋に似ていると言われたこととはショックだった。だが、その一方で、貴子は「似ている」と言われたことを、どこかで喜んでいる自分にも気付いていた。

貴子は写真でしか父親の顔を見たことがないし、男の家族というのもいない。だから、半分でも血を分けたきょうだいなのだから、親しくなりたいという気持ちがどこにもなかったかと言えば嘘になる。あの葬儀の時も、きょうだいに会えると思って貴子はむしろ期待していたのである。しかし、融の凍りつくような視線に、その期待はすっかり打ち砕かれてしまい、彼女はそのことを密かに恨んでいたのかもしれない。

時々、馬鹿らしくなって、融に話し掛けたくなる瞬間があった。

どうしてあたしたちがいがみあわなきゃならないの？

融にそう尋ねてみたいという誘惑に駆られたことも一度や二度ではない。もちろん、結局いつも実行に移すことはなかったけれども。

しかし、彼女は迷っていた。この歩行祭が終われば、もう受験モードに突入し、今年が終わればもはや融と顔を合わせることもないだろう。　融の方はこのまま卒業するつもりらしいが、それで本当にいいのか。

だから、彼女は歩行祭で小さな賭けをすることにした。その賭けに勝ったら、融と面と向かって自分たちの境遇について話をするように提案しよう、という彼女だけの賭けである。しかし、彼女はその賭けに勝ちたいのか、負けたいのか、まだ自分でもよく分からないのだった。

道はゆるやかなのぼりになった。丘陵地帯に入ったのか、斜面にジグザグに刻まれた道を、生徒たちの列が歩いていく。ところどころに白い幟（のぼり）が立っているところは、服装に目をつぶれば戦国時代の映画の一場面のようだ。

丘の途中まで登ったところで次の休憩になった。

笛の音が斜面に鳴り響いた。

みんながドミノ倒しのように次々と腰を降ろしていく。

「あー」という声を上げて、融と忍は座り込んで靴を脱いだ。

「そろそろ危ないかなあ」

忍は左足の親指の下の赤くなったところをさすっている。

「早目に貼っといた方がいいぞ」

「だな」

忍はごそごそと絆創膏を取り出し、丁寧に貼り始めた。

融は、足首とふくらはぎをさすった。靴下を脱いで、指を動かす。

頬に爽やかな風が当たった。

顔を上げると、遥か彼方まで続いている長い列が見える。ただひたすら歩くだけ。わざわざ遠いところ

に出掛けていって、帰ってくる。変なの」

「しかし、いつもながら変な行事だな。

「単純な行事だから、これだけ続いたんじゃないの？」

「単純ったって、準備はめちゃめちゃ大変じゃん。宿泊所借りて、あちこち頭下げて

さ」

「うーん」

忍は絆創膏を美しく、皺にならないように貼るのに真剣だ。もっとも、貼り方を間

違えると、余計足を痛めつけることになるので、まだ全行程のほとんどが残っている

現時点では、真剣にならざるを得ない。

「榊って覚えてる？」

忍が絆創膏に目をやったまま言った。

「榊？　ああ、アメリカ行っちまった奴か」

「あいつが面白いこと言ってたよ。俺、一年の時同じクラスだったんだけど」

「なんて？」

「夜間歩行の時だったな。みんなで夜歩く。ただそれだけのことがどうしてこんなに特別なんだろうねって」

「ふうん」

水筒に詰めてきたスポーツドリンクを飲み、暫くぼうっとする。

さらさらした茶色い髪の少女がうっすらと融の脳裏に浮かんだ。

榊杏奈。すっかりその存在を忘れてしまっていた。近くにいなければ、忘れられる。

忘れられれば、存在しないのと同じだ。

逆に、近くにいればその存在は嫌でも意識せざるを得なくなる。

あの、甲田貴子のように。

融は、思わず小さく舌打ちした。

また考えてしまった。

　自己嫌悪（けんお）を感じる。

　もちろん、彼女には罪はない。そんなことは分かっている。しかし、融はあの屈託のなさが憎らしかった。あたしは関係ないもん。いつも彼女がそう言っているように見えて、無性に腹立たしくなるのである。

　こそこそすべきは甲田親子のはずなのに、いつも後ろめたいような、伏し目がちの日々を送っていたのは彼の家の方だった。むしろ、彼女たちは好き勝手にのびのびと暮らしているように見え、その不条理さに融はいつも愕然（がくぜん）とした。甲田親子の存在が分かった瞬間から、西脇家からは永遠に何かが失われたのだ。何かが決定的に変わってしまったあとの、家の中のぎくしゃくしていたことといったら、思い出しても息苦しくなる。二度と会わない、金も払わない、と父が公言したことで、誰もその後は彼を責めることができなくなってしまった。

　逆に、せめて養育費でも払っていてくれたら、甲田親子や父を責める口実ができたかもしれない。しかし、どこにも不満の捌（は）け口（ぐち）はなかった。そのせいで、西脇家の三人がじわじわと苦しめられ、みんなの中に何かが溜まっていったように思う。父の胃癌の進行が早かったのも、家の中の雰囲気と無関係ではなかったと融は確信している。父が亡くなった時、むしろ融は安堵（あんど）していたような気がする。もうあの異様な雰囲

気の中で、よい家族であるような演技をしなくていいのだと、解放感すら味わっていた。もちろん、そのことに罪悪感もあった。だからこそ、あの葬儀の時に現れた甲田親子が憎かったのだ。自分にこんな安堵と解放感と、そのことに対する後ろめたさを味わわせた彼らが。

あの時の、貴子のきょとんとした目を思い出す。もう少し申し訳なさそうにしていればいいものを、貴子はちっとも悪びれた様子がなかった。むしろ、興味津々という顔で自分の方を見ていた彼女に、激しい怒りを覚えたことを、昨日のことのように思い出せる。

同じクラスになったことに気付き、彼女と思わず目が合ってしまった時の自己嫌悪も、今も鮮やかに蘇る。

早く卒業したい。早く来年になればいい。受験シーズンに突入してしまえば、あいつの顔を見ないで済む。こんなふうに、あいつのことを考えずに済む。あいつのことを憎まずに済む。融はそう願っている自分に気付くのだ。

笛の音に彼はハッとして顔を上げた。

休憩時間が終わったのだ。みんなが一斉に立ち上がる気配がして、融も慌てて腰を上げた。

日は高く天に昇り、スタートしてから三時間が過ぎると、だんだんバテてくる。まだ会話は続いているが、最初のうちに見られたアクションは減ってきて、なるべく身体を動かさず、エネルギーを消耗しないように話をするようになるのだ。

次の休憩場所はお昼を食べる大きな公園だと分かっているので、みんなそれを励みに黙々と歩き続けている。

しかし、まだ歩行祭は始まったばかりだ。これから三時間後も、六時間後も、いや、十二時間後も歩き続けているのである。早くもそのことに思いを馳せ、嫌な予感をじわじわと味わっている生徒もいる。歩き始めて三時間でも結構疲れているのに、この先いったいどうなっちゃうんだろう？　一年生は、そんな不安を感じている。

一年生の女子に暑さで貧血を起こした生徒がいて、本日最初の救護バスの乗客が出た。

その噂は、あっというまに列の後ろまで伝わっていった。

日陰で実行委員と教師につきそわれて蹲っている女の子を、みんながこわごわと、しかし興奮しながら、そっと見て通り過ぎていく。自分も数時間後にはこうなるのかもしれないと思う者、自分は大丈夫だと思う者。その表情はさまざまだ。

「可哀相。こんな早くに」

「でも、やめるなら早い方がいいよ」

「午後はもっと暑くなりそうだもんね」

貴子たちは、ひそひそと話しながらその横を通り過ぎた。

「ああ、もうTシャツとタオルがぐしゃぐしゃ」

「やだねえ、汗は」

「お腹空いた。早くお弁当食べたい」

「あ、草もち大丈夫かな」

貴子は、美和子に貰った包みのことを思い出した。

「何、草もち?」

「みわりんちの、今朝貰った」

「大丈夫だよ」

「いいねえ、草もち。三時のおやつに取っといてよ。それくらいの楽しみがないと、午後歩けないよ」

「確かに。今朝は天気がいいって喜んでたけど、外歩くんなら、薄曇りくらいがいいね」

「うん」

恨めしそうに空を見上げるが、くっきりとした晴天で雲一つ見当たらない。

空腹のためか、暑さのためか、その後暫く三人は無言で歩き続けた。

それは三人だけでなく、列全体が生気を失っている。

やがて、開けた場所に出て、遠くから校歌が流れてきた。

先回りしている職員と実行委員が、テープの校歌を流して待っているのだ。

「おお、お昼だお昼だ」

「やったあ」

疲れ切った時に聞こえてくる校歌は、なんとなく嬉しいものである。　生徒たちは、色めきたった。

広い運動公園が見えてきた。　レンガ造りの休憩所や、トイレや、たくさんのベンチ、芝生が見えてくる。　生き返った心地になって、生徒たちの足も速まる。

「わーい、場所取ろうよ」

「ベンチ、みんな取られちゃってる」

「芝生でいいよ、あっち行こう」

生徒たちが散らばっている芝生の上をうろうろしながら、貴子たちは昼食の場所を

探した。もう今年の花を終えた萩の茂みの間に陣取ることにする。

「うん、いいね、ここ」

「疲れた」

「うわあ、お弁当、あったかくなってる」

「しょうがないよ、太陽と体熱で両側からあっためてるんだもん」

ビニールシートを広げて重ね合わせ、靴を脱いでぺたんと座り込む。

ふと、誰かが上から覗き込んでいることに気付き、貴子は顔を上げた。

「ねえ、ここ、一緒にいい？　俺らも混ぜてよ」

見ると、戸田忍だ。

ということは、一緒にいるのは。

貴子はちらりと後ろを見た。

見ると、憮然とした表情の融がすぐそこにいて、貴子はギョッとした。

なんだってわざわざこんなところに。

互いの目がそう言っているのが分かる。

「いいよいいよ、どうぞ」

「そこ、ビニール敷いて繋げてよ」

梨香と千秋は大歓迎のようだ。

融は恨めしそうに忍を見ていたが、忍がてきぱきとシートを広げて座りこむのを見て、あきらめたように、渋々自分のリュックからビニールシートを取り出した。

「あっ、見て見て、タコウインナーめっけ」

「かわいー」

梨香が素早く西脇融の弁当箱を覗き込み、赤いウインナーのタコとうずらの卵が刺さった爪楊枝を取り上げると、千秋がくすくす笑った。

「笑うなよ。遠足の弁当といえばタコのウインナーのタコとうずらの卵が刺さってるだろうが」

融は口を尖らせて梨香の手からタコのウインナーと決まってるだろうが」

「だって、強面で売ってる西脇君が淡々とウインナーのタコ食べてると思うと」

「可愛いよねえ」

梨香と千秋は顔を見合わせて笑う。

融は意外そうな表情を浮かべた。

「俺、別に強面じゃないもん」

「そうかなあ。西脇君って、いつも、『俺に近寄るな』オーラ出てるよ」

梨香がかすかに皮肉っぽい目で融を見ると、融は驚いた顔になった。

すぐさま、隣の戸田忍を見る。

「俺、そう?」

「そう。出てる出てる」

忍が大袈裟に頷く。

「嘘、マジ？」

「いっつも言ってるじゃん。聞いてねえな、俺の言うこと」

忍は不満そうにおにぎりにかぶりついた。

「ショック。そのせいかよ、女の子が寄ってこないのは」

「気付くのが二年くらい遅いな、おめえは」

西脇融と戸田忍は、梨香と千秋にサービスしているなあ、と貴子は思った。この二人は、今朝美和子に手を振った時みたいに、結構共犯者めいた、息の合った社交辞令をする。

それにしても、どうしてわざわざ戸田忍はあたしたちのグループに割り込んできたんだろう。西脇融が賛成するはずないし、列の近くを歩いていたわけじゃないのに。

貴子がぼんやりと融の手のウインナーとうずらの卵を見ているのに気付くと、融はぎょっとした顔になって、慌ててウインナーを歯で抜き取り、ぱくんと飲み込んだ。

戸田忍がひょいと自分の弁当箱を貴子の目の前に差し出し、貴子の弁当箱を箸で指差す。

「甲田さん、卵焼きちょうだい。俺のブロッコリーあげるから」

「っていうか、戸田君、ブロッコリー嫌いなんでしょ」

「バレた？」

「しょうがないなー。身体にいいんだよ、ブロッコリー」

「歯ざわりが嫌なんだよな。ぼそぼそして」

おかずを交換しながら、この人も不思議な人だな、と貴子は思う。

戸田忍は、感情が全くといっていいほど顔に出ない。無表情というか、クールといういうわけでもなく、男の子たちには意外に好かれているし、存在感もある。精神活動の温度が低いところで一定している、という感じなのである。

「名前のせいかなあ」

貴子は、卵焼きをもぐもぐと食べる忍の顔を見て思わず呟いた。

「何が？」

「戸田君て、温度低いよね」

忍は、口を動かしながらも喉の奥でクックッと笑った。

「『忍』だから？　俺、忍んでる？」

「うん。深く潜行してる」

「あはは。おかしいな、それ」

忍はおかしそうに笑った。

「戸田君、日本髪似合いそうだよね」

梨香が真面目な顔で言った。

「彫り深いし、肌綺麗だし、化粧映えしそう。うん、当然、芸名はひらがなで『しのぶ』だな」

忍は目をぱちくりさせた。

「なんでそういう話になんの?」

「それでさ、ハンカチの端っこかなんか嚙んで、キーッ、って言ってほしい」

梨香はお弁当包みの端を嚙むふりをした。

あっけに取られている忍と融に、千秋が解説する。

「ほら、この子大学で芝居やるつもりだから」

「くっそー、いいなあ、『転ぶ』予定の連中は」

融が半分冗談、半分本気で叫んだ。

彼が国立一本で行くことは、なんとなく聞き知っていた。この時期になると、クラスの中で誰がどういう予定か、大体分かってしまうものなのである。

母は貴子が私立文系に絞っていることに気付いているだろうが、特に何も言わない。

融の家の経済状態がどうなのかは知らないけれど、彼がなるべく家に負担を掛けまいと考えているのに比べ、自分がお気楽に思えて後ろめたい心地になった。

「西脇君、私立は全然受けないの?」

千秋が尋ねた。

「うん、受けない。受験料勿体無いし、受かったって行かないもの」

「勇気あるなあ」

「そういうわけじゃないんだけど」

素直に感心する千秋の顔を見て、照れたような表情になった融を見た時、貴子は胸のどこかが鈍く疼くのを感じた。

融と千秋、梨香は賑やかに話をしている。このもやもやした嫌な気分は。

なんだろう、これ。

「甲田さんて、融と中学一緒じゃないよね?」

小声で忍が尋ねた。今の表情を見られていたのではないかと、ひやりとする。

「うん。あたし、一中」

「そっか。学区全然違うね」

「なんでそんなこと聞くの?」

貴子は用心しながら忍の顔を見る。

「なんだか、互いによく知ってるような気がしたからさ」

「どこが」

貴子は動揺を押し隠しつつ、不思議そうな顔をしてみせた。

千秋に戸田忍。これは吉兆だろうか、それとも。

「よくさあ、みんなに隠れてつきあってる奴って、近くにいる時はわざと無関心な振りするじゃん。俺、二人を見てると、そういう感じするんだよねー。臭いよなー」

貴子は苦笑した。なぜか自分と融がつきあっているという噂が出ているのを知った時は、皮肉な感じがしたものだ。さぞや、融は迷惑がっていることだろう。だが、確かに忍が言っていることも分からないではない。隠しているつもりのカップルは、かえって一定の距離を互いに置いてしまって、不自然になるのだ。そういう不自然さを

あたしと彼に感じたとすれば、みんな、かなり鋭い。

「違うよ。ほとんど喋ったこともないし。西脇君は、あたしのこと嫌いだと思うよ」

「驚いた」

「なんで」

忍は意表を突かれた顔をした。

「融も、同じようなこと言った」

「ふうん」

「やっぱ、なんかあるね、君たち二人」

忍は思いっきり疑い深い顔になった。

「ないない、本当にない」

貴子は笑って手を振ると、反撃に出た。

「そういう戸田君は、彼女、どう？　西高の子だっけ？」

「えっ、いないよ俺」

「嘘だ。あたし見たぞ、西高の女の子と歩いているところ」

「いつ？」

忍は真顔になった。　貴子は記憶を探る。

川べりを歩く二人の後ろ姿が目に浮かんだ。　俯き加減に歩く二人。忍は肩のところに手を当てて、オレンジ色のデイパックをぶら下げていた。　首筋のほくろ。まだ夏服だった夕暮れ。隣を歩く華奢な肩で、セーラー服の紺の衿が風にめくれていた。

「ええっと、九月の終わり頃。連休の最初の日かな」

「どこで？」

「桜川の国道のところ」

「マジかよ」

忍は「マズイ」という顔になり、舌打ちした。

貴子は勝ち誇って顎を反らす。

「へへへ、どうだ、参ったか」

「ちょっと待った、あれは違うんだ。話を聞いてやってただけで」

「相談に乗ってやったってわけ？」

「いや、シャレになんない。甲田さん、それ、誰かに話した？　大体最初はみんなそう言うんだよね」

「ううん」

「頼む、それ、誰にも内緒にしといてくれよ」

忍が拝む振りをしたので、貴子は頷いた。

「うん、いいよ。あれ、誰？」

「知らなくていい。くそー、本当に、必ず誰か見てるもんだな」

忍はひとしきり頭を掻きむしってから、急に怒ったような顔で貴子を見た。

「俺、ほんと、いないから」

「分かったよ。何か訳ありなのね」

貴子も深追いはしない。いろいろ突っ込まれたから逆襲しただけで、そうでもなければこんな話題は持ち出さなかっただろう。二人で歩いているのを目撃したことすら、今まで忘れていたくらいだ。こんなに忍が動揺するとは思わなかった。だが、いつも落ち着いている忍がこれだけ慌てているのを見ると、逆に気になってくる。

ちぇっ、彼女の顔、見とくんだった。

バスの中から目撃したので、忍の横顔がちらっと見えただけだっただのだ。

もうちょっとハッタリかまして、相手の顔見たふりして、もっと忍に喋らせるんだったな。

「とにかく、内緒ね。約束だぞ」

忍は念を押した。貴子はもう一度頷く。

「大丈夫、口は堅いから」

「あと、何か悩んでることがあったら俺に相談してくれよ」

「何それ」

「融の件とかさ」

「だからぁ、何もないってば」

「なくてもいいから」

「変なの」

「何二人でぼそぼそ喋ってんのよ」

梨香が突っ込みを入れたので、二人は他の三人に向かって愛想笑いをし、顔を見合わせて頷き合った。

「なんでもないよね」

「ねーっ」

「何よ、それ」

「怪しいな」

融が怪訝そうな顔でこちらを見ているのに気付き、目を合わせようとした瞬間、サッと目を逸らされた。その途端、不意に貴子はさっき感じた胸の痛みの理由に思い当たった。

嫉妬だ。

自分でも意外だった。

あたしは、あの時、融が千秋にはにかんだ顔を見せたことに嫉妬したのだ。あたしには、永遠に向けられることのないあの表情を。

思えば、同じクラスになってから、ずっとこの痛みはチクチクと胸を刺し続けてき

た。たとえ一度の傷はささいなものであっても、無数の小さな傷が増えてくるとそれは不快な疼きになる。だが、自分に向けられた憎しみによる痛みが、いつのまにか他の女の子への嫉妬に変わっていようとは。貴子は口の中に苦いものを感じた。

自己嫌悪を拭い去ろうと、勢いよく立ち上がる。

「あたし、トイレ行ってくる」

「あ、あたしも行く」

「ねえ、二人で荷物見ててね」

後ろを追ってくる梨香と千秋の声を聞きながら、貴子は今更ながらに陽射しの強さに顔をしかめた。

「──ったく、本当に、必ず誰か見てるもんなんだなあ」

昼休みが終わり、全校生徒が自分のクラスの列を作り始めた。太陽は、最も高いところに昇りつめようとしている。遮るもののない公園は、隈なくじりじりと灼かれていた。生徒たちのほとんどは半袖姿になり、変わって帽子やタオルで頭を覆っている。

ぞろぞろと幟に向かって歩きながら、忍が独り言を呟くと、それを聞き咎めて融が

「何か言ったか?」

振り返った。

「別に」

「おまえ、さっき、何をこそこそ喋ってたんだよ」

「こそこそって?」

「甲田とだよ」

融は言いにくそうな声を出した。

忍は意地悪く笑う。

「おまえら、出来てるんだろうって聞いたんだ」

融はギョッとした顔になる。

「馬鹿。嘘だろ」

「嘘じゃないよ。でも、面白いんだ。甲田、おまえと全く同じこと言いやがんの」

「同じことって?」

「ほとんど喋ったことないし、西脇君はあたしのこと嫌いだと思うよって」

融は、冷たい手で頬に触れられたような気がした。

自分のことをぼんやりと見ていた貴子の顔が脳裏を過ぎる。

西脇君はあたしのこと嫌いだと思うよ。

そうか。そうだよな。これだけ無視し続けてるんだもんな。そんなこと、普通分か

るよな。融はそう自分に言い聞かせた。当然だ。あいつは憎まれるような立場にいる

んだし、実際俺はあいつを憎んでいるんだし。

だが、砂でも噛んだような、嫌な気分になった。

貴子は寛大だ。もし自分が貴子だったら、敵意を見せる相手に対して、あんなふう

にはできない。反発するか、神経質になるか、意固地になるかだろう。だが、あいつ

は、自然な態度で受け止めている。図々しい奴だとばかり思っていたが、俺よりもよ

っぽど大人なのかもしれない。

西脇君はあたしのこと嫌いだと思うよ。

貴子の声を聞いたような気がして、彼はその声を慌てて頭の中から追い出した。

「ひょっとして、もう別れた、とか？」

忍が肩を組んで顔を覗き込んできた。

「そうか、何かトラブルがあったんだな。三角関係か？　性格不一致か？」

「あのなあ」

「相談しろよ、一日は長い」

「おまえ、意外としつこい性格だな」

「今ごろ気付いたか」

実行委員長が拡声器のスイッチを入れる、キインという音が響き渡った。

公園を出て、再び白い列が細く伸びて移動を始めた。一時間の休みを経て、かなり元気を取り戻している。朝歩き始めた時の興奮や不安が消えて、ようやく肩の力が抜けた感じだ。お昼を食べたこともあって、心と身体のスピードが一致している。列全体がリラックスして、一つの長い生き物のようにアスファルトの道路を進んでいく。

幹線道路を外れているためか、ほとんど車は見ない。この辺りには大きな沼や湿地があって、それを囲むように小さなキャンプ場やボート乗り場が整備されている。市民が週末に遊びに来るような気軽なところだ。逆に言うと、平日の今日はあまり人気がない。

かすかに風が吹いてくる。

右手に、大きな沼が見えてきた。風は水の上を渡ってくるようだ。赤い漁船が岸に上げてあるのが見える。網が干してあるところを見ると、少しは魚が取れるのだろう。誰もが目を細めて沼の向こう白っぽい硬い水面に、三角の光がキラキラ揺れている。

に浮かぶ林を見つめる。

「きれい」

「意外と広いね」

「沼と湖ってどう違うの？」

「沼って、確か水深五メートル以下じゃなかった？　名前は沼なのに」

「じゃあ、見た目より浅いんだね。深そうに見えるのに」

このくらいになると、だんだん会話の枝葉が削げ落ちてきて、言葉が短くなる。朝スタートしてからずっと続いていた高揚が一段落するのだ。午前中にあんなにはしゃぐんじゃなかった、体力を温存しとくんだったと後悔するのもこの頃だ。随分歩いているような気がするのに、本当はまだ四時間くらいしか歩いていない。午後はこれからである。

貴子はぼんやりと光る水面を見つめていた。

身体を動かすのは好きではないが、歩くのは好きだった。こんなふうに、高低差がなくて景色のよい場所をのんびり歩いているのは気持ちがいい。頭が空っぽになって、いろいろな記憶や感情が浮かんでくるのを繋ぎとめずほったらかしにしていると、心が解放されてどこまでも拡散していくような気がする。

こうして、千名を超える大人数が、移動しながら、それぞれ勝手なことを考えているのだと思うと不思議な気がした。

日常生活は、意外に細々としたスケジュールに区切られていて、雑念が入らないようになっている。チャイムが鳴り、移動する。バスに乗り、降りる。歯を磨く。食事をする。どれも慣れてしまえば、深く考えることなく反射的にできる。

むしろ、長時間連続して思考し続ける機会を、意識的に排除するようになっているのだろう。そうでないと、己の生活に疑問を感じてしまうし、いったん疑問を感じたら人は前に進めない。だから、時間を細切れにして、さまざまな儀式を詰め込んでおくのだ。そうすれば、常に意識は小刻みに切り替えられて、無駄な思考の入り込む隙間（ま）がなくなる。

そういう意味でも、この歩行祭は得がたい機会だと思う。朝から丸一日、少なくとも仮眠を取るまでは、歩き続ける限り思考が一本の川となって自分の中をさらさらと流れていく。旅行に出た時の感じにも似ているけれど、もしこれが修学旅行だったら、やはり普段の生活以上にがっちりとスケジュールが定められて、その場その場の意識の転換を強いられるのだろう。

だったらこっちの方がいいや、と貴子は呑気（のんき）に考えた。六時間後にも同じ感想を持

っているかどうかは今のところ考えないようにしている。

スタートしたばかりの頃は、誰もが沈黙を恐れてお喋りをしていたのに、今では沈黙に慣れ始めていた。むしろ、今までにも増して言葉は身体の中に満ちてきているのに、自分の中だけでお腹一杯になってしまい、語る必要を感じないのだ。

一方で、退屈し始めた生徒があちこちに遠征を試みるので、少しずつ列が崩れたり入れ替わったりして、前後を歩いている生徒がいつのまにか微妙に変わっていく。

のんびり周囲の景色を楽しんでいた貴子は、梨香と千秋が後ろの女子生徒とひそひそ話しこんでいるのに気付いた。

「貴子、ちょっと」

梨香が手招きした。

「なに?」

「女の子だけに回覧だって」

「え?」

歩きながら三人で見入る。

小さなビニールケースに入ったスナップ写真。セーラー服を着た少女が笑っている。

どうやら、クラスの女子伝いに回ってきたらしい。

「西高の子だよね？　どうしたの、これ」

「この子とつきあっていたうちの学年の子を知らないかって」

「誰から？」

「悦子」

「なんでまた、そんな」

「この子、悦子の従姉妹らしいよ」

「えっ。知らなかった。この子は三年じゃないよね？」

「二年だって。でも、つきあってたのはうちの学校の三年だって」

貴子はしげしげとスナップ写真に見入った。

西高は、通学路の途中にある女子校なので、何度か見掛けたことがあった。華やかな雰囲気を持った可愛い子で、歩いているとパッと目立った。うちの学校の男子に人気があると聞いたこともあるが、やはりうちの生徒とつきあっていたのか。しかし、そんなこと調べてどうするというのだろう。

古川悦子は真面目でしっかりしていて、いかにも堅実な雰囲気の女の子だ。頼りにはなるが少々煙たく、正直言って貴子から見ると苦手なタイプである。

「似てないなあ」

梨香が呟き、千秋が「おい」と彼女の肩を叩いた。暗に、悦子に失礼じゃない、という意味を含んでいる。

しかし、梨香はぼそぼそと続ける。

「悦子って、なんというか、『公明正大』な感じなんだよなあ。確かによく見ると顔似てるけど、この子みたいに『女の子』な感じじゃないんだよな」

「確かに」

貴子は思わず同意してしまった。

「悦子って、半径五メートル以内に日陰なしって感じじゃない？　彼女のいるところは常に日向」

「うんうん。半径五メートルね。当たってるなあ」

梨香はククッと笑った。

「弁護士志望だもんね。とことん戦うんだろうな。でもねえ」

一緒に笑っていた千秋が、ふと真顔になる。

「こんなこと、やめときゃいいのに」

「こんなことって？　そもそも、なんでこんなもの回覧してるの？」

「うーん。噂聞いたのよ。この子が中絶したって。あたしが聞いてるくらいだから、たぶ

ん相当な人数が知ってるってことよね。そんな噂が広まってるだけでも可哀相だわ」

「ゲッ、何、悦子は相手を捜してるわけ?」

「そうみたい」

「逆に言うと、相手はまだ分かってないのか。それも不思議だね」

「この狭い町でねえ」

たかだか人口二十万規模の町では、高校生の行くところは決まっているし、知っている人がごろごろいるので、誰にも見られずにデートをすることはかなり難しい。

さっき、戸田忍も同じようなことを言っていたっけ。

ふと、貴子は頭を掻いていた忍の狼狽ぶりを思い出した。

「やっぱり、いるんだねえ。そういう青春ドラマみたいなことやってる人」

貴子がしみじみ呟くと、梨香が苦笑した。

「変なところに感心しないでよ」

「だってさ、話にはよく聞くじゃない? TVドラマでもよくあったし。ひと夏の経験、妊娠した、中絶した、みんなでこっそり費用カンパしたって。でも、あたし、それって都市伝説みたいなものだと思ってたんだ。友達の友達から聞いた話だけどって奴」

「でも、本当に好きだったら、仕方ないじゃないの」

千秋がふわりと言う。こういうところが千秋らしいと思いつつ、貴子はもどかしくなって言葉を探した。

「そりゃ、好きだったら子供もできるだろうけど、そういう意味じゃなくて」

「あたし、貴子の言いたいこと分かるような気がする。あまりにもパターン化してて、リアリティがないのよね」

「うーん、そんな感じかな」

梨香の言葉に頷くが、貴子はまだ頭の隅で言葉を探していた。

あたしたちの「人生」はまだ先だ。少なくとも大学に入るまでは、あたしたちの「人生」は始まっていない。暗黙のうちに、そういうことになっている。進学校というレッテルの箱に入っている今は、全ては大学進学の準備が基本にあって、「人生」と呼べるだけのものに専念できる時間はほんの少ししかない。せいぜいその乏しい空き時間をやりくりして、「人生」の一部である「青春」とやらを味わっておこう、と思うのが精一杯である。まだ始まってもいない「人生」を、その乏しい空き時間のメインにしてしまうということが、あたしにはどうしても想像できないのだ。

そんなことをぐちゃぐちゃと頭の中で文章に組み立てつつ、ついに口にすることはなかったが、ふと、貴子は写真の入ったビニールケースを何気なく裏返してみてハッ

とした。

「あら、こっちにも写真が」

千秋が呟く。

それは、数人の少女たちを後ろから撮ったスナップだった。真ん中で、くだんの少女が横向きの笑顔を見せている。

あれ。これと同じような背中を見たような気がする。

貴子は考え込んだ。

「あたし、これ、渡してくるね」

梨香が貴子の手から写真を取ると、早足で列の前の方にいる女子のところに向かった。

どこで見たんだろう。最近、このことについて話をしたような——

不意に、脳裏にある場面が蘇った。

風にめくれていたセーラー服の紺の衿。首すじのほくろ。

川べりを歩く背中。

貴子は、あやうく声を上げそうになった。

あの子だ。忍と並んで歩いていた女の子。

自分の発見に、心臓がどきどきしてくる。

まさか、戸田忍が？　だからあんなに狼狽していたんだろうか。

あれは違うんだ。話を聞いてやってただけで。

忍の慌ててた声が蘇る。確かに、ドジ踏んで父親になるよりは、相談に乗っていたと

いう方が彼に似合っているような気がする。でも、まさかね。

貴子は何度も記憶の中のフィルムを巻き戻しては考えた。

どっちにしろ、こんなこと悦子には言えない。誰にも言わないと忍に約束したし。

貴子は、急に後ろめたい気分になってそっと周りを見回した。

忍と融は、近くを歩いていなかった。少なくとも、見える範囲にはいない。なんと

なくホッとする。

「でも、うーんと好きになって、流されちゃうほど好きになれる相手にこの歳で出逢

うっていうのも、ちょっと憧れるな。実際問題としては、傷つくのは女の子の方だか

ら、凄く大変なことだけど」

千秋が例によってふわりとした口調で続けた。

ふと、貴子は彼女の顔を見た。

のっぽの千秋は、ちょっと見上げるようになる。その優しい柔らかな表情を見た時、

千秋にはいるんだな、と思った。

なぜかは分からない。だが、「うーんと好きになって、流されちゃうほど好きにな

れる相手」が、彼女の中には具体的なイメージで存在していることを感じたのだ。

「貴子は芳岡君とつきあってるんでしょ？」

千秋はさりげなく貴子の顔を見た。

「つきあっているというか。よく分からないや」

貴子はちょっと焦った。こういう話題、特に自分の話題になると、からきし苦手な

のである。

「そうなの？　いい感じだと思うけど」

「だめだめ、千秋、こんな明るいうちからそんな話は。夜まで取っておくんだから」

貴子は千秋が追及してくる気配を感じ、慌てて矛先を制した。

千秋はくすくす笑った。

「貴子って、見た目は気だるいけど、中身は結構純情だよね」

「気だるいというよりも、反応遅いのよね。神経伝達が鈍いから、顔に感情が出るま

で時間が掛かるだけだよ」

「アハハ」

「これ、ほんと。だから、何か言われても、暫く経ってからだんだん腹立ってきたりするの、しょっちゅうだもん。『そういえば、あの時なんだかひどいこと言われたよ』って」

「そうかも。梨香は貴子と逆で、中身の方が早すぎるよね」

「慣れないとびっくりするんだよね。さっきの戸田君の顔、おかしかったよね」

「日本髪で、キーッで、芸名『しのぶ』、だもんね」

急におかしくなって、二人でゲラゲラ笑う。いったん勢いがつくと止まらなくなり、歩きながら腹を抱えて笑った。前後の生徒が不思議そうにこちらを見ている。

うな気がする。畜生、ひどいこと言われたよ」

目を逸らした融の顔がどこかに浮かび、鈍い痛みを感じる。

ほらね。こんなに経ってから、痛みを感じるんだもん。

痛みを無視して、話を続ける。

「千秋は見た目の反応と、中身の反応のスピードが一致してるよ」

「早い早い。だから、見た目が追いつかない」

「なーに笑ってんのよ」

列の前から、目を丸くしながら梨香が戻ってきて、更に笑いに拍車を掛けた。

「か、帰ってきた」

「やーん」

「やあね、感じ悪い」

顔を赤くして笑い続ける二人に、梨香は軽蔑のまなざしを投げる。

「ああ、疲れた。お腹痛い」

「また貴重なエネルギーを使ってしまった」

ようやく二人の笑いが収まると、梨香が口を開いた。

「ほんとに、みんな結構知ってるのね、あの子の話」

「悦子の従姉妹？」

「目下のところ、有力なのは、八組の本間直志説だってさ」

「本間医院の息子？」

「誰か見てるの？」

「いや、逆に誰も見てないからそうなったらしいよ」

「どうして？」

「あの子、離れに部屋持ってるからだって」

「なんだ、それだけか」

考えてみると、無責任極まりない噂だが、こういうゴシップは話題としては長持ち

するので、なかなか誰も止めようとしない。

いつしか沼も通り過ぎ、辺りは刈り入れの済んだ田んぼと、一面のススキが原になった。

用水路に沿った道路の左右をセピア色のススキがびっしりと埋め、かすかに風に揺れているのは、どこか郷愁をそそる眺めである。

景色なんて、たいして見てないんだなあ。

貴子は、視界を平らに埋めるススキを眺めながら思った。

話に夢中になって、時折顔を上げた時に見た幾つかの風景が焼き付いているだけで、ほとんど何も見ていない。

けれど、確実に何枚かのショットは自分の中に残る。去年も、一昨年もそうだった。今年残る光景の中に、このススキが原は含まれているに違いない。二度と通らない、何気ない風景だけれど、この一瞬は、恐らく永遠なのだ。

――たぶん、あたしも一緒に歩いてるよ。

突然、ススキが原の中に杏奈が立っているような錯覚を感じた。

杏奈？

輪郭がぼやけたススキが、耳を澄ますとサラサラと音を立てている。

　そうか、あの葉書の最後の一節だ。

　このサラサラしたススキが揺れている風景は、どことなく杏奈に似合っている。この懐かしさや、広くてとめどないところや、とらえどころのない淋しさなども、記憶の中のイメージと似通っているのだ。

　一時期とても親しくしていた友人が、今はもう同じ場所にいないというのは奇妙な感じがする。毎日仲良くしていても、クラスが変わったらピタリと疎遠になってしまった、というのはよくあるけれど、杏奈の場合、彼女がみんなを包み込んでいた空気ごと、あるいは時間ごとアメリカに持っていってしまったような気がして、時々、ひどく大切なものを置き忘れてきているような錯覚に襲われるのである。

　十日ほど前に杏奈から葉書が来た時、最後のところで貴子は首をかしげた。

　もう一度歩行祭に参加したかった、と書いてあるところまでは普通の近況報告だったが、その後によく意味の分からない文章があったのだ。

　たぶん、あたしも一緒に歩いてるよ。　去年、おまじないを掛けといた。貴子たちの悩みが解決して、無事ゴールできるようにＮ・Ｙ・から祈ってます。

あれはいったいどういう意味だったんだろう？
貴子は改めてあの文章の内容を思い返す。何度も読んだので、すっかり暗記してしまった。

たぶん、あたしも一緒に歩いてるよ。

ここは、まだ理解できる。気持ちだけ一緒にあたしたちと歩いている、あたしたちに歩きたいという気持ちを託しているという意味なのだろう。

去年、おまじないを掛けといた。

これが分からない。おまじないを掛けたのは、一緒に歩けるようになのか、それとも、そのあとの「貴子たちの悩みが解決」するようになのか。しかも「去年」というのは、去年のいつを指すのか。

単純に考えれば、去年の歩行祭で、ということになるが、去年の歩行祭でどんなことをしたというのだろう。去年は彼女も一緒に歩いていたが、何か変わったことをしたという記憶はない——そういえば、おかしな事件はあったけれど、別に杏奈が関係していたとは思えないし——大体、去年掛けたおまじないが今年の歩行祭に有効であると、どうして分かるのか？　そもそも、そんな効果のあるおまじないなどあるだろうか？　杏奈は占いや迷信を信じるタイプだったとは思えないし。

バイリンガルなんだから、ちゃんと省略しないで書いてよね。

貴子は心の中で杏奈に文句を言った。

更に分からないのは、「貴子たちの悩み」だ。「貴子たち」とは誰を指すのか？　こ
れも素直に考えると、杏奈と仲良くしていた貴子と美和子ということになるのだが、
あたしたちの悩みとは何だ？　彼女はあたしたちの悩みを知っていたのか？　少なく
とも、あたしはそんな深刻な話を相談した記憶はない。美和子が杏奈に相談するような
ことを、あたしに相談しないとは考えられないのだが――いや、どうだろう。美和子が杏奈に相談するようなことを、
えていたとは思えないし、今も思えない。美和子だって、何か問題を抱
たしに相談しないとは考えられないのだが――いや、どうだろう。美和子は大人だし、
気配りの細やかさは到底同年代の女の子たちと比べ物にならないし、もしかして、あ
たしにも打ち明けられないようなこと――ひょっとして、あたしに関する悩みだった
ら、杏奈だけに打ち明けていたということもあるのではないか。

そう考えると、ひやりとした。

これは、自由歩行の時に、美和子に確認してみなければ。

貴子は、その決心を頭の隅にメモした。

一面のススキ。どことなく空に滲んだ、遠い記憶を騒がすような風景。

その風景を見ながら、融も榊杏奈のことを考えていた。

近くにいなければ、忘れられる。忘れられれば、それはもう存在しないのと同じだ。

彼女のことを思い出す時、いつもその言葉を思い出す。

西脇君はあたしのこと、覚えててくれるかなあ。

不思議な声の女の子だった。穏やかで特徴がないのに、いつまでも聞いた者の中に残っているような声。

分からない。俺は、できるかどうか分からない約束はしないよ。

今にして思えば、冷たい言葉だったと思う。もう会う機会もないだろうし、もちろん、とひとこと答えればよかったのだ。しかし、なぜかあの時の俺は頑固だった。

西脇君、『俺に近寄るな』オーラ出てるよ。

後藤梨香の声が聞こえる。

そうだ、俺は、誰にも近寄ってほしくなかった。今の俺はひたすら先を急いでいて、他人の心情など知ったこっちゃなかった。

しかし、杏奈は小さく笑った。

違うよ。覚えていてくれなくていい。忘れていい。

融は不思議そうに彼女を見た。彼女が何を言いたいのか分からなかったのだ。

なんで？

融が聞き返すと、杏奈は笑みを浮かべたまま答えた。

だって、近くにいなければ、忘れられるのが当然でしょう。

その口調にシビアなものを感じて、融は彼女の顔をじっと見ていた。

彼女の穏やかな表情は変わらない。

無意識のうちに口を開いていた。

でも、忘れられたら、もう存在しないのと同じじゃん。それはつらくないの？

あたしは覚えてるもの。

杏奈は明快に答えた。

あたしも、人に、できるかどうか分からないようなお願いはしないし、人の記憶に頼ったりしないよ。でも、あたしは覚えている。あたしの記憶はあたしだけのもの。

それでいいんだ。

そう言って、小さく手を振って去っていった少女。

数ヶ月後、彼の元に手紙が届いた。アメリカに発つ時に投函したらしい手紙。

それが何を意味するか分からないほど無粋な男ではないつもりだったが、その手紙の内容も、記憶の中の彼女と同じく不思議とサラサラしていて、彼の中に一陣の風を

起こしたきり、どこかへ吹き抜けていってしまった。

「やってるやってる」

忍が、突然融のわき腹を突いた。

「え?」

「古川が調査開始したぜ」

「どこ?」

「あの子の写真を回覧してるみたいだ。ようやるよ。女子から情報収集するつもりら
しい」

忍の視線の先を見ると、小さなビニールケースに入った写真らしきものを渡しつつ、
顔をつき合わせてこそこそ喋っている女子の姿が見えた。

「本当に、ようやるわ。歩行祭の途中なのに、余裕だな」

「残酷な奴だな。かえって従姉妹を晒し者にしてるとは考えないのかな」

「考えないんだろうなあ、きっと。考えてたら、あんなことしないぜ」

休憩の笛が、唐突に鳴り響いた。

「おお、もう一時間か」

「これが、何時間も経つと、だんだん待ち遠しくなってくるんだよな」

既に何回も経験しているので、誰もが反射的にリュックを下ろし、呻き声を上げて腰を下ろす。土踏まずが徐々に痛くなってきて、足の裏全体がぴりぴりしたかすかな痺れに覆われるようになっていた。　融は念入りに足の裏と指をチェックしたが、有難いことに、まだマメの気配はない。

「ちぇっ、おまえ、まだマメできねえのかよ」

融の足の裏を覗き込み、忍は不満そうに舌打ちした。

「ふふん、水泳部とは走り込みの量が違うよ」

「地上は重力があるからな。俺だって、まだマメできたわけじゃないぞ。できそうなところがあるだけで」

忍はぶつぶつ言いながら、絆創膏を取り出した。

ふと、融は腰を下ろした視線の先の、刈り入れが終わってぬかるんでいる田んぼに、何か黒っぽい物体があることに気付いた。

「なんだ、あれ」

「ん？」

「豚？　違うな、犬の死骸かな」

「やっぱ、死骸だよな」

それは、やけに重量感があり、ぬかるみの中にめりこんでいて動かなかった。

よく見ると、周囲を蠅が舞っている。

泥に覆われて黒くなっているために、それはまだ生前の生々しい面影を残しており、今なお徐々に完全な死に向かいつつあるところなのだ。だが、紛れもなくそれは死んでおり、今なお徐々に完全な死に向かいつつあるところなのだ。

遠く離れた場所にある、もはや動くことのない動物の死体から、なぜか二人は目が離せなかった。そこだけが鮮明で、そこだけが質量を持っていて、じわじわと二人に向かって瘴気を発しているような気がするのである。

周囲は長閑な田園風景なだけに、それは異質だった。死とは異質なものなのだ。

融は、横たわる父の姿をいつのまにか連想していた。

そうだった、あの父は異質だった。自分の知っている父とは思えなかったし、同じ物体だとは信じられなかった。もはやあの物体はこの世から消滅し、二度と蘇ることはない。

「そういや、去年、誰かが土左衛門見つけたんだよな」

忍が呟いた。

「ああ、そんなこともあったなあ」

融も相槌を打った。

去年は山の中のコースだった。早朝、バスで山奥に送り込まれて下山する際、鉄橋を渡っていた途中で、目敏い誰かが渓流の岩場に引っ掛かっている死体に気付いたのである。

当然、大騒ぎになったが、先生が警察に連絡に行き、生徒たちはさっさと通り過ぎるように指示された。それは、後に渓流釣りに来て足を滑らせ深みにはまった釣り人だということが判明したが、あの時は先生二人が現場に残ったはずだ。

早く行きなさい、と言われたけれども、見ないで済ませられるはずはなく、みんながチラチラと谷底を覗いていたのを覚えている。見つけたのは二年生だったので、少なくとも一年はあれを見なかったはずだ。もちろん、融もしっかり視界の隅に捕らえた口だが、谷底は遠く、人間がうつぶせに倒れているということは分かったものの、あまりグロテスクな印象はなかったと記憶している。

八百人近くに順番に目撃されている死体というのもおかしなものだ、と考えたことを思い出した。

異質なもの。もはや人間ではない、ただの物体。

　父は、あの異質な世界に飲み込まれてしまった。父が亡くなった時の、あの奇妙に現実感のない感覚は、そのせいなのではないだろうか。父は、普段見ることのない、生きている間は誰も知ることのない、異質な世界に行ってしまった。あの世界は、理解しようと思ってもできるものではない。だから、間近に接している時には不条理にすら思えるのだ。

「死ぬのって、不条理だよな」

　融が呟くと、忍が顔を見た。

「どうして？」

「なんとなく。だって、生きてるうちは、どういうものなのか絶対に理解できないじゃん」

「だよな。いったん死んで帰ってきた人の言うことって、やたら嘘臭いし」

「生きてるうちに、どういうものなのか分かってたら、怖くなくなるのかな」

「かえって怖くなるかもしれないぜ」

「それは困る」

「実際のところ、どうなんだろう。その瞬間、分かるのかなあ。どんな気持ちなんだろ。真っ暗になって、おしまいなのかな。眠りに落ちる時の感じ？」

「だったらいいけどな。俺、寝つきいいから」

「そういう問題じゃないと思うけど」

「おまえ、寝つき悪いだろ」

「分かる？　嫌だなー、最後まで寝つき悪いのなんて」

　笛が鳴り、バラバラとみんなが立ち上がった。

　おかしなことに、あの田んぼの中の死骸に気付いたのは融と忍だけらしい。

　どうしてだろう。

　リュックを背負い、Tシャツの裾を引っ張りながら、融は考えた。

　榊のことなんか考えてたからかな。

　近くにいなければ、忘れられる。忘れられれば、存在しないのと同じ。

　じゃあ、存在しなくなれば？

　靴紐をゆっくり結ぶ。

　存在しなくなれば、忘れ去られるのだろうか。親父は？　俺は？　甲田貴子は？

　その母親は？

　でも、あたしは覚えている。杏奈の声が言った。

　それでいいの。

ゆっくりと午後は過ぎ、太陽はもったいぶって傾いていく。

風は弱く、相変わらず気温は高かった。太陽に絞り取られた汗が乾き、Tシャツと髪がごわごわになる。

「駄目、草もち食べるー」

貴子は、急速に足が重くなってきたのに気付き、忘れていた草もちの存在を思い出した。

「あたしもあたしも」

「食べよう」

歩きながらリュックの中身を出すのは、意外に労力を使うものだ。

そろそろ膝から下がじんじんと鈍い痛みを発するようになる。どこがどうというわけではないけれど、膝から下だけが自分のものではないみたいだ。

それでもまだ、団体歩行の半分にも達していないのだ。

そう考えると、思わずゾッとする。前半だけでこれなのだから、更に疲労し足が痛む後半、しかも夜歩くことを想像すると、疲れが倍増する。

「ちょっと硬くなっちゃった」

苦労して、紙箱から草もちを剝がし、貴子は二人に配った。少し硬くなって、リュックの中で形が歪んでしまったけれど、柔らかな餡この甘味が身体に染み渡る。

うう、ありがとと、みわりん。

貴子は心の中で美和子を拝んだ。次の大休憩には、お礼に行かねば。

「おいしい」

「うん」

三人でもぐもぐと草もちを食べながら歩く。

この辺りから、ようやく、去年、一昨年と味わった苦労がじわじわと思い出されてくるのだ。そういえば、忘れていたけど、去年も同じような感想を持ったはず。

心も心だが、身体も身体だ。歩いても歩いてもまだまだ先があるという、うんざりするような苛立ちを感じたことを、今ごろになってやっと身体全体が思い出してくる。

始まる前や始まった直後の興奮や昂揚感が、いかに愚かでエネルギーの無駄づかいであったかに思い当たる。

過ぎてしまえば、みんなで騒いで楽しく歩いていたことしか思い出さないのに、それは全体のほんの一部分で、残りの大部分は、仏頂面で、足の

痛みを考えないようにしてひたすら前に進んでいたことをすっかり忘れてしまっているのだ。

今だって足が痛いのだから、これが夜中になる頃には――みんなの間に不穏な予感が少しずつ押し寄せ始める。本当に我慢できるのだろうかという危惧が、心の隅に芽生えてくる。

「急いで！ この先信号があります！ 遅れないで！ 前の人との間を空けないで！」

田んぼの中の曲がり角で、オレンジのベストを着た実行委員が声を張り上げている。その近くだけ、みんなが早足で進むのが見えた。前の方の列の間が空いていて、駆け足をしている生徒が見える。

「ひえー、こんなところ、走れないよ。

貴子は心の中で悲鳴を上げたが、たぶんみんな同じことを考えているだろう。

正面に赤い鉄橋が見えてくるのは、国道のようだ。横断幕が見えるのは、地元の父兄とOBが、生徒たちが来るのを待って張っていてくれたものらしい。

父兄に対する意地と見栄で、みんなが足を早めるのが分かる。

道路の脇で、父兄がニコニコしながら手を振っていた。それまではだらりとしていたのに、自然とみんなが背筋を伸ばしてきびきび歩き始めるのがおかしい。

鉄橋を渡り、国道の脇道から坂を降りていくと、そこは小さな集落である。

「なんとなく、海が近い感じがしない？」

「うん。もうすぐ海岸線に出るはずだよね」

草もちを腹に収め、僅かながら元気を取り戻した少女たちはひそひそと囁いた。

狭く曲がりくねった道路に、海の気配がした。

海が近い、と思うと、なぜこうも気持ちが奮い立つのだろう。生徒たちの列は、再び活気を取り戻したようだった。ゆっくりと傾く陽射しが、かすかに黄色味を帯びてくる。うんざりするような暑さもついに峠を越え、ようやく気温がじわじわと下がり始めたようだ。

どことなく、辺りに漂う空気にも潮の香りが感じられるような気がする。

海辺の集落には、独特な雰囲気がある。それが何なのかはうまく説明できないが、背後に海があるということが確実に分かるのだ。潮風を意識したたたずまいや、潮風にさらされた歳月を無意識のうちに感じるせいだろうか。

今度は明らかに潮の香りがする。

ざらざらしたしょっぱい匂いを、胸いっぱいに吸い込む。

「海だー」

眼前の空間がパッと開け、あっけないほどの巨大な景色がみんなを包んだ。

ゆるやかに傾斜した水平線。

秋の海の波は荒く、黒い岩の塊やテトラポッドに打ち寄せる潮騒は不機嫌である。

それまでが曲がりくねった道の続く住宅街にいただけに、唐突な解放感に襲われ、生徒たちは皆ぽかんとした顔で海に見入っている。

海岸線に沿って続く国道は、歩道も広くて歩きやすい。

「かなり波荒いね」

「なんだか見てると怖くなる」

海辺に出た生徒たちは、一様に生気を取り戻していた。目の前のパノラマにしばし足の痛みを忘れ、再び進む気力を思い出したかのようだ。

全身を潮騒に包まれ、その響きに意識を集中していると、荒々しい音に吸い込まれそうになる。意識だけではなく、打ち寄せて砕ける波と一緒に、ガードレールを越えて身体ごと海に引きずりこまれそうな錯覚に陥るのだ。

夕暮れが迫っているせいか、ずっと雲一つない空だったのに、薄い雲が掛かり始めていた。

「見てると眠くなってくるなあ」

梨香が呟いた。

「うん。ふらふら飛び込みたくなるね」

千秋も頷いた。

単調な景色なのに、決して見飽きない。

海は、いつでも境界線だ。その向こうに何かがあって、こちらとの世界を隔てている。

黄金色に輝く汀と、刻一刻と形を変える泡がぶつかり、からまりあう。

不思議だ。みんなでこうして海岸線を歩いて、水平線と波を見ている。それだけの

ことが、なんだかとても不思議だ。

貴子は、潮風に流されて口に飛び込んできた髪をかき上げた。

水平線を見ていると、いつも大きな誰かが手を広げているところが思い浮かぶ。

その人は、手だけがあって、空の上からこちらに手を差し伸べているのだ。

地球は丸くて、それを誰かがすっぽりと抱えている。

水平線を見ると、いつもそんな感じがするのである。

一方で、水平線は、高いところから声が聞こえてきそうで怖かった。

それはきっと、音叉を叩いた時のようなうおーんという聞き取りにくい声で、もう

駄目だ、おまえたちはもう終わりだ、と言うような気がする。そして、その声を聞い

た時がこの世界の終わりに違いないのだ。

貴子はそんなことをぼんやりと考える。

波は脇目もふらず、ざんざんと打ち寄せては戻り、砕けては裂ける。

世界の汀を、白い生徒の列が、糸で縫うように歩いていくところを想像するのは愉

快な感じがした。

「やっと歩きやすい気温になってきたね」

「うん、快適快適」

「というか、やっぱ暑かったねえ、今日は」

三人で伸びをする。

「あ」

突然、梨香が呟いた。

「なあに?」

「そういえば、去年もこのくらいの時間じゃなかった?」

腕時計を見たあとで顔を上げ、二人を交互に見る梨香に、千秋が尋ねる。

「何が?」

「ほら、変なことがあったじゃない」

「あったっけ？」

貴子は、もやもやとした奇妙な感じが、肌に蘇るのを感じた。

変なこと。去年の歩行祭。

梨香は頷いた。

「うん。いつのまにか、一人、誰も知らない生徒が紛れ込んでたのよね。結局、誰だか分からなかったけど」

「ああ、途中でいなくなったんだよね」

「幽霊だって大騒ぎしたじゃない。写真にも写っててさあ。あの子、いったい何だったんだろうね」

二人の会話を聞いていた貴子は、なぜか懐しさと肌寒さとを同時に感じていた。

道は小さく曲がっていて、つかのま海から離れる形になった。

潮騒が遠ざかる。同時に、前後で話しているみんなの声が耳に飛び込んできた。

不意に、一人の少年の後ろ姿が目に浮かんだ。

中肉中背、いや、小柄と言ってもいいような少年だった。ブルーのTシャツに黒い野球帽をかぶり、ポケットに手を突っ込んで淡々と歩いていた。

「誰だったんだろうねえ」

「結局、どこかよその学校の生徒が紛れ込んだんだろうって話だったんじゃない？」

「でも、ちゃんとうちの白いジャージ穿いてたんだよ」

「怪談としては、ちょっと季節外れよね」

梨香と千秋はのんびりと話し合っているが、貴子はさっき一瞬感じた肌寒さと、目の前に浮かんだ姿とに心を奪われていた。

そういえば、あたしも見た。あの子を見た。

用心深く記憶を辿る。

去年も天気が良かった。こんなふうにゆっくりと暮れていくところを、ひっそりと歩いていた。夕暮れの風は歩く少年の姿を周囲の風景に溶かし、記憶の中の彼はちょっと昔のTV映像みたいにザラついている。

怖いのではなかった。貴子は、あの背中を知っているような気がしたのだ。

さっきの女の子といい、あの少年といい、よく背中を思い出す日だな。

「あたしも見たよ、あの子」

貴子が呟くと、梨香が振り向いた。

「あら、そうなの？　幽霊っぽかった？」

「顔は見なかったけど、後ろ姿だけ。妙にリラックスしてた。だから、他の学年の子

だと思ってた」

「うん、みんなそう思ってたんだよね。さすがに、全校生徒の顔なんか把握してない

もの」

「どの辺で歩いてたの？」

「列が崩れて、クラスとかごちゃごちゃになった頃。ほんとに、ちょうど今時分だっ

た。一人で俯き加減に、ぶらぶら歩いてた」

「写真が出来てきてからだったね、騒ぎになったのは」

「夜の集合写真にも写ってたんだもんね」

千秋が、思い出したようにぶるっと身体を震わせた。

歩行祭では、夕食の時に順次クラスで記念写真を撮る。食事のために借りている学

校の校庭で撮るのだが、なにしろ夜の校庭だから照明のある場所で撮影をしなければ
ならない。そこは必然的にみんなが食事を摂っている場所なので、背後に動き回って
いる生徒が写ってしまう。問題の少年は、複数のクラスの写真に写っていた。どれも
ぼんやりカメラの方を見ているので、不審がられる原因になったのだ。

見たことのない生徒が記念写真に混ざっているという事実は、番号付きの写真が貼
り出され、みんなに写真が行き渡る頃になって発覚した。こいつは誰だろうと好奇心
を働かせた生徒が各学年に数人いて、それぞれが部活動などのネットワークを活用し
た結果、どこにも在籍していない生徒だということが判明したのである。一時は大騒
ぎになって、半ば心霊写真扱いでみんなが争って写真を買ったほどだが、落ち着いて
くると、単によその学校の生徒か誰かが面白がってついてきたのではないかというこ
とで片付けられたし、実際そうだったのだろう。

だが、貴子はあの時の奇妙な感覚をまざまざと思い出す。クラスメートたちが、写
真を指差して興奮して喋っていた光景が蘇る。普段は全校生徒とひとくくりにされて
いるものが、実は匿名性の高い不確かな存在であることを思い知らされたのだ。

「でもさ、全員の顔は覚えていないけど、なんとなく廊下とか集会とかで、他の学年
でも生徒の顔見てるじゃん。やっぱり見たことのない顔って分かるよねぇ」

梨香が腑に落ちないという顔で呟いた。千秋が頷く。

「うん、不思議とね。だけど、いつも目につく子って一緒じゃない？　目立たない子は目立たない」

「だから、やっぱあの子は目立ったってことじゃん」

少年は帽子を深くかぶっていた。

貴子は記憶の中のざらざらした少年を思い浮かべた。

少し俯き加減で、短く切った髪の、後ろの首筋が白く綺麗だった。今にして思えば、リュックがやけに軽そうだったのが目に付いたきっかけかもしれない。なにしろ、丸一日歩くとなれば、それなりにいろいろなものが荷物に入る。男子には身軽な者も多いけれど、それでも彼の荷物は少なすぎた。だから記憶に残っていたのだ。

「夕飯以降はいなくなったんだよね、確か」

「分からないじゃん。単に暗くて見えにくかっただけかもしれないし、本当はずっといたのかもよ」

「一晩中ついてきてたって考えると結構ブキミ」

「だけど、前にも誰かいたよね。夕方家族が車で追いかけてきてどっかで待ってて、暫く一緒に歩いていった奴。誰かの親戚か、よその学校の友達だったんじゃない

「の？」

「でも平日の昼間だよ。学校サボったってことかな」

「そうでもないよ、授業が終わってすぐに来ればぎりぎり間に合ったかもよ。これく
らいの時間だったし」

「相手もサボってたから、知り合いも言い出せなくなっちゃったんじゃない？」

「でもさあ、知り合いがいるんだったら、普通そいつと一緒に歩くじゃない。わざわ
ざ追いかけてきたんだから」

「クラス毎に歩くんだから、知らない人が混じってたらバレちゃうよ」

「疲れてきて列が乱れてたら、そうでもないんじゃないかな」

梨香と千秋は、単なる話題の一つとして惰性で話し続けているようだった。

二人は見ていなかったんだな。見てると見てないじゃ、違うだろうなあ。

貴子は鈍色の水平線に目をやった。再び、道が海沿いになり、遮るものがなく世界
は潮騒でいっぱいになった。

まだ、目には少年の残像がかすかに浮かんでいるような気がした。

あの子は、今、どこにいるのだろう。

長い海岸線を歩いているうちに、海にも慣れてくる。耳に満ちている潮騒にも、

徐々に無関心になる。

や、それ以前に、だんだんみんな無言になってきていた。むしろ、潮騒に沈黙を埋め

てもらうことで、話す手間がはぶけてホッとしているようなところがある。

この海岸は、岩場が多くて泳ぐのには適さない。少し背伸びをしてガードレールの

向こうを覗き込めば、ゴツゴツした黒い岩に波が砕けているのが見える。

じっと風に吹かれて海沿いの道を歩いていると、自分がこの上なく無防備な存在に

思われてくる。何もない空間に向けている身体が、世界に対して剥き出しになってい

るようで、なぜか落ち着かなくなってくるのだ。建物の中に入りたい、身体をどこか

に隠したい、海の見えないところに逃げ出してしまいたい。そんな衝動が、どこから

ともなく湧き上がってくる。

いたたまれない、っていうのはこういう心地のことを指すんだな。

貴子は顔に掛かる髪の毛を指で払いながら考えた。

いたたまれないことは、この世に沢山ある。

もはや使うことはないと分かっている化学や数学の参考書が机の上に並んでいるこ

と。ねだって買ってもらったのに、何度か履いてみたら好みではないことが分かって

しまったコンビの靴（しかも、高かった）を、玄関の靴箱の中で目にすること――い

や、これは、どちらかといえば後ろめたい、という奴かしら。

尊敬の眼差しで見つめる千秋の言葉に、はにかむ西脇融を目にすること。あれはどうだろう。あれは「いたたまれない」に入るのかしら。

自分が些か自虐的な気分になっていることを自覚しながら、貴子は思わず苦笑する。またしても鈍い痛みを胸の奥に感じた。

時間が経つにつれ、お昼のあの時間がだんだん惜しく思えてくるのが不思議だった。なぜあの機会を使わなかったのだろう。

そう思いつくと、ますます惜しくなってきた。

願ってもないチャンスだったのに。あんなふうに話すチャンスなんて、もう絶対巡ってこない。あとの大きな休憩は夕食だけ。夜中の大休憩はバッタリ倒れ込んで仮眠するのが精一杯。だけど、夕食の時に、運良く近づけるとはとても思えないし、やはりあれが最初で最後のチャンスだったのだ。融の顔が写真のように頭の中でぐるぐる回る。目が合ってギョッとした表情になった融。ウインナーとうずらの卵を慌てて飲み込む融。はにかむ融。怒ったような顔の融。

戸田忍と話を合わせる融。

やだやだ。もう。

貴子は思わず首を振り、頭の中から融の顔を追い出した。

見た目の反応と、中身のスピード。さっきの千秋の話を思い出す。

どうしていつもこうなんだろう。いつもあとから感情が追いついてくる。やっぱりあたしはただの馬鹿なんだろうか。あたしのことを、クールだとかけだるいとか男子が言っているのは知っているし、自分でもそうなんじゃないかと思っていたこともあるけど、本当は単なるトロい無能な奴だとバレるのが怖いだけ。そして、融は唯一そのことを見抜いている人間なのだ。彼はあたしの正体を知っている。美和子も千秋も梨香も知らないことを知っているのだ。だから、こんなにも

「いたたまれなく」なるのだ。

あのさあ、なんでわざわざこんなところでそんなこと考えてるわけ？

一方で、別のあきれた声が聞こえる。

高校最後の歩行祭なのに、海岸線歩きながら落ち込んでるっていうのは時間の無駄だと思うけどねえ。

じゃあ、他のみんなは一体何を考えてるんだろう？

貴子はそっと近くを歩く生徒を見回す。

千秋はぼんやりと海を見ているし、梨香は俯き加減に足元を見ている。

千二百人もの生徒は、何を考えているんだろう。

きっと、古川悦子は、従姉妹を妊娠させた男について考えているだろう。そう、この中には、あの可愛い西高の女の子を妊娠させた奴もいる。そいつは今何を考えているの？　彼女のことを考えている？　それとも、もう彼女のことなどすっかり過去のことになってしまっていて、最後の行事を楽しんでいるの？

「ねえ、今、何考えてた？」

無意識のうちに、千秋にそう尋ねていた。

「え？」

千秋は、話し掛けられたことに気づかなかったらしく、一瞬間を置いてから振り向いた。

そのかすかにどぎまぎした表情を見て、彼氏のことかな、と思った。

「えー、別に何も。ぼんやりしてたよ。なんで？　なんかヘンな顔してた？」

「ううん。みんな一体何考えてるのかなあって思ったの」

「ああ、そうね。みんな何考えてるのかしらね」

千秋はつられたように周りを見た。少しずつ辺りが暗くなってきている。目は徐々に慣らされているから分かりにくいが、確実に夜が忍び寄っているのだ。

「古い町で、あまり大きくなくて、散歩できる自然があるところだって」

突如、梨香が口を挟んだ。　貴子と千秋は面喰らう。

「何が?」

「独創的な学問が生まれる町の条件だってさ」

「学問?」

「TVで見たのよ。　学者のアイデアがひらめくのは、散歩中のことが多いんだって。

だから、散歩に適した町がいいんだってさ。　京都とか金沢がいいらしいよ。　大きすぎ

もせず、小さすぎもせず、古い伝統があって、自然も残っている。　京都も金沢も、世

界的な哲学者が出てるのがその証拠だって」

梨香の話の飛躍に、またさっきの話を思い出しておかしくなる。

千秋もにやにやしていたが、それをおくびにも出さず尋ねた。

「東京は駄目なの?」

「大きすぎるんじゃない」

「でも、散歩してると、だんだんハイになってくるから、あたしは考えごととなんかで

きないな。　散歩しながら考えごとのできる人って凄いと思う。　いつも暗記しようと思っ

てカードとか持っていくけど、すぐに頭空っぽになっちゃうもの。　ダイちゃん連れて

るし、それどころじゃないわ」

ダイちゃんというのは、千秋の家で飼っている犬だ。千秋いわく、この上なく不細工な犬らしい。そもそも、知り合いのところで沢山生まれていた子犬のうち、誰も引き取ってくれそうにないからという理由で、あえてそのオス犬を貰ってきたという。

「ダイちゃんて誰がつけた名前？」

「お父さん」

「なんでダイちゃんなの？」

「パラダイスの略」

「パラダイス！」

梨香と貴子は思わず声を揃えて叫んだ。千秋が苦笑する。

「パラダイスなんて、呼ぶの恥ずかしいでしょ。だから、短くしてダイちゃんになったの」

「天国か。お父さん、弾けた名前付けるねぇ」

「だって、ほんとに不細工で、病気持ちで、不幸な子犬だったんだもの。願望よ、願望」

「そうかなあ。きっと、お父さんの行きつけのパチンコ屋かなんかから取ったんじゃないの」

「お母さんも同じこと言ってたわ。でも、今じゃ名前通り極楽生活ね。すっかり健康

「それじゃあ一緒に散歩して考えごとするなんて無理だよ」

「そう。力が強いから、毎朝走らされて大変」

「哲学は無理だね」

「梨香は何考えてたの?」

千秋が尋ねる。

「あたし? あたしは何かなあ。いろいろ考えてて分かんないや」

「分かんないってどういうことよ」

貴子は眉をひそめた。

「今頭に浮かんでたのは、みんなで電車ごっこしてるところかなあ」

「電車ごっこ?」

「そう。この歩行祭やってる全員を紐で囲んだらどうなるだろうって考えてたの」

「随分長い電車ねぇ」

「どうなるの?」

やはり梨香の発想はよく分からない。千秋と顔を見合わせるが、梨香は真面目腐った顔で答える。

な上に食べる、太る、元気いっぱい」

「たぶん無理だね。信号のところでまず引っ張られるし、道がくねくね曲がってたりしたらそこで転倒者続出。足の速いところと遅いところでも紐が引っ張られる」

「なんでそんなこと考えてるのよ」

「だから、分かんないって言ったじゃん」

「梨香ってヘンなこと考えてるんだねえ」

「ていうか、結構疲れてきた。二人とも、疲れない?」

梨香はげんなりした表情で二人の顔を見る。二人は顔をしかめた。

「やめてよ、口に出さないようにしてるんだから」

「疲れたって口にしちゃうと駄目だよね」

ぼちぼち、会話に脈絡がなくなってきていることに気付く。

初日の夕暮れ時は、最初の疲れがピークになる頃だ。普段なら、家に着いて夕飯前のホッとくつろいでいるひととき。一日の活動が終わったことを実感しているはずのこの時間にひたすら歩いているのだから、身体が拒絶を始めるのである。同時に、少しずつ夜が近付いてきているこの時間帯は、歩行祭をやっているということをひしひし実感し始める頃でもある。こんな時間に真剣に出歩いたりしない。こんな時間に大勢で歩いているのは(いや、大抵の人は)、こんな時間に真剣に出歩いたりしない。こんな時間に大勢で歩いているのは歩行祭の日だけである。

ゆえに、今日は歩行祭である。証明終わり。
日の高いうちは、まだ遠足気分だったなと、後に行くほどそれまでの自分を浅はかに
感じるのである。

足の痛みを感じていないふりをするのが難しくなってきていた。
膝から下が別のもので出来ているみたい、と貴子は思った。ふくら脛はパンパンに
張っているし、足の裏も全体が痛いし、土踏まずもピリピリする。そして、意外に肩
と背中が凝っている。普段は使わないリュックを背負っているからだ。
だけどまだ大丈夫、歩けないほどじゃない、と自分に言い聞かせる。足の裏の抗議
に耳を傾けてはいけない。この程度の抗議に耳を貸していたら、この先歩けないと知
っているからだ。

足の抗議に耳を貸すべきかどうか迷っているのは貴子だけではなく、この長い列全
体がそうだろう。マメを潰しておかしな歩き方をしている生徒もいるし、明らかに疲
労を滲ませている生徒もいる。まだほとんどの生徒は口をつぐんでいるけれど、ひど
いことになったと頭の中では考えている。なにしろ、まだ半分も歩いていないのだ。
半分も。なのにこの足の痛さはどうだ。昼間は暑かったし、涼しくなるにつれて疲労
感が増してくる。

なのに、まだ半分以下。どう考えても、最初の半分より残りの半分の方が事態は深刻に決まっている。

なのに、まだ半分！

上空に、みんなの台詞が浮かんでいるようだった。漫画によくある、泡が飛び石みたいに繋がった吹き出しに「なのに、まだ半分！」と書いてある。

世界は少しずつ色彩を失い、波の音はいよいよ大きく、神経を逆撫でするように押し寄せてくる。みんなの不安と不機嫌さが殺気のように空中に漂い、じわじわと重くのしかかってくる。その重さにもうこれ以上耐えられない、と思った時、今や懐かしく感じるほどありがたい笛の音が鳴った。

「日が暮れるなあ」

忍がぽつんと呟いた。

舗道に座り込んでいる長い列が、ふと気が付くと灰色に沈みこんでいた。国道を挟んで反対側にある海産物の土産物屋の明かりが、さっきまでは風景に溶け込んで目立たなかったのに、いつのまにか白く輝き始めている。激しく行き交う車のライトが、直線の残像となって目に焼きつく。風の匂いにも夜の気配が漂っている。

なんとも侘しく心細い心地になって、融は海を振り返った。波にはまだオレンジ色の縁取り

それでも、海に目を向ければまだまだ昼の領域だ。

が揺れているし、空も明るい。

昼は海の世界で、夜は陸の世界だ。

融はそんなことを思った。そして、自分たちはまさにその境界線に座っている。

昼と夜だけではなく、たった今、いろいろなものの境界線にいるような気がした。

大人と子供、日常と非日常、現実と虚構。歩行祭は、そういう境界線の上を落ちない

ように歩いていく行事だ。ここから落ちると、厳しい現実の世界に戻るだけ。高校生

という虚構の、最後のファンタジーを無事演じ切れるかどうかは、今夜で決まる。

「年取ったな」

「はあ？」

思わず口から漏れた言葉に、忍が不思議そうに反応した。

「三回も歩行祭やってんだから、年取るわけだよなあ」

「なんだよ、ジジくさい」

「なんか今、爺さんになった気がした。すっごい年寄りになってて、海辺でこの歩行

祭思い出してる気分」

「分かるよ、その感じ」

馬鹿にされるかと思いきや、忍が素直に頷いたことに驚いた。同時に、それがやけに嬉しく思えた。

やっぱり、こいつと走ろうか。

融の頭をそんな考えがかすめたが、軽はずみに口にしてはいけない、と自分を戒める。だが、直前まで待つと言ってくれたものの、あまり忍を待たせるのは悪い。夕食の時までには決めて、テニス部の連中にも伝えなければならない。

なんだか二股かけてるみたいで嫌だな、と自己嫌悪を覚えた。

「きっと、あっというまなんだろうな」

忍が水を飲みながら呟いた。

「何が」

融は靴下を取り替えるべきか悩みながら尋ねた。替えは三足持ってきていたし、今取り替えてもあと二回替えられる。なんなら、夕食の休憩の時に一足洗ってリュックにでも吊るしておけば、化繊だし一晩で乾くだろう。

「ジジイになるまでさ」

忍は絆創膏を貼りながら答えた。いつのまにか、彼の足の裏の絆創膏が増えている。

「うん。ハッと気がついたら、これじゃなくて、リュウマチか痛風の湿布かなんか貼ってるんだろうな」

融は絆創膏をひらひらさせた。

「そう。きっと、本人はまだ若いつもりで、頭の中では歩行祭の絆創膏貼ってるつもりなんだ。『またマメが出来そうだ』なんてブツブツ呟いてる。隣で息子のヨメが『まあおじいちゃんたら、また高校時代の話をしてるわ』って孫に言うんだ」

忍の説明は、やけに生々しく聞こえた。

ふと、父の足が蘇った。

こんなにも細くて、毛むくじゃらで、動かなかった。

青ざめていて、横たわっていた父の足。

あんな足をして、冷たいところに横たわるのだろうか。

反射的に自分の足を見下ろしていた。記憶の中の父のものよりも、はるかにがっしりしてすんなり伸びたふくら脛があるのを見てホッとする。だいじょうぶ。まだ俺はこんなにも若い。あれはまだまだずっと先のこと。

「おふくろさん、元気？」

忍が足の裏を見たまま聞いた。

融はかすかに動揺する。どうも家族の話は苦手だ。

「元気だよ」

「融が大学行ったら一人になっちゃうんだろ？　淋しいんじゃない」

「だろうね。だけど、それは随分前から分かってた話だし」

融は努めてドライな口調で答えた。

「そうだよな」

忍もあっさりと頷く。

「でも、逆に、一人になれば、再婚なんかもできるじゃん」

「まさかあ」

思ってもみなかった言葉に、融は笑ってしまった。

再婚。

表情に乏しい母親の顔を思い浮かべる。母親はいつだって母親で、それ以外の存在ではなかった。父親で懲りたあの母親が、もう一度別の男と結婚するなんて考えられない。

どこかにひやりとした風が吹く。

「分からないぜ。うちの伯母さんも、五十近くだけど、誰も知らないうちにいきなり再婚してた」

忍は几帳面な手つきで眼鏡を拭いた。

その話は聞いたことがあった。忍の伯母は若い頃に離婚して二人の子供を育てていたのだが、二人の就職を機に再婚したのだという。それまで全くそんな気配はなかったので、親戚中がアッと驚いたのだそうだ。

再婚。母親が再婚。

融は改めてその可能性について考えてみた。

もう一度、身体のどこかに風が吹いたが、それは嫌なものではなかった。

それもいいかもしれない。

後ろの方で小さな窓が開いて、背後から日が射し込んだような気がした。

これまでは、母が自分のくびきのような気持ちがどこかにあったけれども、それは自分の自惚れだったのかもしれない。母からしてみれば、子供さえいなければ自分の時間ができるのだ。むしろ、自分が母のくびきだったのだと考える方が筋が通っている。母は早くに結婚したので、まだ若い。じゅうぶん時間はあるではないか。

再婚。

ふと、あの女の顔が目に浮かんだ。

堂々とした顔でこちらを見つめ、落ち着き払っていたあの女。

あの女だって再婚するかもしれない。というよりも、なぜあの女は再婚しなかったのだろう。いかにも平凡な主婦という感じのうちの母親に比べれば、あの女はいかにも現役バリバリの女という感じがする。夫と別れ、うちの親父とも別れても、悲嘆に暮れたとは思えない。いくらでも新たな男が現れただろうに。

貴子がいたから?

仲が良さそうな二人の姿が目に浮かんだ。親子というよりも、女友達のようだったあの二人。男と女の違いがあるとはいえ、うちではとてもじゃないけどあんな雰囲気にはなれなかった。

自分が羨んでいることに気付き、融は慌ててそれを打ち消した。

笛が鳴り、たちまち列に覚醒したような空気が漂う。尻をはたき、立ち上がる。今日一日で、もう何回この動作を繰り返したことだろう。

「みんな女なんだな」

「みんなって?」

融が呟くと、相変わらず耳ざとい忍が聞き返してきた。

「母親」

　二人の母親を思い浮かべていたことを知られたくなくて、融はぶっきらぼうに答えた。

　夜であることに気付くのは、いつも一瞬のことだ。

　それまではまだ明るい、まだ夕方だと思っていたのに、いつのまにかその比率が逆転していることに驚く。

　道は相変わらず長い海岸線をなぞっていた。ガードレール越しに長く幅の広い歩道が続いているので、安全だが単調でもある。

　スピードを緩めずに走っていくトラックのヘッドライトが次々と通り過ぎていく。長い列はすっかり沈黙していた。交通量が多くて、会話がほとんど聞こえないというのもあるし、夕食の場所にたどり着くまでまだ一時間近くあって、疲労がピークに達しているせいでもある。近付いては遠ざかる車のライトを視界の隅にずっと見ていると、一種の催眠状態に陥ってくる。

　一つ、また一つと弱々しい蛍のような明かりが増えていく。

　懐中電灯の明かりだ。

国道沿いだから街灯はあるけれども、間隔はそれなりに空いている。時々ぽっかりと現れるドライブイン以外に民家はほとんどなく、歩道から少し離れるとそこは夜の底だ。

実行委員が、足に反射ベルトを巻くようにと叫ぶ。先ほどの休憩の時にも指示されていたが、まだ明るかったので従う生徒は少なかったのである。生徒たちは、リュックの中から懐中電灯とベルトを取り出し、薄暗がりの中でもぞもぞとかがんで足に巻きつける。

前を行く生徒の足が、ヘッドライトに当たって黄色く光るのを見ながら貴子は懐中電灯を点けてみた。掌くらいの大きさのマグライトだが、足元を照らすのには充分だ。

子供の頃の、七夕の行事を思い出す。夏の夜に、浴衣を着た少女たちが、提灯を手に持ち、歌を歌って町を流すのだ。歌のほとんどは忘れてしまったけれど、最後に「ほいほい」と言ったことだけは覚えている。

提灯の中の細いロウソクに、お母さんが火を点けてくれたっけ。

風や動作で提灯が揺れるので、まっすぐに火を保っているのは難しい。どの少女も、歌いながらも目は提灯に注がれていた。

一度だけ、誰かの提灯が燃えているのを見たことがある。公園だったか、道端だっ

暗闇の中で、ピンク色の提灯が炎を上げて燃えていた。ロウソクの上ではあんなに小さな炎だったのに、あっというまに大きくなった炎が提灯を飲み込もうとしていた。風の強い日だったのだ。暗い地面の上で、炎は右に左に大きくはためいて、時に小さくちぎれて消えた。みんなが遠巻きにして、燃える提灯を眺めていた記憶がある。

今手に持っているのは、銀色のマグライト。歩いているのは、七夕ではなく、歩行祭。しかも、着ているのは白のジャージ。情緒もへったくれもあったものではない。

夕暮れの時には、辺りが暗くなってくるのに疲労が重なって憂鬱になったが、日が暮れてしまうと、逆に少しずつ元気になってくる。自分が新たな世界の住人になったことを認めたからだ。昼の世界は終わったけれども、夜はまだ始まったばかりだ。物事の始まりは、いつでも期待に満ちている。

辺りもすっかり涼しくなり、歩くのには快適になった。心なしか、姿勢もよくなる。

貴子は意識して背筋を伸ばした。知らず知らずのうちにかがみこんでいたとみえ、あちこちがみしみし痛む。

「あっ」

たか。

なんとなく海の方を見た貴子は叫び声を上げた。

「何」

「どうしたの」

ずっと黙り込んでいた梨香と千秋が反応する。

「見て、あれ。水平線」

貴子は興奮して、暗い海を指さした。

「うわあ、何、あれ」

「太陽でしょ？」

「あそこだけ明るい」

二人も声を上げる。

そこには、不思議な光景があった。

日はとっくに沈んでいる。しかし、水平線は明るかった。

空も海も、すっかり夜の棲みかなのに、水平線だけがぼんやりと滲んでいるのだ。

明らかに、海の向こうに光源となる何かがある。

三人は、魅入られたように海を見つめていた。

あそこに何かがある。

まるで、水平線が世界の裂け目であるかのようだった。障子か何かがそこだけ薄くなっていて、向こう側の世界の光が漏れてきているみたいだ。

しかし、上下から夜が攻めてきていた。少し視線を上げ下げすれば、漆黒の夜と波が水平線目指して押し寄せているのが分かる。今、あの水平線だけが、昼の最後の牙が城なのだ。

こんな風景があるなんて。

貴子は見逃すまいとその光景を見つめていた。

あそこに誰かがいる。誰かがあそこで待っている。

そんな気がしてならなかった。

それはいったい誰だろう。あたしのことを待つ人など、母親以外には思いつかないのに。

闇の中で燃え上がる提灯が浮かんだ。昼の世界の最後の場所で、ゆらゆらと何かが燃えている。

何かが燃えている。

「なんだか不思議な眺めだね」

千秋が呟いた。

「うん。じっと見ちゃう」

「最初から最後まで、こんなにきちんと日没見たことないもんね」

「普通、日が沈んだら帰るもん」

「やっぱり、残光って随分あとまで残ってるんだ。辺りはすっかり夜なのに」

「地球は丸いんだねぇ」

三人の声は興奮していた。なんだか、とても珍しいものを見たような気がしたのだ。時々躓いたり、人にぶつかったりしながらも、三人は暫くの間水平線から目を離さなかった。あの不思議な光が消えてしまうのが惜しい。いつしか、海から強い風が吹き付けるのに目を細めながらも、三人はじっと海を見つめ続けた。

けれど、水平線に滲む光は少しずつ弱まってゆき、やがては暗い一線で空と海が溶けた。

夜になったとたん、いきなり元気になる奴が、必ず一人は出てくるものだ。それまではむっつりと仏頂面で歩いていた癖に、暗くなるとそわそわしてきて、歌なんか歌い出したりするのである。

思えば、これは林間学校や修学旅行、合宿でもそうだった。普段は一緒にいない連中が、夜もそばに大勢いるのは、なぜかわけもなく興奮するものだ。しかも、歩行祭

の場合、女子も全員いるのだから、興奮しない方がどうかしている。

つまり、これはあれと同じだな。子供の頃の大晦日（おおみそか）。普段はできない夜更（よふ）かしが、おおっぴらに出来る夜。

融は、お調子者の高見（たかみ）が、ふらふらしながら近くで鼻歌を歌っているのを聞きながら考えた。高見光一郎（こういちろう）は、夜になると元気になる人間の筆頭と言える。名前とは正反対。昼間はゾンビみたいに萎（しお）れているくせに、放課後になり、夜が近付いてくるとどんどんテンションが上がってくる男だ。ロックが大好きで、夜中はひたすら音楽を聞いているうちに朝になってしまうという。だから寝起きは最悪で、いつも昼間は猫背で酔っ払いみたいに歩いている。

「高見、ぼちぼちお目覚めらしい」

忍が呟いた。

「これまでは寝てたってことかい。羨ましいな」

「あいつ、目覚めるとパワフルだからな。きっと順繰りに回ってくるぜ」

そう忍が囁（ささや）くか囁かないかのうちに、思いっきり肩をはたかれて、融は一瞬呼吸が止まった。

「あっらー、融クンに忍クンじゃないのー。幸せですかあ？」

小柄な高見が二人の肩にぶら下がるようにして間に割って入る。

「重てえな、おめえ、体重掛けるんじゃねえ」

融は高見を睨みつけた。高見は自分の頬を両手で挟む。

「あれー、融クン、ご機嫌斜めね。高見はいっこうに気にする様子もなく、芝居が」

「るせーよ、思いっきり肩はたきやがって。いてーな、この」

融は半ば本気で腹を立てていたが、高見はいっこうに気にする様子もなく、芝居がかった手つきで両手を広げてみせた。

「聞いてくれよ、俺、今年こそバスかと思って。昼間、ほんっとうに死ぬかと思った」

高見という男、身体は小さいのに声はでかい。それも、ちょっとガラガラ声で、やたらと響くのである。風邪気味で頭痛がする時など、殺意すら覚えるほどだ。

「高見、おまえ、どうしてそうぐにゃぐにゃ歩くんだよ。まっすぐ歩けよ。邪魔で仕方ない」

忍が、左右によろよろしてぶつかってくる高見を呆れ顔で見た。本当に、この男はまっすぐ道を歩けないのである。いつもよたよた寄りかかってきて、耳元で叫ぶのだ。

一晩中ロックを聴いているせいで、難聴なんじゃなかろうか、と融は思った。だか

ら声もでかいし、どっか三半規管辺りがいかれてるんだ。

高見は心外だというように叫んだ。

「こんなにまっすぐ歩いてるのに？　そんなはずはない、俺、小学校の時バトントワ

リング部入ってたんだぜえ。華麗なテクニックでくるくる回っておばちゃんたちを感

動で泣かせてたんだぜ（そのせいか、と忍が呟いた）。それがさー、俺、ゆうべ、今

日に備えて何か景気づけにお気に入りの一枚聞こうと思ってたわけよ。楽しい最後の

歩行祭を盛り上げるような曲。それを聞いて、静かに眠りに就こうと思ってたわけ。

それが、案の定、やっぱり、オフコース、一枚じゃ済まなかったわけよ、あまりの名

曲の嵐に聞き惚れちゃって。ついつい、暫く聞いてないのとか、次々芋掘り式に聞い

てたら、あっというまに外で小鳥たちがちゅんちゅん鳴いてたわけよ」

「おまえ、それを言うなら芋蔓式だろ。じゃあ、ほとんど寝てないわけ？」

「二、三時間寝たかな。太陽が目に染みて、朝からげろげろだよ」

高見は華奢な首を回した。色白で、女の子みたいに結構可愛い顔をしているのは認

めるが、やはりうるさい。

「その割には元気だな」

融が皮肉を込めて聞いた。高見はぱちぱちと瞬きをした。

「つらかったんだぞー。途中の道のり、ほとんど覚えてないもんね。先生はしつこくバスを勧めるし、俺、必死に歩いた。八甲田山なみ。天は我等を見放したかあ。藤巻、本気で俺のことバスに乗せたがってたな」

「それで、今になって覚醒したわけだ。おめでとう」

「ありがとう。幸せですか?」

高見は融の手を握るとぶんぶん上下に振った。

「おめえがよろけてぶつかってこなけりゃな」

「ふーん。甲田貴子だったらいいわけ?」

融はギョッとした顔で、弾かれたように慌てて高見の手を振りほどいた。

高見は意地悪く、というよりも無邪気な顔でしげしげと融の表情を見ている。

「なんでそういう話になるんだよっ」

融は早口で叫んだ。どっと全身に冷や汗が噴き出してくる。

高見はにっこり笑って、再びがしっと両手で融の手を握った。

「俺、今、最高に世界に感謝しちゃってるわけよ。無事に夜を迎えられてありがとう。だから、俺としちゃ、みんなにハッピーになってほしいわけよ。融ちゃんにもハッピーになってほしい。任せろって、こ

素敵な夜をありがとうジーザスって感じなわけ。だから、俺としちゃ、みんなにハッピーになってほしい。任せろって、こ

の俺が責任持って素敵なナイトにしてみせますぜ、プロミス」

融は、ますます冷や汗が噴き出るのを感じた。

本当に、夜はめちゃめちゃテンションの高い奴だ。この調子じゃ、どんな余計なこ

とをしでかすか分かったものではない。

目をキラキラさせた高見の顔を見て、必死に頼む。

「頼む、ほっといてくれ。おまえ一人がハッピーでじゅうぶんだよ。俺とあいつはな

んの関係もないんだから。やるんなら他の奴を幸せにしてやってくれ」

「俺も本当は甲田さん結構好きだったんだけど、融なら譲る。俺たちはいい友達にな

れると思う。さあ、美しい友情の始まりだぜ、ブラザー」

高見は勝手に一人の世界に入り込んでいた。

「協力する」

忍が高見に手を差し出し、二人はがっちり握手した。融は目を剝いた。

「忍、何考えてるんだよ。関係ないって言ってるだろうに」

「キライキライも好きのうち」

「遠くの芳岡（よしおか）より近くの西脇」

忍と高見は意味ありげな顔で意味不明な言葉を呟くと、ぼそぼそ内緒話を始めた。

「いい加減にしろよ、おまえら」

融は二人から顔を背け、ムスッと黙り込んで歩き始めた。

ハンディートーキーを手に、車のライトに反射するベスト姿で忙しそうに駆けてい

く実行委員の姿が、やけに腹立たしかった。

疲労というものは、時間と正比例しているわけではないらしい。

何度か小さな坂を越えるようにして、階段を上がるように体内に溜まっていくのだ。

日が暮れた頃には、これでまだ全行程の半分以下だなんて信じられない、と絶望的

な気分でいたはずなのに、すっかり暗くなってしまった今、最初の疲労のピークはど

こへやら、時間がリセットされたかのように、みんなが元気を取り戻してしまってい

る。

身体が慣れたのかもしれないし、諦めたのかもしれない。それまでは、これからの

多難な前途におっかなびっくりで、身体が耐えることに拒否反応を示していたのが、

ようやく丸一日つきあうことに納得したような感じがする。

あるいは、脳の勘違いだろうか。初めて行く道の、帰りの方が短く感じられるのは、

脳がもう慣れてしまって、情報処理を端折るからなのだそうだ。脳の中の世界では昼

間の時間が既に忘れ去られてしまい、新たな夜の世界を分析するのに忙しいのだろう。辺りは暗いし、普段経験していない時間帯の活動だから、脳の方でも新鮮に感じて身体の疲労まで考えている暇がないのかもしれない。

ともあれ、夜になって一行は生気を取り戻し、そこここから賑やかなお喋りが聞こえてくる。周囲が賑やかになると、つられてなんとなくわくわくしてくるから現金なものだ。

しかし、信号で走らされると、身体のあまりの重さにびっくりする。

気持ちの上では復活しているつもりだが、下半身が気持ちについてこない。身体には、やはり疲労がちゃんと歩いた分だけ蓄積されているのだ。

「急いで！　そこまで渡り切ってください！」

工事現場の誘導灯みたいなのをくるくる振り回して実行委員が叫ぶ。

彼らの驚異的な体力に感心しつつも、おのれの身体の重さから、ついつい急かす彼らを恨んでしまう。

「しっかし、本当に偉いね彼らは」

「どういう鍛え方してるんだろう」

「実行委員は別メニューで秘密特訓かなんかしてるに違いない」

ぜいぜい言いながら信号を渡り切り、貴子と梨香は悪態半分、賞賛半分で呟いた。

いつのまにか、コースは海から離れていたのが、内陸部に向かう幹線道路に入ったらしい。ずっと海沿いの国道を歩いていたのが、交通量も、さっきの四車線の時よりもがくっと減って、辺りは生徒たちのお喋りしか聞こえない。

街灯の数が減ったので、足元には注意が必要だ。アスファルトの舗道やガードレールの上を行き交う懐中電灯の明かりがチラチラと揺れていて、本当に蛍の群れが移動しているみたいだ。

なんとなく、懐中電灯をあちこちに向けてみる。

ぼんやりとした楕円形の光の中に、黒い糸杉の木や、電信柱や、倉庫のシャッターが浮かび上がる。普段見慣れているものなのに、こうして闇の中に照らし出すと初めて見るもののような気がするから不思議だ。

空に光を向けてみると、たちまち宙に掻き消された。

「何やってんの、貴子」

「星、出てる？」

梨香と千秋が空を見上げながら歩いている貴子に声を掛けた。

「んー、まだよく分かんない」

星を見るには、これでも街灯が明る過ぎるのだ。

「快晴ではないような気がする」

「ほんとだ、雲が出てるんじゃない？」

千秋が呟いた。

「明日の天気、大丈夫かな」

「今日と明日は快晴って予報では言ってたけど」

「降られたら困るね」

「いつだっけ、自由歩行の時に雨降ったの」

「一年の時じゃない？　朝二時間くらい降ったのよね」

「えらい寒かった記憶がある」

「雨は嫌だよね。風も嫌だけど」

「去年は星が凄かったよね」

千秋が貴子を振り返った。

「ああ」

本当に、降ってきそうだね。

突然、杏奈の声が蘇る。

アスファルトの道路の感触。リュックを枕に道路に足を投げ出して寝転んでいた少女たち。ほんの一年前。もう一年前。

杏奈が隣で顔を動かすのを感じたような気がした。

昨年は、山の中のコースだった。起伏の激しいコース。とにかく、本当に何もない山中だから、周囲に照明は全くなかった。

夜中の小休止で、疲れ切った生徒たちは道路に腰を下ろし、貴子と美和子は杏奈を挟んで道路に寝転がった。

あー、疲れた。と叫んで目を開いた瞬間、目に飛びこんできたのは、文字通り、闇にグラニュー糖をまぶしたような星空である。

少女たちは悲鳴に近い歓声を上げた。こんなに凄まじい量の星を見たのは生まれて初めてである。普段はせいぜい、天文図鑑や教科書に載っている程度のぽつんぽつんとした星しか見たことがなかった。

うそー、星ってこんなにいっぱいあるんだ。これ、はっきり言って星の方が黒い部分より面積多いよ。

なんだか気持ち悪いくらい。賑やかすぎる。星の大バーゲン。

うちのお菓子にこういうのあったわ、水羊羹の中に金箔をいっぱい流しこんだの。

ああ、あったね。「天の川」でしょう。

そうそう。でも、うちのより、こっちの方が断然金箔の量が多いわ。

そんな感想を口々に言いながら、みんなで空を見上げていた。降るような星、というよりも、こちらが空に落ちていって、星の中に溺れてしまいそうな眺めだった。空で溺れている三人が、身体についた星を手で振り払っているところを想像した。

なんだか怖い。だんだん向こうに落ちていくみたい。

杏奈が呟いた。

うん。吸い込まれそう。あんなところに放り出されたら、帰ってこられないね。

貴子も答えた。

あんなにいっぱいあると有り難味がないわね。どんなにきれいなものも、過剰にありすぎると、グロテスクになっちゃうのね。

美和子が例によって現実的な感想を漏らした。

あはは、と杏奈が急に笑い出した。

なあによ、と美和子が杏奈の顔を見る気配がした。

ううん、なんでもない、と杏奈が首を振り、ぽつんと呟く。

弟にも見せてやりたいなあ。

ああ、向こうにいるんだものね。

美和子が相槌を打つ。

でも、アメリカの田舎の方が星は凄いんじゃないの。大自然という点でいったら、アウトドアの本場だもの。

そうね。

杏奈はどことなく淋しそうに答えたが、すぐにまた感極まったような声を出した。

ああ、本当に凄い星。本当に降ってきそう。

こりゃ、流れ星って感じじゃないね。願いごとしようにも、どさどさ降ってきて、逃げ回るのが精一杯だよ。

貴子がそう言うと、杏奈は再び楽しそうな笑い声を立てた。

うん、星の土砂降り。

贅沢というか、迷惑だねえ。

三人で空に向かって上げた笑い声が、耳元で聞こえたような気がした。

あれから一年なんて、信じられない。昨日のことのように感じるのに。

貴子は懐中電灯を足元に向けた。あまりにも鮮明に記憶が蘇ったので、すぐ隣に杏奈と美和子がいるような錯覚を感じたほどだ。不意にもどかしいような懐かしさに襲

われ、美和子に会いたくなった。なんのかんのいって、今日はまだ歩き始めてから一度も会っていない。夕食の休憩の時には会いに行こう、と決心する。

それにしても、闇の中を歩いているせいだろうか。夢でも見ているように、生々しく過去の記憶が蘇ってくる。昼間も度々そんなことがあったけれど、日が落ちてからますます鮮明だ。一、二年の時は、こんなふうに感じたことはなかったのに。

突然、後ろの方からアハハハ、キャー、という賑やかな歓声が聞こえてくる。聞き覚えのあるガラガラ声が、大声で喋りまくっているのが近付いてきた。

「あれっ、高見君だ」

梨香が後ろを振り向いた。

「夜は元気だね」

「吸血鬼かい」

高見光一郎のガラガラ声はどんどん近付いてくる。クラスの連中の間を一通り渡り歩いているに違いない。普段はなめくじのように机でへばっているのに、一度テンションが上がると、誰彼構わず、目についた相手をつかまえて話をしなければ気が済まないらしいのである。うるさいし疲れるが、それは人一倍シャイで気を遣う性格の裏

「昼間はいるのかどうかも分からなかったのに」

返しでもあって、光一郎は男女を問わず、迷惑がられつつも好かれていた。

「ハーイ、ベイベー、幸せですかあ」

一段とハイテンションの声が響いてきた。女の子たちの笑い声がそれにかぶさる。

「きたきた」

「声聞いただけで疲れるわ」

千秋と梨香が呟く。

「千秋ちゃん梨香ちゃん貴子ちゃん、元気してるう？」

後ろからどしん、と光一郎が体当たりしてきたので、貴子と千秋は面喰らった。

「会いたかったよ、ベイベー」

二人の間に割り込み、肩を組むようにする。そんななれなれしい行為をしても、光一郎だと全然嫌な感じがしない。もっとも、千秋の方が彼よりも背が高いので、少々無理があったけれど。

「高見君、日が暮れてからずーっと叫んでるでしょう。後からがっくり来るから、控えといた方がいいよ」

千秋がくすくす笑いながら言った。

「ただでさえガラガラ声なのに、ますます声かすれてるし」

貴子が言うと、光一郎はふん、と鼻を鳴らした。

「俺、バスに乗せられるところだったんだぜえ。楽しい夜を迎えられたんだから、この喜びをみんなに分けてやらなくっちゃ」

「ゆうべ眠れなかったんだって？」

梨香が尋ねる。

「そうなのよ。やっぱりロックが俺を眠らせてくれなかったのよ」

「よく昼間歩けたね」

「もうボロボロ。死ぬかと思ったね。だけど、神は俺を見放さなかったね。ありがとう！」

光一郎は空に向かって投げキッスをした。

「大袈裟な」

梨香が苦笑した。

「聞いてくれ、ベイベー、俺がいかにして、俺をバスに乗せようとする藤巻と戦ったか」

光一郎は両手を広げ、ひとしきり昨夜から昼間にかけての苦難の道のりを面白おかしく語り、三人を笑わせた。これと同じ話を、恐らく十回は繰り返しているに違いな

い。

サービス精神旺盛というか、何と言うか。さびしがりやなのかな。

笑いながら、貴子は口から泡を飛ばして喋り続ける光一郎を見た。

と、光一郎がニヤッと悪戯っぽく笑って貴子の耳元に顔を寄せた。

「甲田さん、あとで俺らのパーティーに来ない？」

「パーティー？」

貴子はきょとんとした。

「土曜の夜はパーティーするんだぜ、イエイ」

「土曜の夜は明日の晩だと思うけど。今日は金曜の晩」

「ちっちっ、そんな難しい話は言いっこなしだぜ」

「難しくないって」

「いいじゃないか、おいでよベイベー」

「パーティーったって、どこでやるの？　夜中の二時まで歩くっていうのに」

「人生、すべてがパーティー。歩行祭、これもまたパーティー。俺に任せとけって、ベイベー。十二時前に呼びに来るから、覚えといてよ、シンデレラ」

「覚えとくけど、その頃にはもう疲れ切ってるかも。悪いけど、あたし、疲れると物

「凄く機嫌悪いよ」

「オーケーオーケー」

光一郎は貴子に向かって手をひらひらさせると、パッとまたどこかに駆け出した。

きっとまだ話をしていないクラスメートを見つけ、昨夜から現在に至るまでの話を聞かせるのだろう。

「死にそうだったって言う割に、よく走れるねぇ」

梨香が呆れたようにその後ろ姿を見送った。

「きっと昼間はエネルギーを温存してたんだよ」

「けたたましい男やのう」

道はゆるやかな長い上り坂になっていた。

菱形のブロックを組み合わせた壁を、背の高い街灯がぼんやりと照らし出している。

その長い壁に沿って、夜の蟻のような生徒の列が、とぼとぼと上っていくのを見ていると、自分たちがこの坂は巡礼者になったような気がしてくる。

「この時間帯にこの坂はきつい」

「ずーっと登ってない？」

「ゆるい坂だけどじわじわ効いてくるね」

文句を言いながら辛抱強く坂を上る。

気力が復活したと思うのもつかのま、身体は傾斜を敏感に感じ取る。たいした傾斜ではないにしろ、膝やアキレス腱はちょっとの変化も見逃さず、正直に負担を訴えてくる。いつしか、みんなの呼吸は荒くなっていた。

夜の最初の高揚もどこへやら、誰もが足元に意識を集中させている。賑やかだったお喋りも影をひそめ、さすがに高見光一郎の声も聞こえてこない。

ああ、本当に、歩行祭なんだ。

貴子は苦しい息の下でそんなことを考えていた。

さっきはまだ半分も残っていると思っていたけれど、今ではもう半分も残っていない。あんなに長いこと待っていたような気がするのに、始まってしまえばあっというまだ。

始まってからも、ずっと歩行祭の実感を探していたような気がする。だけど、まだその実感はない。お昼を食べた公園、沼のほとりのススキ、水平線の残光。確かにこの目で見たはずなのに、遠い日の夢のようだ。こうしてつらい坂を上りながらも、まだその実感はない。ひょっとすると、このまま最後まで実感がないと思いつつ終わってしまうのかもしれない。

去年の歩行祭の実感だって、ようやくさっき生々しく蘇ったくらいなんだから。

杏奈の笑い声が遠いところをかすめていく。

と思ったら、それは本物のざわめきだと気付いた。　顔を上げると、列の前方が活気

づいているのが伝わってくる。

正面の、高いところが明るい。

「きゃあ、休憩所だ」

千秋が間の抜けた歓声を上げた。

「夕飯だー」

梨香が安堵の入り混じった溜息をついた。

「どうして学校って坂の上にあるのよー。　もうちょっと低いところにしてよねえ」

貴子も溜息をつく。

休憩のために借りたどこかの中学校は、小高い丘の上にあるようだ。　列の先頭が校

門に吸い込まれていくのが見えるが、まだまだこちらがあそこにたどり着くには時間

が掛かりそうである。　しかし、目的地が目に見えると、これまでの疲れが一気に消し

飛んだ。

「疲れた」

「お腹空いた」

口々に文句を言いながら、三人は目の前の坂に意識を集中した。

高台の中学校の校庭には、皓々とナイター照明が点いていて、かなりの明るさである。

それまで暗いところを延々と歩いてきた貴子たちは、眩しそうに目を細めて校庭の中に入っていった。なんだかあまりにも眩しくて、身の置き所のないような気恥ずかしさを覚える。

一、二年生は、もう校庭のあちこちで配られた弁当を食べ始めていた。

正面では、ボランティアで来てくれている父兄が、豚汁やみかん、キャラメルなどを配っていた。近所に住んでいる生徒の父兄が来ていて、生徒と話したり写真を撮ったりする姿も見られる。

「きゃあ、日焼けしてるよ貴子」

明るいところで振り返った千秋が貴子の顔を見て目を丸くした。

「やっぱり。千秋も焼けてる」

「えー」

言われてみて腕を見ると、こちらも赤く日焼けしていた。無理もない。あんな炎天下を何時間も歩いていたのだ。

日焼け止め、やっぱ持ってくるんだった。

貴子は今朝の逡巡を思い出して舌打ちした。もう日が暮れてしまったのだから、今更遅いけど。

「顔洗いたーい」

梨香が叫んだ。

「先にトイレ行かない？　混んでそうだし」

「あたしは後にする。じゃあ、梨香の分、お弁当貰って場所取ってるよ。あ、リュック置いていけば？」

「じゃあ、お願い」

貴子と千秋は弁当を配る列に並んだ。千名以上の生徒が一堂に会しているのだから、校庭はかなりの騒がしさである。これまでの道のりとの落差が激しく、人工的な照明にもまだ目が慣れないのか、二人はぼうっとして列に並んでいた。

「なんだか目がヘン」

「埃っぽいね。豚汁どうする？」

「飲みたい」

「じゃあ、あたし、豚汁の方に並ぶ」

「お願い」

　千秋がお弁当の列から外れるのを見送ると、貴子は目をしょぼしょぼさせて校庭を見回した。正面玄関の前に組んであるひな壇に、一年らしい生徒がぞろぞろと登っている。

　もう、クラス写真を撮り始めているのだ。確かに、今から撮り始めないと出発に間に合わないだろう。

　ふと、去年の写真を思い出した。黒い野球帽をかぶった少年の後ろ姿も。

　思わず、きょろきょろと辺りを見回している自分に気付く。

　無意識のうちに探しているのだ、あの少年を。

　まさかね。

　貴子は苦笑した。まさか、二年続けてこんなところに現れるわけがないじゃない。

　そう思いつつも、目は動いている。

　第一、また現れたら、今度こそ大騒ぎだ。みんなさんざん写真を見ているから、誰かが見つけるに違いない。

写真のひな壇の近くから悲鳴が上がるところを想像した。きゃーっ、見て、あの子よ、去年もいたあの子だわ。みんながそこを注目し、ざわざわと異様な雰囲気が校庭に満ちる。

人垣がサッと割れて、その中心に少年が立っている。ポケットに手を突っ込み、無言でみんなを見回している——

まさか。貴子はその想像を打ち消した。そんなことが起きるはずがない。

しかし、千秋から豚汁を受け取ったあとも、貴子は辺りをきょろきょろと見回していた。

食事を済ませ、顔を洗ってトイレに行くとすっきりした気分になった。

貴子は美和子を探しに出た。

校庭は、食事を終わってリラックスする生徒たちで、相変わらず蜂の巣をつついたような賑やかさだ。

拡声器で、三年生の最初のクラスを呼び出す声が聞こえた。

クラス写真は、ようやく三年生まで順番が回ってきたらしい。

ごった返している校庭で、人を探すのは結構難しい。

が、女の子三人で立ったまま話をしている美和子の背中がパッと目に入った。

「みわりん！」

手を口のところに添えて叫ぶと、美和子の背中がぴくっと動き、こちらを振り返った。

「貴子！」

ニコッと笑って美和子がこちらに駆け寄ってくる。

久しぶりに会ったようにきゃあっと叫んでから（実際、とても久しぶりに会ったような気がした）、いろいろお喋りをする。

「草もち、おいしかった。みんなであっというまに食べちゃった」

「よかった。大丈夫だった？」

「リュックの中で潰れちゃったけど、なんともなかったよ」

「じゃあ、夜中はこれ」

美和子はポケットから小さな紙袋を取り出した。

「おお」

「落雁よ。糖分補給にはいいと思うの。粉っぽいから水と一緒に食べて」

「素晴らしい。至れり尽くせり」

紙袋の中の白い菓子を見ながら、貴子ははしゃいだ。美和子が呆れる。

「大袈裟ね、貴子は」

「ありがとう、何から何まで」

「自由歩行どうする?」

「仮眠所に着いたら、探しに行くよ。並んで寝よう。そうすれば、起きてすぐ一緒に出られるでしょ」

「そうだね。じゃあ、団体歩行が終わったら落ち合いましょ」

「OK」

美和子のクラスを呼び出す声が聞こえたので、二人は早口になる。

「じゃ、ね。残り頑張ろうね」

美和子がにっこり笑って握った手を握り返す。

ふと、貴子は視線を感じた。

誰かがあたしを見ている。

顔を上げると、美和子が喋っていた女の子のうちの一人だ。もう一人の子もこちらを見ているが、彼女の目付きとは明らかに違う。

涼やかな目の、はっきりした顔立ちの女の子。

手を振って戻ろうとする美和子を慌てて引きとめ、貴子は「あれ誰だっけ? ショ

ートカットの方」と耳打ちした。

一学年に女子は百名くらいしかいないので、三年になる頃にはほとんど顔と名前を覚えてしまうのだが、あまりつきあいのない子は今でも顔と名前が一致しない。

「内堀さんよ。じゃあまたあとで」

美和子は短く答えて、パッと駆け出していった。

内堀亮子。そうか、あれが。

貴子は暫く美和子を見送っていた。二人に合流し、歩き出す時に内堀亮子がちらっとこちらを振り返るのが分かった。が、すぐにひな壇に向かって三人とも駆け出していった。

そうか、あれが西脇融を好きな彼女か。

貴子は三人がひな壇に合流するところを見届けてからようやく歩き出した。

話したことはなかったが、前から見かけていて、綺麗な子だと思っていた。内堀亮子という名前は知っていたけれど、あの子だとは知らなかった。

貴子は、他人のことを詮索したり、グループ内での情報通だったりするタイプではない。だから、顔と名前が一致しない女の子がいても構わなかった。美和子などは、持って生まれた自然な社交性があるから、恐らく学年の女子のほとんどと言葉を交わ

しているのではないだろうか。

内堀亮子と西脇融を頭の中で並べてみた。

ふうん、なかなかお似合いじゃない。

内堀さんが、彼に誕生日のプレゼント用意してきてるって言ってた。

梨香の言葉が蘇る。

ふと、嫌な感じがした。まさか、あたしが西脇融とつきあってると思ってるんじゃ
ないでしょうね？

見た目によらず、随分積極的な子なんだな。いや、見た目通りかしらん。

凛とした目でこっちを見ていた彼女を思い浮かべる。

あれはあたしを見ていたのかな。それとも美和子？

もしそうだとすれば、あれは敵意だったのかもしれない。

苦い気持ちと、甘美な気持ちとが込み上げてきた。どちらかといえば甘美な気持ち
が勝っていたかもしれない。彼女が自分と西脇融に対して嫉妬したということが、貴
子をつかのまの優越感に浸らせていた。なぜかそのことで、昼間、千秋と融を見て嫉
妬した自分に復讐したような気になれたのだ。

「37組の生徒は、正面玄関前に集合してくださーい。クラス写真を撮りまーす」

拡声器の声を聞く前から、ぞろぞろと生徒たちが集まり始めていた。他の学年はもう出発の準備を始めていたし、撮影時間が押していることにも気付いていたからである。

「じゃあ、そこに集まってくださーい。もっと真ん中に寄ってください。こっちこっち」

カメラマンが手を振って、左右を詰めさせる。ひな壇に乗る、ゴトゴトという音が響く。

「甲田さーん」

頭の方から声が降ってきた。

後ろを見上げると、高見光一郎がガラガラ声で手を振っている。さっきよりも声がかすれているところを見ると、彼はこの休憩時間も喋りまくっていたのだろう。

「おまえ、もっとそっち行けよ」

「いいだろここで」

「詰めろよ、みんなの邪魔だぜぇ」

戸田忍と西脇融の声がした。見ると、後ろの列で、忍と光一郎が融を挟んで真ん中に連れてこようとしているらしい。

融の声はかなり不機嫌だった。

本当に、内堀亮子は十二時過ぎにプレゼントを渡す気なのだろうか。

そう思ってチラリと融の顔を見ると、パッと目が合った。

融の目に、あからさまな怒りの色が表れた。そして、その対象が自分であることを、貴子は直感した。その怒りのあまりの激しさに、胸の奥がズキンと痛んだ。

痛みに動揺しながらも、慌てて前を向く。

なんでよ。

心臓がどきどき鳴っている。

「はい、ちょっと瞬き我慢してくださいねー。いいですか、撮りまーす」

カメラマンが手を上げる。

じわじわと痛みが広がっていく。

なんであんな目で見られなきゃならないのよ。

痛みは、徐々にやりどころのない怒りに変換されていく。

あたしが何をしたっていうの。

顔が熱くなった。

勝手に、いつまでも一人で怒ってろ。

カメラを睨みつけながら、貴子はひりひりするような怒りと屈辱に耐えていた。

馬鹿だった。あたしが本当に馬鹿だった。

さっき、つかのま感じた甘美な優越感がいまいましかった。そんな甘い感情を抱いた自分が憎らしかった。こんな屈辱を感じさせた内堀亮子が、西脇融が、憎かった。

校門で、多くの父兄が見送ってくれた。

ここでもやはり見栄を張って、生徒たちは背筋を伸ばして元気そうに門を出て行く。

実際、夕食を食べて一時間近く休憩を取ったので、かなり気力は回復していた。

歩き始めても、貴子の気分は晴れなかった。

これまでも、融の冷たい目には慣れっこになったつもりでいた。

しかし、これはきつい。これには参った。

貴子は強張った表情をほぐすように、一人でそっと長い溜息をついた。

融の怒りが、心を射抜いていた。

あの目はきつい。暫く立ち直れそうにない。しかも、これが最後の歩行祭だというのに。

何度も溜息をついて気分をほぐそうとするが、べっとり胸の奥に貼り付いた嫌なも

のはちっとも抜けていかない。

怒りと屈辱とショックが三つ巴で戦っていて、どれをメインにしたらいいのか分からなかった。が、やがて怒りが勝った。

畜生。畜生。やっぱりあんな奴、大嫌い。あたしには関係ないことをいつまでも根に持ちやがって。一人で恨んでろ。根暗男。

次々と、融を罵倒する言葉が頭に浮かんできて、貴子はそれを一つ一つ心の中で融に投げつけた。

賭けなんかもうやめ。あんな賭け、馬鹿らしい。

こめかみは相変わらず熱いままだったし、心臓もどくどくいっている。けれど、心の中で罵倒を繰り返しているうちに、ようやく少しずつ気持ちが収まってきた。

もう一度、大きく深呼吸する。

夜間歩行でよかった。今の顔、誰にも見られたくない。

これから夜中に向けて気が張っているのか、みんな緊張感が途切れず黙々と歩いているのが幸いした。もしさっき誰かと口を利いていたら、動揺しているのがすぐにバレてしまっていただろう。

気分が落ち着いてくると、激しい感情に襲われたあとの虚脱感がやってきた。

あいつ、何をあんなに怒っていたんだろう。そもそも、あの時、融はやけに不機嫌だった。普段はポーカーフェイスを装っているくせに。

そう考える余裕ができてくると、疑問が湧く。

何かあったのかな。

さっき登ってきた長い坂を降りていくのは楽だった。歩くスピードも、さっきより断然速い。生徒たちの列は、すっかり息を吹き返していた。

皓々としたライトはもう過去のものだった。

連綿と続く住宅街は、間もなく田園地帯に入るはず。生徒たちの足音が、暗い夜に吸い込まれていく。自分の姿も、友人の姿も、闇の中に溶け込んでいた。ちらちらと足元を照らす懐中電灯の光の中に、赤いリュックや、反射ベルトや、使い込んだスニーカーが懐かしい色で浮かび上がる。

空を見上げると、ちらちらと星が見えたが、やはり曇っているようだった。厚い雲が、上の方を埋めているのがぼんやりと分かる。

去年みたいな星は見られないな。

杏奈の横顔がちらりと過ぎる。

もっとも、今年のコースはずっと平野部を歩くから、去年の山の中のような環境は

望めない。これだけあちこちに明かりがあっては、あんなふうに星を見ることは、ど
っちにしろ不可能だろう。

残念なような気もしたし、それはそれでいいような気もした。

静かだった。

遠くの幹線道路を走るトラックの音が聞こえる以外、生徒たちの足音しか聞こえな
い。

みんなが黙っているのは、夜の住宅街を歩いているせいでもあるようだ。たぶん、
先頭を行く実行委員からそういう指示があったのだろう。

でも、この静けさが心地良かった。みんなが一心に目的地を目指し、スピードを上
げて進んでいく集団の一員であることに、安心感を覚えた。ずっとこのまま歩いてい
たいような気がしたし、ずっとこのまま歩き続けているような気もした。

ふと、その時、何かの気配を感じたような気がして貴子は顔を上げた。

なんだろう？

自分でも説明がつかず、さりげなく周りを見るが、暗い住宅地が広がっているばか
りである。

と、足元を何かがサッと横切った。

「わっ」

　小さく声を上げるが、よく見ると、小さな目がこちらを見上げている。

　猫だ。

　道路の真ん中で立ち止まっていた猫は、生徒たちの列を一瞥してから、素早くどこかの家の塀の隙間にもぐりこんでいった。

　猫だったのかな。

　貴子は首をかしげながらも歩き続けた。

　だが、暫くすると、また何かの気配を感じて顔を上げた。

　何？　なんのせい？

　ザッザッという生徒たちの足音。みんな、足元を照らしながら、俯き加減に進んでいる。

　前方が開ける気配があった。遠くでチラチラとたくさんの明かりが揺れている。住宅街を出て、畑に入ったのだ。遠くに見える明かりは、ずっと先で、畑の中の農道を進む生徒たちの持つ懐中電灯の光だったのである。

　うわあ。長い列だなあ、やっぱり。

　貴子は遠くを行く光の列に見とれながら、何気なく視線を動かした。

えっ。

そこに、誰かが歩いている。

道路を挟み、貴子たちの列の反対側、貴子の向かい辺りを、誰かが俯き加減に歩調を合わせて歩いていた。

近所の住民かと思ったが、よく見るとリュックを背負い、黒い野球帽らしきものをかぶっている。

歩いている少年。あたしたちと一緒に。

まさか。

一瞬、時間のフィルムが巻き戻されたような気分になった。

さっき、校庭で思い浮かべた光景が現実を侵略してきたのだ、と思った。

少年は今年も現れる、みんながクラス写真を撮っている時に後ろに立つ、誰かが見つけて悲鳴を上げる。

まさかね。これは去年？　いや、違う、今年の歩行祭のはず。

貴子は混乱していたが、その少年から目を離せなかった。

少年に気付いているのは貴子だけのようだった。列は整然と続いている。

まさか、あたしだけに見えているとか？　みんなには見えないの？

貴子は口をぱくぱくさせて、ちょっと前を歩いている千秋の背中をつついた。

「千秋」

「何?」

黙々と歩いていた千秋が、声をひそめて貴子を振り返る。

「あ、あれ、あの子」

貴子は恐る恐る道の反対側を指差した。

「え?」

千秋と貴子がそちらを見た瞬間、道の反対側で少年がパッと顔を上げた。

二人と目が合う。千秋が喉の奥で言葉を飲むのが聞こえた。

少年は、ニヤリと笑った。彼は貴子たちの列と並行して歩きながら、白い顔でこちらを見て、無言のまま微笑んでいた。

一瞬、時間が止まったかと思った。

凍りついたようになっていた貴子と千秋に向かって、少年はスッと近付いてきた。

あまりにもあっさり近付いてきたので、逃げ出すこともできない。

が、少年は悪びれる様子もなく貴子の顔をしげしげと見ている。

「えと、タカコ？　タカコ・コウダ？」

少年はにこやかに話し掛けた。

「へっ？」

二人は顔を見合わせた。

少年は、ポケットから出したスナップ写真と見比べている。

前後の生徒が少年に気付き、ちらちら見ているのが分かる。　前を歩いていた梨香も

彼に気付いて、好奇心剝き出しで振り返っている。

それでも、足を止めるわけにもいかず、二人は歩き続けていた。

少年も歩調を合わせて、隣で歩いている。

「失礼ですが、あなたは？」

「ああ」

少年は頷いた。

「僕、ジュンヤ。榊順弥」

うん？　どこかで聞いたような名前。サカキジュンヤ。

千秋がハッとした顔をする。

「ひょっとして」

少年は満足そうに頷いた。

「榊杏奈の弟だよ」

「うそーっ」

貴子と千秋、そして梨香も思わず声を揃えて叫んだ。

なんとまあ。幽霊かと思ったら、杏奈の弟だなんて。

思ってもみなかった答に、疲労も忘れて「キャーッ」「言われてみれば似てるかも

っ」「ほんとにー」と、興奮してしまう。

シーッ、という声が周囲から起きて、二人は慌てて口を押さえた。

少年は「ホラ、これ、タカコね」と写真を見せた。そこには、去年の歩行祭のもの

らしい、杏奈と美和子とで撮ったスナップがある。

「よく見つけたね。でも貴子は髪型変わってないから、見つけやすいかな」

梨香が感心した声を出した。

「杏奈は？　杏奈もこっち来てるの？」

貴子は声を低め、早口で尋ねた。

順弥は首を左右に振る。

「僕だけ。杏奈は来てない」

「なんだあ。残念」

貴子はがっかりした。

「杏奈、大学の方は決まったの？」

千秋が尋ねた。順弥は当然という顔で頷く。

「うん。スタンフォードに決まったよ」

「うわあ、凄い。さすが」

「名門だー」

三人で溜息をつく。これから受験の自分たちにしてみれば、海の向こうで名門大学に進学を決めた杏奈がただただ羨ましい。しかも杏奈は理系だ。私立文系に「転ぶ」彼女たちにしてみれば、英語ができて理系というのは別世界の人間みたいに思えるのである。

「あなた、どこに滞在してるの？　こっちの家？」

ニコニコしている順弥に尋ねる。いきなり現れた少年が杏奈の弟だったというのも驚きだが、そもそもなぜこの子がこんな時間にこんなところにいるのだろうか。

「ううん。友達のところ。アメリカで一緒だった子が、日本に帰ったの。その子のところに泊めてもらって、車も出してもらった」

「なるほど」

「友達は今どこに？」

「ずっと先で待っててくれてる。キャンプ好きな子だから、これのこと面白がってた」

「いつから一緒に歩いてたの？」

「昼間から、ずっと車で走って、みんなが歩くところ見てた。歩いたのは、さっきの学校出てから」

「夕飯食べたところね」

「しかし、大胆というか、無謀というか」

「わざわざ日本に来て、しかも歩行祭来ようなんて、ほんと物好きだねぇ」

梨香が溜息混じりに呟いた。

貴子はふと思いついた。

「ねえ、あなた、ひょっとして、去年も歩行祭、混じって歩いてなかった？」

貴子は順弥の顔を覗き込む。あの、写真に載っていた在籍不明の少年のことを思い出したのだ。

順弥は一瞬ぎくっとした顔をしたが、やがてニッと笑った。

貴子は大きく頷いた。

「いた」

「やっぱり」

「えー、あれがそうなの」

千秋と梨香が顔を見合わせる。

「なんと、心霊写真の正体はキミだったわけだ」

「杏奈、何も言ってなかったじゃん」

順弥は小さく肩をすくめた。

「杏奈が随分前から歩行祭、歩行祭、って騒いでたから、こっち来た時に、ついていってみた。あとでバレて、杏奈、カンカンになって怒ってたけど」

「なるほどね。杏奈も知らなかったわけだ」

「杏奈には見つからないようにしてたし」

弟は、アメリカ人だから。

千秋と梨香の矢継ぎ早の質問に答える順弥を眺めていると、杏奈の声が聞こえてくる。こうしてみると、彼女はほとんど弟の話をしたことがなかった。貴子や美和子が弟のことを聞いても、いつもはにこやかな彼女が不愉快そうな表情をして、決まってそのことを聞かなかったのを覚えている。

確かに、杏奈に比べて弟の方が、会話もちょっと外国人の日本語っぽい。見た目は日本人だけど、歩き方とか、表情とか、発する雰囲気が外国人なのだ。

杏奈の言葉のはしばしから察するに、杏奈は自分は日本人だという強い自覚があり、日本での生活に愛着や憧憬を感じていたのに比べ、弟の順弥は早々にアメリカ生活にアイデンティティを見出してしまったらしい。彼は日本にはあまり興味を示さず、憧れもない。心証としてはアメリカ人なのだそうだ。だから、両親が日本に赴任することになった時、杏奈は迷わず一緒に日本で高校生活を送ることを選んだが、彼はそのままアメリカに残ることにしたという。杏奈はそれが不満だったようだ。

「なんで、今年も来たの？　杏奈もいないのに」

貴子が不思議そうに尋ねると、順弥は笑った。

「なんでかな」

白い歯を見せて首をひねる。

笑ったところは、やっぱり杏奈に似ているな、と思った。

彼はつかのま逡巡していたが、口を開いた。

「去年はね、馬鹿にしてた。景色もあんまり面白くなかったし。杏奈が騒ぐからどんな面白いイベントかと思ったら、だらだら歩くだけ。みたいなのが残ってるイベントだなって思った。あとで杏奈にそう言ったら、義？」

彼女、凄く怒っちゃって、暫く口きいてくれなかったよ。あんたなんかに分かるもんかって」

ズバズバ言うなあ。やっぱアメリカ人だ。貴子は苦笑する。

「去年こっそり来たのも、あの程度のものかよって杏奈に嫌味言ってやりたかったから。で、杏奈、向こう帰ってもこの歩行祭懐かしがってたから、今年も僕だけ参加して、あとで悔しがらせてやろうと思って」

「それでわざわざ日本に来るなんて、あんたも結構いい性格してるねぇ」

梨香が突っ込みを入れた。

順弥は「アハハ」と陽気に笑う。

「杏奈、凄く真面目で責任感ある性格。きちんと計画立てて、努力するタイプ。僕と全然違う。僕はお気楽な、自分勝手なタイプなんだって。杏奈、昔からそれが気にくわなくてガミガミ説教するから、僕ら、仲良くない」

「確かに全然違うみたいだね、性格」

「でもね、今日、友達と車で一緒にみんなの列見ながら走ってたら、自分では杏奈を見返してやるつもりだったと思ってたけど、それ、違ってた」

順弥はちょっと恥かしそうな顔をした。

「どこかで僕も、このイベントに参加したがってた、本当は羨ましがってたって分かったよ。海辺を歩いてる時とか、みんなとても楽しそうだった。一体感？　全員で何か同じこととするイベントなんて、向こうじゃほとんどないし。杏奈があんたなんかに分かるもんかって言ったのがちょっとだけ分かったかも」

「ふうん」

「あんたねえ、朝から歩いてないからそう思うのよ。朝から一緒に歩いてたら、きっと今の台詞はなかったね」

梨香の言葉に、みんなで笑う。

「そうだそうだ。あたしらは朝まで歩くんだぞ」

「自由歩行、一緒に走ってみない？」

「なんだ、どうせなら杏奈と一緒に来てくれればよかったのに」

「ねえ」

「誘っても、杏奈は来なかったと思うよ」

残念がる貴子たちに、順弥は首を振ってみせた。

「どうして。杏奈のハガキに、歩行祭に参加してみたかったって書いてあったよ」

貴子がそう言うと、順弥は頷いた。

「うん。僕も、一日だけの行事なら日本帰って歩いてくればって言ったんだ。でも、飛び入り参加じゃつまんないし、余計淋しいって」

「ああ、そうかもね。杏奈らしいな」

「きっと、杏奈がここにいたら、自分がもうこの場にいないこと、自分の場所はもうアメリカにあることを淋しく感じるに違いない。

「帰ったら、また杏奈が激怒するんじゃない？」

千秋が順弥の顔を見る。順弥は笑った。慣れてくると、大らかな性格が伝わってきて、なかなか可愛い。みんなも彼に魅力を感じているのが分かる。

「そうかもね。でも、今度は素直に楽しかった、羨ましかったって言うよ」

「うん。そうして」

順弥との話に夢中になっているうちに、道は完全に農道になっていた。真っ暗なキャベツ畑がえんえんと続く見晴らしのいい道である。生徒たちの持って

いる懐中電灯の明かりが、ちらちらと淡い光の列を作って動いていく。たいした光ではないように見えるのに、離れたところで見ていると、直線の光が空の雲に反射しているのが判別できる。

「不思議ねえ」

「雲まで届いてるよ」

「光って直進するのね」

そんな他愛のない発見が嬉しい。暗いところを歩くのにも慣れてきて、呼吸や歩調が闇に溶け込んでいることに心地よさを感じられるようになってくる。

順弥はすっかりみんなと馴染み、最初からそこにいたように歩いていた。ちゃんと白のジャージを穿いているので、教師に見られても見咎められることはないはずだ。

彼の友人はどこで待っているのだろう。順弥も順弥だが、この真っ暗な夜のどこかで、車に乗って待っている友人の方も、かなり酔狂だ。

「ねえ、タカコ」

順弥が小声で貴子に囁いた。

「なあに？」

「杏奈と一番仲良かったのって、タカコとミワコでしょ」

「うん」

順弥はますます声を潜めた。

「杏奈の好きな奴って知ってる?」

「えっ」

貴子は驚いた。いきなりそんなことを聞かれるとは。

「杏奈って、ほんとそういうのお固くってさ。好きな男がいたらしいんだけど、絶対教えてくれなかったんだ」

順弥は不満そうに呟く。貴子は首を振った。

「そうだね、杏奈って、そういうこと言わないんだよね。実は、あたしたちにも教えてくれなかったんだよ。アメリカに行く前に手紙出したらしいってことしか知らないの」

「なんだ、タカコも知らないのかあ」

順弥は溜息をついた。

「なあに、杏奈の好きだった子を聞いてどうしようっていうの。メッセンジャーしてくれるとか?」

「とんでもない。そんなことがバレたら、今度こそ杏奈にぶっ殺されるよ。ただ、ど

んな奴だか見てみたかったんだ」

順弥は、純粋な好奇心を覗かせた。貴子も頷く。

「だよねえ。あたしも知りたいなあ。そもそも、杏奈の好みってどういうの？　杏奈

ったら、それすらも言わないんだよ」

「たぶん、ストイックなタイプじゃないかな。小さい頃から、彼女が好きなんじゃな

いかなと思ったタイプで共通してるのは、無口だけど男っぽい、っていうのみたい」

そう聞いた時、どこかヒヤリとしたのはなぜだろう。

「ああ、そうだ。タカコとミワコの兄弟ってこの中にいる？」

思い出したように順弥は顔を上げた。

兄弟。貴子は再びヒヤリとしたが、平静を装う。

「いないよ」

「そうかあ。じゃ、違うな」

「なんで？」

思わず尋ねていた。順弥は貴子の内心の動揺など気に掛けず答える。

「杏奈が何かの時にぽろっと漏らしたことがあったんだ。友達の兄弟にいいなと思う

人がいるって」

「えっ」

一瞬、呼吸が止まる。友達の兄弟。

「だから、タカコかミワコの兄弟だと思ったのに。じゃあ、別の友達かな」

順弥は首をひねっている。

「ねえ、それ、いつごろ？　いつ、そんなこと言ったの？」

貴子は胸がどきどきし始めていた。

「うーん。一年くらい前かなあ。それも、杏奈がママに言ってるところをたまたま聞いたの」

友達の兄弟。もちろん貴子は一人っ子ということになっているし、美和子には兄と弟がいるが、お兄さんは東京の大学に行っているし、弟は中学生だ。杏奈がその二人に会ったとは思えないし、会ったとしてもそういう対象になっているとは思えない。

まさか。まさかね。

そう否定しながらも、胸の動悸は治まらなかった。

そんなはずはない。杏奈が、あたしと西脇融の関係を知っているなんてことは。

だが、ストイックで無口なタイプと言われて瞬時に融のことを思い浮かべたことも確かなのだ。まあ、そういうタイプは融以外にいくらでもいるだろうが、彼をいいなと思う女の子たちが彼を形容する時、いつもそう評しているのも事実だ。なぜか貴子

はこの直感が当たっているような気がした。

もしこの直感が当たっていたら。

貴子はなんだか空恐ろしいような心地になった。

杏奈のいう友達というのがあたしで、あたしの兄弟が融だと杏奈が知っていたとし

たら、彼女が手紙を出したのは彼なのだ。

そう確信した貴子の思考を遮るように、遠くで笛の音が響き渡った。

「ねえ、あいつ、誰？」

忍が脇を小突いた。

「え？　あいつって？」

足元を見て暫くぼんやり歩いていた融は顔を上げる。

「ほら、あそこにはみ出して歩いてる奴。あんな奴いたっけ？」

忍が顎を向けるところを見ると、ずっと前の方で、野球帽をかぶって列からはみ出

し、一人ぺたぺた歩いている少年のリュックが暗闇の中に浮かび上がっている。

「少なくともウチのクラスじゃないなあ」

「やけに軽装だな」

二人で訝しがっていると、順繰りに前から情報が伝わってきた。

「聞いたか、おい」

「ほんとかよ」

「榊杏奈の弟だとよ。アメリカから来たんだと」

「去年の写真に写ってた幽霊もあいつだったらしい」

「飛び入りだって」

前の生徒が後ろを振り返り、ぶつぶつと呟く。

融と忍の後ろで「うそーっ」という声が聞こえた。

「ほんとに？ ほんとにあれが榊の弟？」

融は思わず叫んだ。

今日は何かとあいつの名前が出ていたのは、ひょっとして、弟が近くにいたからなんだろうか。それとも逆に、あいつのことを考えていたから現れたとか。そんなことを考えて、不思議な気分になる。

「やることが大胆だねえ、アメリカ帰りは。よくはるばるこんなところまで来たな。しかも、ちゃんと我が校の白ジャージ穿いてるじゃん」

忍は別の意味で感心している。

「あ。まさか、榊も一緒に来てたりして。あいつ、歩行祭に思い入れあったし」

忍が顔を上げたので、融はぎょっとした。今ここに、あいつが近くにいたら。

なぜか融は逃げ出したくなった。あの目で目の前に立たれて、自分のことを見られ

たら、恥かしくて、恐ろしくてたまらないような気がしたのだ。

「一人だってさ。日本のダチの車で来てるって」

忍の声を聞いて、再び前の生徒が後ろを振り返った。

「なーんだ」

忍の残念そうな声を聞きながら、融は胸を撫で下ろしていた。

「誰と喋ってるんだ？」

「甲田だろ。あいつ、榊と仲良かったし」

そういえば、遊佐美和子と三人で歩いているところをよく見かけたっけ。遊佐とい

い、榊といい、貴子のことが心から好きなようだった。どちらも全然違うタイプなの

に、貴子は意外なメンバーと気が合うらしい。

「ふーん。あいつ、変な奴と仲いいよな。友達いりません、みたいな顔してるのに」

「そんなことないよ」

融が独り言を言うと、忍がすかさず反論した。

「甲田は、見た目よりも全然、情が濃い奴だと思うよ」

ちぇっ、余計なこと言うんじゃなかった。融は舌打ちする。

「なんだよ、知ってるみたいに」

「見てれば分かるじゃん。おまえと同じで、自己表現はあんまり上手じゃないけど」

「おいおい。どうしてそういう話になるよ」

「だって、そうじゃん。人に何か言われても、言い返したり弁明したりしないよな、おまえらって」

「ひとくくりにするなって」

いつのまにか貴子の話題になってしまったのが、忍の思う壺のようでなんだか悔しい。だが、忍に昼間から何度も挑発されているので、今更目くじら立てるのも癪な気がする。反論するのも面倒くさくなって、融は疲れた声を出した。

「高見といい、おまえといい、なんでそう俺と甲田をくっつけたがるんだよ。全く、理解に苦しむよなあ。すっかり面白がっちゃって」

ついつい愚痴っぽくなると、忍が珍しくムッとしたのが分かった。

「あのね、違うの。順番が逆。おまえらが、くっつきたがってるように見えるんだよ」

融は思わず彼の顔を見た。

「まさか。勘弁してくれよ」

「ほんとだよ。おまえらは分かってないみたいだけどね」

「分かるも分からないも」

馬鹿言うなよ。そもそも、くっつくわけにはいかないんだよ。俺たちはきょうだい

なんだぞ。融は心の中で叫んだ。

「何だよ。分かるも分からないも、そのあとは？」

忍が突っ込んでくる。融はハッとした。

「何でもないよ」

融は動揺する。今、俺は何と？

それまでの彼は、彼女を自分のきょうだいだと自覚したことはなかった。そのこと

は知識としては知っていたけれど、自分の中でその事実を具体的な言葉にしたことが

なかったのだ。しかし、なぜかその時、融は自分と貴子の血の繋がりを強く意識して

いた。紛れもなく、自分たちが血を分けたきょうだいであることを。しかも、もっと

驚いたのは、それは今日初めての感情ではなかったことだ。ずっと自分の中の底流と

して認めていた事実だったのに、単に自分が言葉にしなかっただけで、大昔から知っ

ていた感情だったのだ。

しかし、そう自分で認めたことが、融を激しく動揺させていたし、苛立ちを感じさ
せてもいた。

おい、それがどうした？　だから何だというんだ。そんなの、ただの既成事実だ。
空が青いと俺が認めたからって、世の中は何も変わらない。これまでの関係も、これ
からの関係も。

「融はさ、偉いんだよな」

忍が呟いた。

「何？」

一瞬、彼の言葉が聞き取れず、融は聞き返した。

忍は繰り返す。

「偉いよ、おまえは。よくやってるよ。おまえが何を目指してて、何のために努力し
てるのかは知ってるつもりだけどさ」

「なんだよ、その奥歯にモノの挟まったような言い方は」

多少冗談めかして言い返したものの、忍の表情は変わらない。

「説教していい？」

「俺に?」

忍が小さく頷く。

「そう。もっと夜中に言おうか、黙ってようかとも思ったけど、団体歩行の残り時間もどんどん少なくなっていくし、おまえ、テニス部の連中と歩くだろうから、今のうちに言っておこうかと思って」

「ふうん。いいよ」

融は、興味を覚えた。普段は、二人の会話は雰囲気だけで進んでいく。言葉の断片だけがやりとりされ、二人が描いている絵は周囲の人間には見えない。

そこに林檎があるとわざわざ口にしなくても、林檎の影や匂いについてちらっと言及さえしていれば、林檎の存在についての充分な共感や充足感を得られるのだ。むしろ、林檎があることを口にするなんて、わざとらしいし嫌らしい。そこに明らかに存在する林檎を無視するふりをすることで、彼らは一層共感を深めることができる。そのことを、二人は誇りにすら思っていたのだ。

しかし、時にどちらかが林檎の存在を口にしなければならないことがある。その時に、もう一人がどうすべきなのかが試される。林檎を払いのけるか、食ってしまうか、そのまま腐らせておくのか。そもそも、その林檎はどんな味なのか。恐らく、今の二

人はそれをはっきりさせようとしているのだ。今これからなされる話は、のちのちの二人にとって、とても大事な話になるのだろう。

「俺の従兄弟が小学校の先生になってさあ」

忍がちんたらした調子で話し始めた。説教すると言ったものの、いつもの淡白な口調は変わらない。

「昔っから小学校の先生を志望してて、元々絵本や児童文学が好きだったんだよね。それで、前からちょくちょく俺んちにも、お薦めの本を持ってきてくれたんだ。でも、俺、小説とかファンタジーとかあんまり好きじゃなくて、ほとんど読んでなかったんだよな。姉貴なんかはよく読んでたけど。だけど、最近、何かの時の退屈しのぎに、たまたま姉貴の本棚に収まってた本を読んだんだ。『ナルニア国ものがたり』っていう、別世界のファンタジーなんだけどさ」

「ふうん」

「読んだことある?」

「ないな。俺もあんまり本読まないし」

「そうか。まあ、内容の説明はおいとくね。何冊もあるんだよ、シリーズもので。暇だったし、最後がどうなるのか興味を覚えたから、とりあえず最後まで読んだんだ」

「どうなるんだ？」

「それはこの話と関係ないからパス。よかったら、貸してやるから読めよ。で、最後まで読み終わった時に俺がどう思ったかというと、とにかく頭に浮かんだのは『しまった！』っていう言葉だったんだ」

「しまった？」

「うん。『しまった、タイミング外した』だよ。なんでこの本をもっと昔、小学校の時に読んでおかなかったんだろうって、ものすごく後悔した。せめて中学生でもいい。十代の入口で読んでおくべきだった。そうすればきっと、この本は絶対に大事な本になって、今の自分を作るための何かになってたはずだったんだ。そう考えたら悔しくてたまらなくなった。従兄弟は、闇雲に本をくれてたわけじゃなかった。うちのきょうだいの年齢や興味の対象を考えて、その時々にふさわしい本を選んでくれていたんだ。従兄弟が本をくれた時に、すぐに読んでいれば。従兄弟が選んでくれた順番に、素直に読んでおけば、こんなことはなかったのに。あれくらい悔しかったことって、ここ暫く思いつかないな」

「へえー」

融は意外に思った。忍は過去のことにこだわらないタイプだと信じていたからだ。

「だからさ、タイミングなんだよ」

忍はボソボソと話し続けた。

「おまえが早いところ立派な大人になって、一日も早くお袋さんに楽させたい、一人立ちしたいっていうのはよーく分かるよ。あえて雑音をシャットアウトして、さっさと階段を上りきりたい気持ちは痛いほど分かるけどさ。もちろん、おまえのそういうところ、俺は尊敬してる。だけどさ、雑音だって、おまえを作ってるんだよ。雑音はうるさいけど、やっぱ聞いておかなきゃなんない時だってあるんだよ。おまえには今だけだから、あの時聞いておけばよかったって思う時にはもう聞こえない。おまえ、いつか絶対、あの時聞いておけばよかったって後悔する日が来ると思う」

忍の声は、どんどん早口になっていった。

腹が立つかと思っていたが、むしろ融にはそんな忍がとても新鮮だった。こんなふうに畳み掛けるように、臭い台詞を吐ける奴だとは知らなかった。齧ってみるまで、どんな林檎か分からないものだ。

「その雑音っていうのは、女か？　女とつきあえってこと？」

「うーん。分からない。その一つかもしれないけど、全部じゃない」

「俺はどうすればいいんだ?」

「どうしろとは言わないけど、もっとぐちゃぐちゃしてほしいんだよな」

「今だって結構ぐちゃぐちゃしてるけどな、俺」

「だから、もっとさ」

「もっとぐちゃぐちゃ、ねえ」

二人は揃って黙り込むと、暫くの間黙々と歩き続けた。

気温がどんどん下がっていくのが分かる。動いているので寒くは感じないけれど、ふと意識した時に、肩や袖が思いのほか冷たくなっていることに気付くのだ。

「世の中、本当にタイミングなんだよな。順番といってもいいけど」

忍が溜息混じりに呟いて、融の顔を見た。

「順番が違ってれば何とかなったのにってこと、ないか?」

「あるような気がする」

「――そりゃあ、可愛い子だとは思ったよ。だけど、最初に会った時、俺は単なる付き添いだったんだ」

融は忍の顔を見る。

何の話だ?

面喰らったものの、説教すると言いつつも、忍は実のところは自分の話がしたいら
しいと気付く。

誰のことだ、と聞きたかったけれど、もう少し話をさせておいた方がいいと判断する。
忍は続けた。

「水泳部で仲よかった奴でさ。そいつの幼馴染（おさななじ）みだったんだと。今更改まった話する
のが恥かしいし、聞いてもらえるかどうか分からないから、立ち会ってくれって。そ
う言われたら、断れないだろ、普通」

「うん」

とりあえず相槌（あいづち）を打つ。忍だって、自分が脈絡のない話をしていることを知ってい
るのだ。

「のこのこ付いていってさ。可愛いとは思ったけど、友達の相手だと思うと、結構何
も感じないものじゃん？」

「そうだな。で、彼女、戸惑ってたけど、一応、奴とつきあうことを承知したんだ
よ。もちろん、奴は大喜び。俺も祝福したよ、心から。めでたしめでたし」

「うん、そう。彼女はうちの生徒じゃないんだな？」

「ふうん。それで終わりか？」

「まさか。話はここから始まるんだ」

忍は肩をすくめた。

「すぐにお役御免かと思ってたら、どっこいそうじゃなかった。二人きりで会うのは恥ずかしいから一緒に来てくれと、何度もデートに付き合わされたわけだ。そう望んでいるのは奴だけじゃなく、彼女もだと言うんだから、仕方ないだろ？　なんだかなあと思ったけど、そりゃ奴のためだから俺も頑張ったよ。笑わせたり、話題を提供したり、時々さりげなく外して二人だけになるようにしたり。我ながらけなげに尽くしたよなあ」

「だんだん話が見えてきたぞ。それで、おまえが彼女を取っちまったっていうんだろ？」

「まあまあ。話はそう単純じゃないんだ」

忍は宥めるような声を出した。

「三人でのデートが暫く続くうちに、やがておかしな状態になってきた。奴も、彼女も、一人で俺に会いたがるんだ。奴は、どうしても彼女の気持ちがつかめない、彼女が自分のことを好きかどうか分からないと言うし、彼女は奴とうまくやっていく自信がないんだけどどうすればいいのかと言う。奴は彼女から本音を聞きだして、うまく

いくよう説得して欲しいと言うし、彼女は奴を傷つけずに別れるような方法を探して
ほしいと言う。完全な板ばさみ。つらい状態が続いたよ。でも結局は、どうにもなら
なかった。そんな状況だったから、二人は別れた。だけど、奴とも彼女とも会うとい
うのは、そのあとも続いたんだ。ていのいいカウンセラーだな。彼女も何かと俺に相
談を持ち掛けるようになった。なにしろ彼女はもててたから、引く手あまた。交際の申
し込みをした相手がうちの学校だった場合、素性調査みたいなものもやった」

「割に合わないなあ」

「だろ？　でも、その頃には結構つきあいが長くなってたから、今更断るのもなあ、
と思ってやってた」

「で、おまえと彼女の間には、愛は生まれなかったのかよ？」

融は痺れを切らして尋ねた。

「問題はそこさ」

忍は融が先を急かしているのに気付いていないのか、相変わらず淡々と話
を進める。

「生まれなかったんだ。少なくとも俺の方は」

「じゃあ、彼女の方は」

「うん。どんな馬鹿でも分かるさ。彼女が、俺と会うための口実に、いろいろな相談を持ちかけてきてるんだってことは」

「それで?」

「彼女ははっきりと告白したりはしなかったの?」

「それに近いことは何度かあったけど」

「それで?」

「だから、タイミングなんだ。最初に友人の彼女として紹介されていたし、単なる立会人で相談役として長いことやってきたんだから、今更役割を変えられない。俺はそれまでの役をこなし続けて、彼女の気持ちに気付かないふりをした」

「可哀相に」

「そうかもしれないけど、最初に俺にそういう役を振り当ててたのは彼女なんだぜ。じゃあ、これまでの俺の努力はなんだったんだってことになるじゃないか」

「まあな。で、どうなった?」

融は先を促した。

「どうもならないよ。そんな宙ぶらりんの状態が続いてる。彼女は、次第に、俺にあてつけるようになった。いろんな男とつきあって、その経過をくどくどと俺に報告するんだ」

「こえぇな。会うのを止めるわけにはいかないのか？」

「それができたら苦労はしないよ。ここで止めたら、俺が彼女の気持ちに気付いてたってことを認めることになっちまう。だから、いいお兄さんの役を辞めるわけにはいかないんだ」

「そういうもんかな。おまえは本当に、全くその気はなかったの？　彼女とつきあいたいとか」

「ない」

　忍はきっぱりと答えた。

「もしかしたら、最初はあったのかもしれない。友達に紹介された時には、心のどこかにそういう感情があったのかもしれないけど、彼女とそういう関係になってからは、どんどんその気はなくなっていった」

「かもな」

「だから、順番について考えるんだよ。もし最初に、フリーな状態で彼女を紹介されてたら、彼女とつきあってたのかなって。でも、彼女がその気になったのは、ああいう状態で会って、距離をおいて俺に相談する機会があったからだと思うし、まっさらな状態でつきあい始めたらすぐに終わってたんじゃないかと思うんだ」

「なるほど」

ようやく話の終点が見えてきたような気がして、融は大きく頷いた。

確かに順番というのは大切だ。

親父が先にあの女に会っていたら。あの女が別れていなかったら。そうしたら、こ

親父が先にあの女に会っていたら。あの女が別れていなかったら。そうしたら、こ
こに存在する俺はどんな人間になっていたのだろう。もしかしたら、親父と、あの女と、貴子という三人家族で、仲睦まじ
く暮らしていたかもしれないのだ。今の家には母親も俺も存在せず、あの三人が住ん
でいたのかもしれない。

「しかし、おまえにそんな相手がいたなんて知らなかったなあ。全然気付かなかった」

三人のイメージを掻き消し、融はそう言った。

「用心はしてた。彼女を最初に紹介した友達には、会ってることを知られたくなかっ
たから、人目には気を遣ったよ」

「ふうん。そのテクニックは伝授してほしいな」

「それに、今年になってからは、ずっと連絡が途絶えてたんだ。だから、正直、もう
あきらめたんだろうと思って、安心してたのさ」

「過去形ってことは、そうじゃなかったってことだな」

忍は苦々しげに頷いた。

「参ったよ。久しぶりに呼び出されたと思ったら、子供堕ろした、だもんな」

「え？」

融は一瞬、思考停止状態に陥った。

この話、最近どこかで聞いたことがある。

「おい、その女の子って、まさか」

「そう。西高の彼女だよ。古川の従姉妹。さっき写真が回ってきてたあの子さ」

忍はしかめ面で頷く。

「ひえー。知らなかった。おまえとなんて、全然噂にもなってなかったじゃないか」

「だって、気を付けてたし、実際俺とは何もなかったもの」

「父親、本当におまえじゃないの？」

「違うってば」

忍は吐き捨てるように答える。

「じゃあ、彼女は、父親の名は明かしてないわけだ」

「うん。うちの高校の三年だとしか言わない」

「それって、おまえに対する究極のあてつけだな」

「やっぱりそういうことになるよなあ」

忍の溜息混じりの声を聞きながら、融は後ろめたい喜びを感じていた。

悩みは人それぞれで、それぞれに別の困難さがあること。忍が、恐らくずっと一人で悩んできたであろうことを打ち明けてくれたこと。そういう安堵と感動が入り混じって、彼は暫く絶句していた。

「可哀相だな、おまえも彼女も」

やっとそれだけ言うと、忍は曖昧な相槌を打った。

「まあね。努めて客観的に見ようとすれば可哀相だと思えるけど、今の俺は、結構彼女を恨んじゃってる」

「だろうな」

「大体、俺にどうしてほしくてあんなことを打ち明けたんだろう。父親なんかつきとめたって何の役にも立たないし、怒ればいいのか、泣けばいいのかも分からない。彼女だって、もう自分がどうしたいのか、俺に何を望んでるのか分からなくなってるんだろうな。だって、子供堕ろした、って言って、あとは何も言わないんだもの。ジッと俺の顔を見てるだけで。非難してるのか、慰めてほしいのか。ほんとにどうしたらいいか分からなくて、俺、馬鹿みたいにぽけっと突っ立ってたよ」

その場面を想像した融は、女の顔が貴子になっているのに驚いた。慌てて打ち消す。なんでこんなところに出てくるんだよ。

「おまえの言葉を借りれば」

無意識のうちにそう言っていた。

「おまえにぐちゃぐちゃになっていて欲しいんじゃないの。おまえに関わっていてほしくて、責任を感じてほしくて、そういうこととしてるんじゃないのかな」

ぐちゃぐちゃになれ。ほんの少し前にそう言ったのは忍だった。

忍があっけに取られた顔で融を見た。

「そうか。そういうことか」

忍はしげしげと融の顔を覗き込む。

「やっぱ、自分のことっていうのは分からないもんだな」

「だな」

二人は実感を込めて頷きあい、沈黙して足元を見つめて歩き続けた。

けれど、その沈黙はいつになく雄弁で、親密で、ちょっと暖かい感じがした。

「今、ここに、何があったら嬉しい?」

退屈したらしく、梨香が尋ねた。

「うーん」

貴子と千秋は間延びした返事をする。考えるのが面倒くさいというのと、答えたいという気持ちとが、胸の中で戦っているのだ。

「やっぱお布団と枕だなあ。そのキャベツ畑の上に布団が敷いてあったら、迷わず倒れ込むよ」

千秋が恨めしそうな声を出した。そんな心地よいもののことを考えてしまったのを後悔するような声である。

「いいなあ、布団と枕。足伸ばして横になれるだけで幸せ」

「キャベツ畑に布団がずらっと並べてあったら驚くよね」

「夜明けと共に絶対目が覚める」

「やだやだ、他のものにしてよ。余計疲れちゃう」

自分で答えておきながら、千秋は首を振った。

「あたしはラーメンだなあ。バイクで追いかけてきて、ここで岡持ち開けてアツアツの味噌ラーメンが出てきたら、すっごく嬉しい」

梨香が手を握り合わせてそう言った。

「何よ、食べ物で来るわけ？　だったら、あたしはボンゴレが食べたい。スープがめちゃめちゃ熱いの」

「生クリームたっぷりのケーキでもいいなあ」

「あっ。そうだ」

貴子はごそごそとポケットを探った。

「すっかり忘れてた。さっき、みわりんに落雁貰ったんだった」

「えーっ」

「早く言ってよ」

歓声と非難を同時に受けて、貴子は頭を下げつつ菓子を配る。貴子も、自分の口に一つ放り込んだ。上あごにじわりと甘さが広がっていき、同時に口の中が乾燥していることにも気付く。

「おいしい」

「でも、喉渇くね」

「生き返る」

「夜にこんな甘いもの食べてるのってどうよ？」

「いいじゃん、歩いてるんだもの」

甘いものを食べる幸せは、こんなところでも同じだ。いや、もっと幸せかも。しかも、夜更けに歩きながら甘いものを食べるなんて、罪悪感があって後ろめたいだけに、余計わくわくさせられる。

「そういえば、貴子の返事聞いてないね」

梨香が落雁をお腹に収めてから、思い出したように顔を上げた。

「何が?」

「さっきの質問。今ここに何があったら嬉しいか」

「ああ。まだ続いてたのか」

「そうよ。質問ゲーム、まだまだ続きます」

梨香はまだ話を続けるつもりらしい。

「杏奈かなあ。うん、今杏奈がここに現れたら嬉しい」

貴子は落雁をポリポリ噛み砕きながら呟いた。

「おお、素晴らしい返事じゃない? 順弥君はどこよ、順弥君は。聞かせてあげたいね、素晴らしき友情のメッセージを」

「たぶん、今は美和子のところにいるわよ」

千秋が答えるのを聞き、貴子はまたちょっとだけ引きつった。

　順弥はさっきあたしにした質問を彼女にもぶつけているだろう。
友達の兄弟。その言葉を聞いて、美和子はどう感じるだろうか。むろん、彼女の場
合、自分の兄弟を思い浮かべるだろうから、あたしのことなど思いつかないはずだ。
そう自分に言い聞かせるものの、なぜか心は落ち着かない。順弥がまた何かおかし
なことを美和子に言っているのではないかと不安になるのだ。それが何かは分からな
いのだが。

　それに、今欲しいものに杏奈を挙げたのは、梨香の言うような友情のためではなく、
杏奈がどこまで知っているのか尋ねたいのと、手紙の意味を問い質したいからだった。
梨香が人差し指を立ててみせる。

「内堀さんは、何あげるのかしらねえ」

　貴子は内心溜息をついた。

　千秋が呟いた。

「ああ、西脇君の誕生日？　いいね、それ予想しない？　歩行祭の最中に、好きな彼
氏にあげるもの。何がふさわしいでしょうか」

　やれやれ。西脇融、おまえばかりがなぜモテる。

「かさばるものはあげられないよね。高価なものや壊れやすいもの、重いものもこの

千秋は真面目に考えているようだ。

「現在、欲しいのはモノよりか労働だなあ。荷物持ってくれるとかさ。休憩時間にマッサージしてくれるとかさ」

梨香が呟いた。

「じゃあ、肩叩き券」

「母の日じゃあるまいし」

「サロンパスとか、絆創膏とか」

「救護バスじゃん」

二人の他愛のない話を聞きながら、貴子は想像した。

西脇融へのプレゼント。あたしができるのは、姿を消すことくらいかな。彼の前から、彼の生活圏から姿を消すことが、彼が一番喜ぶことだろう。

「貴子は？」

そう聞かれて、貴子はポケットを叩いた。

「これ。落雁。貰って嬉しかったでしょ」

「ああ、そうだね。甘いもの、嬉しいよね」

「なるほど、その辺りかなあ。甘いものだったら、貰っても邪魔にならないし、すぐ使える」

貰っても邪魔にならない、か。内堀亮子は本当に融にプレゼントをするのだろうか。

そして、融はどんな顔をしてそれを受け取るのだろうか。

じゃあ、あたしには？　あたしは彼から何が欲しいだろう。

なぜか「心の平安」という言葉が浮かんだ。

ひえー、随分ババくさい言葉が浮かんだもんだわ、と自分に突っ込みを入れる。

でも、それは本当だ。あたしは、彼と普通に話ができるようになりたい。あんな目で見られずに、笑い合えたらそれで充分だ。

だが、二人で笑い合っているところがどうしても想像できなかった。そんな日が来ることなどあるのだろうか。そう考えると、どうにも暗い気分になってくる。

「しかし、ほんとにいい時間よね。毎年思うことだけど、こんな時間にこんなところ歩いてるのが信じられない」

梨香が腕時計に目をやった。

つられて自分の腕時計に目をやると、もう十時を回っている。

子供の頃には、起きているのも許されなかった時刻だ。だが、今は横になるどころ

か、夜通し歩いていなければならない。大人になるというのは不条理なものである。

それにしても、ずっと考えないようにしてきたが、そろそろ足がひどい状態になってきていた。

大丈夫かな。まだ持ちこたえられるかしら。

大きな石を踏んでしまい、痛みに舌打ちしながら貴子は不安を押し殺した。

一歩進む毎に、足の裏がビリビリ痛んで、靴の中に剣山の中敷でも敷いてあるのかと思うほど。ふくら脛はもうこれ以上無理というくらいに張っているし、膝も疲れ切っている。何より足が上がらなくなり、ちょっとした段差や小石に躓いてしまう。

こんな状態なのは自分だけではないと知っていても、誰も文句を言わないので、自分はみんなよりも虚弱なのかと不安になる。

意外に疲れているのは目だ。一日中初めての道を歩き続けているのだから、目は必死に周囲の情報を集めている。腕時計を見た時に、なかなか焦点が合わず、目をしょぼしょぼさせている自分に気付く。

もちろん、背中も痛い。リュックを背負っている肩の痛みと繋がってしまい、リュックと背中の間に板が一枚入っているような感じだ。

こんなふうに、肉体的な苦痛を自覚してしまうと、それはたちまち全身を包み、ど

うにも耐え難いものに思えてきてしまう。一足毎に痛みが全身を貫き、じりじりと内側から精神を切り崩そうとしているのを感じるのだ。

そして、痛みに気を取られていると無口になる。言葉を口にするのが億劫になり、会話は多大なエネルギーを要するものになってくる。

夜になってからの興奮が収まると、何かの拍子にみんなが無口になる。

列は静まり返り、足音だけが恨めしそうについてくる。

だが、まだまだこのあとがつらいことを、上級生たちは知っている。夜中の十二時を回って、仮眠所にたどり着くまでの約二時間がつらいのだ。前に進むということすら苦痛になり、表情を繕うことすらできなくなる。不機嫌さを通り越し、疲労に感情を抜き取られてしまった、動くだけの生き物。そうなる時刻が、少しずつ近付いてきている。

「お誕生日おめでとー、融ちゃーん！」

半ば、歩きながらうとうとしていたらしい。いきなり大声で名前を呼ばれ、背中をはたかれたので、融はぎょっとして振り返った。

「――ああ？」

我ながら間の抜けた、寝ぼけ声が出た。

「十八歳おめでとう！　やったね！　結婚できるぜい」

いつのまにか、光一郎がすぐ後ろにいた。元気いっぱいのオーラを発散しているので、余計に疲労を感じる。

十八歳。言われて思い出す。誕生日か。

「そうだった」

腕時計を見ると、十二時を回ったところだった。もう日付が変っていたのだ。

「大人だね、大人ー」

「高見は誕生日いつなの？」

欠伸混じりに尋ねる。光一郎はつんと顎を反らした。

「俺は三月なんだよ。十八になるの、卒業してからなんだよなー」

「早生まれか。いかにも早生まれだな、おまえ」

「ふん。どうせチビだからって言うんだろ。昔っから、同学年のでかい女子に苛められてきたからなあ。ヒーローの不遇時代だね」

「誰がヒーローだって？　何かくれよ、プレゼント」

融が手を突き出すと、光一郎は人差し指を振った。

「まあまあ、もうすぐパーティーだからさ」

「パーティー？」

「土曜の夜はパーティーするんだぜ」

「まだ金曜の夜だろ」

「ちぇっ、同じこと言いやがって」

「同じこと？」

「さすが以心伝心だね」

「何のことだよ」

「もう少ししたら呼びに来るぜ」

光一郎は例によって、ガラガラ声で喋りたいだけ喋っていくと、パッと姿をくらました。彼が離れていくと、気温まで下がったような気がしてホッとする。疲れている

時に、ああいう男は迷惑だ。

「あいつ、こんな時間なのにまだハイテンションだなあ。どこまで保つかな」

「はっぴばーすでー」

忍が隣で節を付けて呟いた。

「どうもどうも」

融は大仰に頭を下げてみせる。

「めでたいよね。きっと、おふくろさんも喜んでるよ」

忍は真面目な声で言った。融も素直に頷く。

「そうだな。よくぞここまで成長したよ」

辺りは既にどっぷり真夜中だった。長い列はもうすっかり疲れ切って、誰もが惰性で足を動かしている。空気は冷たかったが、身体の方はオーバーヒートしているので、点けっぱなしの機械みたいな、どろりとした嫌な熱を発している。特に、全身の関節は鈍い痛みを伴った熱を持っていた。融は、膝のことはなるべく意識しないようにしてきたが、そろそろ古傷がうずきそうな予感がある。

チラチラと光る、前方を行く生徒の懐中電灯を見ていると、自分たちがゾンビの群れか幽霊の集団にでもなったような気がする。

誰にも見えなかったりして。ふと、そう思った。

遠くの白い列に目を凝らす。あれは、本当に生きている人間だろうか？

俺たちは歩行祭をやっているつもりでも、実際のところは違うのかもしれない。俺

たちは幽霊で、何十年も前に死んでいて、でもそのことに気付いてなくて、今も高三

のつもりでえんえんと歩行祭を繰り返しているのだ——

「俺たち、死んでるのかもしれないなあ」

「え？」

忍が耳を寄せてきた。

「よくあるじゃん、兵隊さんの列が、夜中に裏の山道をざくざく行進していった、と

かさ。シベリアから引き揚げてきて家に帰る途中だ、とか。今の俺たちがそうじゃな

いってどうやって証明する？」

「幽霊ってこと？」

忍は怪訝そうな声を出す。

「そう」

「分からないなあ。幽霊って疲れるのかね。痛みとか疲労とか感じるのかな」

「記憶は残ってるんじゃないの」

「じゃあ今は証明できないな」

忍は小さく肩をすくめた。

「——親父さんに会いたい？」

幽霊の話から連想したのか、少しして忍が聞いてきた。融は首をひねる。

「どうだろう。薄情みたいだけど、今はまだいいな」

「会いたくない？」

「うん。今はいい」

話すことなどないような気がした。聞いてみたいことは幾つかあったけれど、うまく質問できないに違いない。きっと、会っても互いにもどかしいだけだろう。

「だけど、うーんと先になって、俺に子供とかできたら、会いたいと思うかもしれないな」

「ふうん」

うーんと先。ずっと先。それが、この道の向こうに続いているという実感は今はまだない。だけど、とりあえず、目の前の道を進んで、高校まで歩いて帰らなければならない。

うーんと先。それはどこらへんにあるのだろうか。

待ちに待った笛の音が鳴り響いた。

昼間は、笛と笛との間隔が随分短く感じられたのに、今や、次の笛までの時間がなんと長いことか。

「ああー、疲れたあ」

悲鳴の入り混じったどよめきにも、もはや力がない。生徒たちはくずおれるように道端に座り込む。ただただぐったりと足を放り出すのみ。辺りは真っ暗で、全く人通りもない。

田んぼの中に延びるアスファルトの舗道に、リュックを枕に完全に横になっている生徒もいる。

どんよりとした集団が、闇の底にうずくまっている様は、一種異様である。

「もう十二時過ぎたか」

梨香が目をしょぼしょぼさせて腕時計に見入っている。

「最高にきついね、今ごろが」

「全身が痛い。どうして腕とか腰とかがこんなに痛くなるんだよー」

貴子はストレッチをしようとして、あまりの肩の痛みに悲鳴を上げた。

「荷物がなかったら、ちょっとは楽だったのかな」

「しょうがないよ、元々二足歩行は生物学的に言って不自然なんだからさ」

「これから仮眠所に着くまでの二時間がつらいんだよね──。なんかもう、声も出なくなってきた」

千秋が喉を押さえる。

そうなのだ。なにしろ早朝から喋り続けているので、気が付くと、高見光一郎ほどではないものの、声がガラガラになっている。全身が極限状態を迎えているが、喉はかなり酷使している箇所の一つだろう。

「足痛い。足の裏、ビリビリしてて感覚がない」

「梨香も？」

「うん。なんだか足の裏にもう一つ分厚い足の裏があるみたい。その部分が痛む」

「そうそう。足そのものが痛いんじゃないんだよね。足から一センチくらい離れたところがじんじん痛むんだよ。見た目より、感覚としては、もう一回りおっきな足があるみたい」

「お風呂場で掃除の時履くブーツくらいの大きさね」

「そう。それくらいに足が腫れてる感じ」

「これがさあ、明日、いやもう今日か、全部終わって家に帰って寝ようとすると、背中が痛くて眠れないんだよね。布団に横になると『うぎゃーっ』て感じ。それでも疲れ切ってるから、一瞬にして眠っちゃうんだけどさ」

「うーん。今日の昼には全部終わってると思うと不思議」

「なんでこんなところでこんなことしてるんだろうね。不条理だ」

千秋と梨香がそう話しているのを聞くと、貴子はなんだか急に不安な心地になった。

その不安に一人、闇の中で動揺する。

あっというまに、あっけなく歩行祭は終わってしまう。もう三分の二は終わった。

残りは三分の一。朝の陽射しも、昼の紫外線も、潮風も、草もちも、坂道も、豚汁も、記念撮影も全てが過去のもの。今や、昨日の出来事になってしまったのだ。熱に浮かされたように、勢いだけでいつのまにかここまでやってきてしまった。

これまでの時間が惜しいような気がする。面倒くさいけど、高校最後の記念の行事として、もっといろいろなことをしっかり考えるつもりだったのに。

しかし、今では疲労が身体のほとんどを占め、いかに終点までたどり着くかという

ことに心は専念してしまっている。

まあ、考えてみれば毎年こうだったような。当日までは、歩きとおせるだろうかという不安にうじうじしてるんだけど、始まってみればあっという間で、心に残るのは記憶の上澄みだけ。終わってしまってからようやく、さまざまな場面の断片が少しずつ記憶の定位置に収まっていき、歩行祭全体の印象が定まるのはずっと先のことなのだ。

その時には、どんなふうな印象になっているのだろう。

記憶の中で、あたしは、西脇融は、どんな位置に収まっているのだろうか。あたしは後悔しているのか、懐かしく思い出すのか、若かったなと苦笑いするのか。早く振り返られればいい。早く定位置に収まってくれればいい。だけど、今あたしは、まだ自分の位置も、自分がどんなピースなのかも分からないのだ——

「おーい」

遠くから、聞き覚えのある声が近付いてきた。

「うわ、来た」

「まだ元気だよ」

梨香と千秋がひそひそ呟く。貴子はぎくっとした。高見光一郎だ。まさか、この疲

れまくっている夜中のこれから、パーティー云々というわけじゃあるまい？

「甲田さーん」

貴重な休憩時間を潰し、よたよたとこちらに駆けてくる馬鹿がいる。それはやはり光一郎であり、闇の中で大きく手を振っていた。

「お疲れー」

貴子は膝の上で両手を垂らしたまま、気のない返事をした。

光一郎は、貴子の前にぺたんとしゃがみこみ、その小動物のような目を見開いて彼女の顔を覗き込む。

「甲田さん、約束覚えてるう？　パーティーパーティー」

「覚えてるけど、あたしもう駄目。完全グロッキー。動けない」

「えー。いいものあげるからおいでよ。ね、ね。ねえ、梨香ちゃん、千秋ちゃんもぜひぜひ。いいもんあげるからさあ」

「パーティーって、何のパーティーなの？　そもそも歩行祭だって祭って名前が付いてんだけどねえ。あんまりめでたい感じはしないよね」

「うん、めでたいめでたい。だって、融の誕生パーティーだもの。ここは一発みんなで祝ってやろうぜぇ」

「そうなの、だったら行く」

千秋が現金な声を上げる。昼間の融の笑顔を思い出して、貴子は胸のどこかがちくっとした。ま、あたしには関係ないけどさ。

「ふうん、じゃ、あたしも」

梨香も乗り気になった。となると、貴子も行かないわけにはいかない。だが、より離れたところで、何かを両手に抱えた戸田忍が声を張り上げた。

「高見、てめえ、俺に持たせてなんだよ。さっさと半分持てっ」

によって西脇融のところだ。こちらはよくとも、彼は嫌がるのではなかろうか。

「今行くよー、待ってて」

光一郎は地面にしゃがんだまま顔だけ向けて返事をする。

「さあ、立った立った。列が動き出しちゃうと、ますます追いつけなくなるぜ」

光一郎に腕を引っ張られ、貴子は渋々リュックを背負い直した。

「うー、立ち上がるのがしんどい」

身体のあちこちが露骨にみしみしいう。

「さあ、みんな立って立って」

光一郎は、一人涼しい顔だ。こいつ、昼間はいったい何をしてたんだろう？

　よろよろ立ち上がると、他の生徒たちがぐったりと道端で休んでいるのが見渡せる。歩いていく貴子たちに目をやる者もいない。膝を抱えてうなだれているのがほとんどで、話をしている生徒もあんまりいない。男子生徒が交替で持っている幟も、今は地面の上に力なく投げ出されている。この段階でこれを持って歩くのはかなりしんどいだろう。男子でなくてよかった、と内心つくづく安堵する。

「早く早く」

　戸田忍は、ウインドブレーカーに何かを包んで持っているらしかった。

「戸田君、何持ってるの」

「重そう」

　忍は手元を見下ろした。暗がりでよく見えないので覗き込むと、なんと缶コーヒーである。

「ほら、早く一人ずつ取って」

「うわあ、缶コーヒーだ」

「どこで買ったの？」

「よく買ってきたわね、こんなに」

　貴子たちは控えめに歓声を上げた。周りに聞こえると悪いような気がしたからだ。

「へへん。俺様が途中で自販機見つけてひとっ走りしてきたのさ」

光一郎が鼻をうごめかせた。忍が思い切り鼻を鳴らす。

「そう。それで、俺の手に『持ってて』と押し付けていったんだよね」

「だって、梨香ちゃんたちを呼びに行かなきゃならなかったんだもの」

「俺がそっちの役でもよかったんだけどね」

貴子は恐る恐る缶コーヒーを取り上げた。

「これ、ほんとに貰っちゃっていいの?」

「幾ら?　払うよ」

「いいって、いいって、俺様の奢おごりさ。百円玉が六枚しかなかったんで、六本しか買えなかった」

「六本で充分だよ」

両手を広げてみせる光一郎に比べ、あくまで忍は冷静である。確かに、缶コーヒー六本をこの時間帯に持たされるのは、ロバの背に最後の麦藁むぎわらを載せられるような悲惨な仕打ちだ。

「まじ?　素敵、高見君。愛してるわ」

「俺に惚ほれちゃいけないぜ、ベイベー」

「いいから、高見、自分の分を取れよ」

ついに忍が怒りを爆発させた。光一郎は慌てて缶コーヒーを取り上げる。

「ひー、手がちべたくなっちまったよ。ほら、返すぜ」

忍は残りの二本を持つと、ウインドブレーカーを光一郎に返した。

「うわ、こっちも冷たくなってる。ぶるる」

受け取って羽織った光一郎の方も、冷たいところに触れたのか震え上がった。

「嬉しい。こういう時に、こういう甘い飲み物、元気になりそう」

「ところで、肝心の主役はどこ？」

缶コーヒーを抱えて、五人で周囲を見回し、五人は同時に目を留めた。

「あらま」

光一郎が間の抜けた声を上げる。

それと同時に笛の音が鳴って、周囲の生徒たちが声にならない呻き声を上げ、そちらこちらで怪我人のように立ち上がった。しかし、彼らは動くのが遅れた。

暗がりでよくは見えなかったが、道端に座り込んでいる西脇融の前に、しゃがんで話し掛けている少女の背中をぽかんと見つめていたからだ。そして、融は、笛の音を聞くと、立ち上がって彼女を助け起こし、そのまま二人で並んで歩き始めたのである。

融は完全に当惑していた。

笛が鳴ったので、思わず先に立ち上がり、目の前の少女が腰を浮かそうとして失敗したため、つい腕を取って助け起こしてしまったのだ。それが、なんとなく、彼女がそのまま彼の隣に並んで歩くきっかけを作ってやった形になった。

助け起こすんじゃなかったな。

融は心の中で後悔していた。

くそ。忍はどこに行ったんだ。急にいなくなっちまいやがって。

後ろを振り返りたかったが、そうすると隣の少女に帰れといっているみたいで、後ろが見られない。奴はどこにいるのか。逆に、こいつを帰さない限り、忍も戻ってこられないわけだ。頭の中でいろいろ考えているうちに、全身冷や汗だらけになっていることに気付いた。

しかし、隣の少女はなかなか帰る気配を見せない。

むしろ、黙って隣を歩きながら、ある種の怨念（おんねん）みたいなものをじわじわ送って寄越しているような気がして、息が詰まりそうだった。

しかも、彼は、この少女から貰ったスポーツタオルを馬鹿みたいに首に巻きつけているときている。それでは、彼女に一緒に歩いてほしいと言っているようなものだった。

だが、さっきは、それ以外に選択肢がなかったのだ。

休憩時間になる少し前、いつのまにか隣から忍が消えていた。

疲れてるし、ぼんやり歩いてるし、いなくなったことに気付かなかったのだ。どこに行ったんだろうと周囲を見回したが、大したことではないと思ったので、休憩時間もそのままその場に一人で腰を下ろしていた。

一人でいたからこそ、彼女も声を掛けるチャンスだと思ったのだろう。

「西脇君」と声を掛けられ、顔を上げた時には目の前に彼女の顔があった。

ちらっと見ると、近くに同じクラスの付き添いらしき女子が二人いた。暗くてよく顔は見えないけれど、そのうちの一人は遊佐美和子であると気付く。

三組の内堀亮子。

やられた、と思った。

不意を突かれた、とも考えた。

正直、舌打ちしたい気持ちだった。

噂は聞いていた。それとなく、他の生徒から言われたこともある。それに、なんと

なく自分を好きな女の子というのは分かるものだ。　視線の感じや、こちらを見る時の
雰囲気や、遠巻きにしている気配で。
　もちろん、悪い気はしない。このところモテているかも、という自覚もある。だが、
その一方で、みんな単に高校時代の思い出作りをしたがっているんじゃないかという
気もする。高校三年も後半になると、何か感情的な記念を残しておきたいという気持
ちになるのは分からないではない。だけど、その記念品に僅かな期間だけ使われるの
はちょっと、という心境なのである。
　実を言うと、融はこれまできちんと女の子とつきあったことがない。
　デートらしきものは何度かしたことがあるが、緊張するし、気詰まりだし、ちっと
も面白くなかった。中三の時も相手から申し込まれた。なんとなくいいなと思ってい
た女の子だったので、デートというものに期待していたのである。しかし、話題は全
然合わないし、次の話題も見つからないし、面倒くさい、鬱陶しい、という気持ちの
方ばかりどんどん膨らんでゆき、一刻も早くここから逃げ出したい、と考えていた。
やがては彼女の視線がまとわりつくのも嫌になり、避けてばかりいたら、うやむや
のうちに消滅してしまった。その時感じたのは、ただ一つ、深い安堵感だったことが
印象に残っている。

部活は忙しかったし、受験もあったし、高校に入ってからも早くから大学に気が急いていたから、正直なところ、女の子とつきあいたいと思わなかった。大学に入ってからでいいや、と思っていたのかもしれない。

女の子に興味がないわけではない。今がその時期でないだけで、むしろ、ひょっとして、この先自分が遊び人になるのではないかという予感がする。自惚れも含まれているかもしれないが、自分には女の子が寄ってくる、という確信があるのである。

俺には、どこかひどく酷薄なところがある、と融は感じている。

父親のようになるのだろうか。そ知らぬ顔で浮気をし、よその女に子供を産ませ、双方の子供に気まずい思いをさせる。

そう考えると、心のどこかが冷たくなる。父親に対する軽蔑は、父親の気持ちが分かるからだし、自分の中にそっくりな部分があるせいだと自覚しているからなのだ。

融は未完成の少女たちが苦手だった。ふわふわしていて、サッと表情が変わったり、絡みつくような目をしたり、恨めしい素振りをしたり。その青臭さが魅力であるのは認めるものの、あんなふにゃふにゃしたものに手を出したら、大変な目に遭うのではないかという不安の方が大きかったのだ。

つきあうのならば、俺も大人になって、相手もきちんと輪郭のある大人の女がいい。

あんな不定形の人間に振り回されるのは嫌だ。

いつしか、そんな理念のようなものができあがっていた。

だから、彼は用心していた。不定形な少女たちの記念品として扱われることのないように。彼女たちの卒業アルバムの思い出の一枚として収集されやすいので、隙を見せないように気を遣っていたのだ。

しかし、まさかこんな。

歩行祭の真夜中の、一人で口開けてぼんやり道端に座っているところを襲撃されるなんて、詐欺だ。

「三組の内堀です。西脇君、お誕生日、おめでとう。これ。こんなところでなんだけど、使って」

少女は黒目の大きな目でしっかりとこちらを見つめ、そう言った。手に持った懐中電灯のかすかな明かりの中に、真剣な表情が浮かび上がっている。

融は必死に平静を装った。

「ああ。ありがと。じゃ、ありがたく」

融はぶっきらぼうに、少女に手渡されたタオルを取り上げた。

「これ、黒?」

なにしろ夜だ。だからこそ、彼女もこんな大胆な行動に出たのだろう。

「うん、紺なの。赤い縁取りがある。一回洗濯してあるから、ちゃんと水を吸うと思うわ」

「それはどうも」

融は小さく会釈してみせた。少女がホッとした顔をするのが気配で分かる。

「あのう、歩行祭が終わったら、一度会ってくれませんか?」

「歩行祭が終わったら?」

「はい。おうちに電話してもいいですか?」

融は一瞬躊躇した。母親が出るところを想像したのだ。

その躊躇を、彼女は別の意味に取ったらしかった。

「一度でいいです、ゆっくり話してみたかったんです」

その必死の声を聞いて、嫌だとは言えなかった。

「いいよ」

「ありがとう」

少女ははっきりと言った。随分しっかりとした子だ。言うべきことはちゃんと全部

言っている。俺だったら、こんなふうに言えるだろうか。

本音を言えば、彼女は好みのタイプだった。凜々しい、潔い感じのするまっすぐな少女。すらっとしていて、顔も可愛い。彼女のことが好きだという男も何人か知っていたが、彼女が融のことを好きだという噂は広まっていて、彼女もあまりそれを隠そうとはしなかったので、あきらめているという。

その時に、笛の音が鳴って、融と少女はビクッとした。パッと立ち上がった融の前で、少女は少しよろけた。それで、思わず手を伸ばしたのだ。

助け起こされた少女は、驚いたのと、嬉しそうなのと、複雑な表情をしているのが分かった。

離れたところで見守っていた二人が、そっと彼女を残して引き揚げていく。

おいおい、頼むよ、こいつを置いていかないでくれ。お願いだ、一緒に連れていってくれ。融は心の中でそう頼んだが、時既に遅かったのである。

「自由歩行はどうするの?」

隣で亮子がおずおずと尋ねた。

「たぶん、テニス部の連中と一緒に歩くよ」

融は冷たい口調にならないように気を付けながら答えた。

「ああ、そうか。順位は気にしない？」

「まあね。下級生には上位三十位に入れってハッパ掛けてるけど、俺たちもう引退し
てるからな」

「そうね」

「まさか、走るの？」

「最初だけね。でないと、着くのが凄く遅くなっちゃうから」

「クラスの子と？」

「そう。さっき一緒に来てくれてた子と」

「遊佐さんも？」

「うーん、彼女は甲田さんと歩くんだって」

そう答えてから、亮子は一瞬、押し黙った。それが、融の反応を見るためだったよ
うな気がして、融はちょっと不愉快になった。その一方で、そもそも自分が遊佐美和
子の名前を出したのは、甲田貴子の名前を出したかったからのような気がした。

「こんなこと聞いて悪いんだけど、西脇君て、甲田さんとつきあってたの？」

本当に、この子はなんて率直なんだろう。

融は闇の中で苦笑した。

「そういう噂、流れてるらしいね。誰が流したのか知らないけど、全くのガセネタだよ」

「ごめんね。一学期の初めから、結構流れてた」

「つきあってるように見えた?」

「うん。少なくとも甲田さんは、西脇君のこと好きなんじゃないかって思った」

「そんなことないよ」

「そうかな」

あっさりと否定する融に、意外に亮子は食い下がる。

この子とつきあったら、と融は想像した。

どんな話をするのだろう。二人で並んで歩いているところを思い浮かべる。

話題は何だろうか。会話は続くだろうか。楽しいのだろうか。

はっきりしているから、結構気が楽かもしれない。大人しいタイプよりは、はき

きしている方が好みだと思う。

そうかな。

大きな黒目でそう自分に尋ねる亮子の顔が目に浮かんだ。その目に問い返す。

一回お話しすれば済むのかい? この先俺と続けていく気が本当にあるのかい?

ひょっとして、受験の間だけ、一緒に励ましあったり、一緒に帰ったりしたいと思ってるんじゃないかい？　俺の知ってる先輩で、大学まで続いたカップルなんて、一組もいやしない。俺たちはもう受験しか残ってない。その間に、「高校時代の恋人」といういうアルバムの写真を残そうとしてないかい？　最後のページに写真を貼って、項目を書いたシールを貼ってしまえばもう安心。確かに彼は存在したのだと後で言える。

急に、嫌悪感が込み上げてきた。

俺は、不定形な女は嫌だ。青臭くて、記念品を求めている少女は嫌だ。俺がつきあうのならば、輪郭のきちんとした大人の女性でなくちゃ嫌だ。

融は、隣の少女に、不意に激しい憎しみを覚えた。

「ねえ、どうする？」

「どうするっていってもねえ」

「あれだけしっぽり話しこまれちゃなあ」

「缶コーヒー飲みたい」

光一郎と忍、貴子たち三人は、少し離れたところで融たちの後ろを歩いていた。

未だに缶コーヒーは開けられていない。このままでは、缶コーヒーを持ったまま仮

眠所に到着してしまいそうだ。さっきは冷たかったけれど、持ち歩いているうちに少しずつ温かくなってきた。

「くそう、あの女。俺たちの計画をめちゃくちゃにしやがって」

光一郎は呟いた。忍は頷きつつも感心している。

「恋する女は強いな。こんな時間を狙ってくるなんて、予想もしなかった」

「内堀さん、大胆」

千秋は感心したように呟いた。特にショックを受けているようでもないので、貴子は密かに安心する。梨香は別のところに感心していた。

「結局、プレゼントはスポーツタオルだったのね。やっぱり実用品で来たか」

「いいじゃん、そっとしといてあげなよ。せっかく盛り上がってるみたいだしさ。考えようによっちゃ、素敵な誕生日プレゼントじゃん。コーヒー、飲んじゃわない?」

貴子がそう言うと、梨香と千秋は同意したが、光一郎と忍は反対する。

「せっかく俺が融の誕生日パーティーのために苦労して買ってきたのに」

「そいつをずっと持たされてたのに」

「じゃあ、高見君、彼を連れ戻してきたら」

梨香がそう言うと、光一郎は「とんでもない」と首を振った。

「そんなこととしたら、あの女、俺のこと恨むぜ。絶対、根に持つタイプだよ、あいつ」

「そうかなあ。戸田君は」

「俺もやめとく。もう少ししっぽりさせてから、声掛けてみる」

「コーヒーどうするの？」

「それまで我慢」

忍はきっぱりと答えた。

「そんなあ」

「お預けかー」

梨香と千秋が悲鳴を上げる。

「どのくらい我慢すればいいの？」

「あと十五分くらいで許してやろう」

みんなで恨めしそうに缶を弄ぶ。

「——甲田さん、そろそろ告白タイムじゃない？」

いつのまにか、隣でそっと忍が話し掛けてきたので、貴子は吹き出した。

「なあに、それ。悪魔の囁き？」

「そう。夜も更けてきたし、暗くて顔も見えないし。恥かしい話をするなら今だよ」

彼の芝居がかった口調がおかしくて、思わず「あははは」と笑ってしまう。忍は憮然とした様子である。

「なんだよ、それ。あれ見て悔しくないの。内堀、まんまと隣に収まっちゃって。あたしの融をどうするの、とか言えないわけ?」

「言わないよ。あたしの融じゃないし。彼もまんざらじゃないんじゃないの。さっきの優しい仕草といい」

「うーむ」

「それより、あたし、分かっちゃった。戸田君が川べり一緒に歩いてた女の子」

「えっ」

忍は一瞬息を飲んだ。

「大丈夫、誰にも言ってないし、言わないから。でないと、父親にされちゃうもんね」

「うわっ。頼むよ、甲田さん、それだけは」

闇の中で、忍が拝む仕草をした。貴子は大きく頷く。

「分かってるって。でも、ほんとに戸田君が父親じゃないんだよね?」

「信用ないな、俺って。そんなに野獣に見えるかよ」

「だって、可愛い子じゃん」

「俺は中立だ。俺の友達の彼女だっただけだよ」

「ああ、なるほど、そういう事情か。『相談したい優しいお兄さん』にされたね」

「さすが、女の子の方がそういうところは飲み込み早いな」

貴子が答えると、忍は感心した。

「気を付けないと、引きずりこまれるよ」

「もう結構引きずりこまれてるんだけどね。俺にはどうしようもないから」

「災難だったね」

「彼女がね」

貴子は思わず忍の顔を見た。むろん、ほのかに横顔が見えるだけ。

忍の声は真面目になった。

「あんなふうに知られちゃってさ。古川は勘違いしてるし。まさか直ひょっとしたら彼女が古川にやらせるように仕向けたような気がするんだ。あの父親捜しって、接捜してくれとは言わないだろうけど、古川が捜す気になるような、正義感を駆り立てるようなことを言ったんじゃないかな。結局、傷つくのは自分なのに。女の子って

どうしてああ開き直っちゃうんだろう。　捨身になっちゃうっていうか。　まだまだ先は長いのにさ」

「淋しくて、悔しいんだよ」

「淋しくて悔しい？」

「うん。女の子って、自分がちやほやされるのは、ほんの短い時間だって知ってるもん。あんな噂広まっちゃったら、もう二度と以前のイメージに戻れないことは本人が一番よく知ってるよ。一回転落したら、女の子の価値なんてなくなっちゃう。もう戻れないんだったら、相手も一緒に落としてやりたいって思うんじゃないのかな」

「ふうん」

「戸田君、優しいね。西脇君とも、ほんとに仲いいんだね」

「うん。俺、融、結構好きだな」

忍は素直にこっくりと頷いた。

「あ、でも、甲田さんには譲るよ」

「それはどうも」

貴子は苦笑する。

「なあんかね、イライラするんだよね。最近、あいつ見てると」

「どうして？」

「そりゃ潔くて感情安定しててマイペースだっていうのは偉いよ。だけど、何も見ないふりするっていうのは気に食わないね」

「見ないふり？　何を？」

「なんて言うんでしょう、青春の揺らぎというか、煌めきというか、若さの影、とでも言いましょうか」

「凄い台詞。梨香に聞かせてやりたい」

忍は低く笑った。

「うまく言えないけど、そういったものだよ。臭くて、惨めで、恥かしくてみっともないもの。あいつにはそういうものが必要だと思うんだよね」

「愛だねえ、戸田君」

「そう、あいつには愛が足りないんだよ、愛が」

「そうかな。彼は足りてるんじゃないの。今ああして愛を語らっていることだし」

「違う違う。あれじゃない」

「じゃあ、どれ？」

「戦う愛みたいなのが必要だと思うんだよ。ぶつかってく愛、みたいなの。あいつ、

割と無償の愛を当然と思ってる節があるからさ。お袋さんなんか、典型的な、一人息子に尽くすタイプだし。よくないよ。将来、女泣かせるよ」

貴子は感心した。

さすが、仲がいいだけあって、忍は鋭いと思う。これまで融に対してうまく言葉にできなかったことを、今言ってもらったような気がした。

融にはなんとなく、人を見下すようなところがある。それは責任感と言い換えてもいいのだけれども、他人や女性に対して、力関係や上下関係で態度を決めるところがあるような気がする。

しかし、さすがにその感想は口にできなかった。

「でも、しょうがないよねえ。お母さんと苦労してやってきたんだもの。多少は強気に攻めないと」

彼の場合、それがなりふり構わずでなく、冷静で有能だと思えるところに誤解があると思う。そういうところが、カッコよく見えたり、頼りになるように見えるのだ。

だから、女の子に人気があるんじゃないだろうか。

「あれ。甲田さんのところは?」

「うん、うちも母子家庭だから。うちの母親は全然無償の愛タイプじゃないけどさ」

「へえ、そうなんだ」

貴子はひやひやしていた。何か自分が余計なことを口にするのではないかと心配でたまらない。

「ふうん、だからかな。似たような印象があるのは」

「印象、似てる?」

「うん。しっかりしてて、大人なとこは大人だ」

「あたし、ちっともしっかりしてないよ」

「いいや。他人に対する優しさが、大人の優しさなんだよねえ。引き算の優しさ、というか」

貴子はまた笑い出した。

「なんか、戸田君、凄くない? 梨香より脚本家に向いてるかも」

「へえ、自分の知らない才能を発見したかな——大体、俺らみたいなガキの優しさって、プラスの優しさじゃん。何かしてあげるとか、文字通り何かあげるとかさ。でも、君らの場合は、何もしないでくれる優しさなんだよな。それって、大人だと思うん

「そうかねえ」

「だ」

融ならともかく、自分にそんな気配りがあるとは思えない。

だが、こんな話を忍の口から聞くのは面白かった。一見クールに見える忍が見かけによらず「熱く語る」奴だというのも意外だったし、夜遅く歩きながら融の性格について話をするなんて思いもよらなかった。いつのまにか、足の痛みを忘れていたことに気付く。

なぜか、その時、初めて歩行祭だという実感が湧いた。

こうして、夜中に、昼間ならば絶対に語れないようなことを語っている今こそが——全身痛みでボロボロなんだけど、顔も見えない真っ暗なところで話をしながら額いているのが、あたしの歩行祭なのだと。

「ほら、今だったら何でも恥かしいこと言えるでしょ。さあどうだ。俺だって恥かしい話したんだしさ」

忍の誘導尋問に笑ってしまう。が、一瞬、話してしまおうかと思ったのも事実だ。

しかし、融の冷たい視線が脳裏に閃光のように蘇り、そんなことはとんでもないとすぐに打ち消した。第一、融自身がこれだけ親しい忍に話していないのだから、あた

しが話すわけにはいかない。そういう仁義みたいなものはあった。

「ああいうタイプがいいよ、西脇君には。二人ともてきぱきしてて、賢そうなカップルじゃん？」

貴子は前方の二人に顎をしゃくった。

事実、パッと最初に内堀亮子を見た時、他人を射抜く目の強さが似ているなと思ったのだ。その、射抜く強さに躊躇がないところも。

「そうかなあ。俺、嫌なんだよな、あの二人が並んでると。超打算的カップルって感じがして」

「厳しいねえ。そんなことないよ」

「いいや。内堀は、めちゃめちゃ打算的な女だ」

「どうしてそう言いきれるの？」

「だって、俺、昔あいつとつきあってたんだもん」

「ええっ？」

思わず忍の顔を見た。が、やはり見えない。見えないからこそ、彼もこんなことを漏らしたんだろう。

「うそー。知らなかった。戸田君って、ホント、秘密にするのうまいねえ」

感嘆半分、嫌味半分である。

「うん。短い期間だったし、周囲にはバレてないと思う。悪いけど、さっさと別れてよかった」

「一年の時？　それとも二年？」

「二年の初めの頃。向こうから言ってきて、積極的だし、その気になってると、好みが合わないっってさっさと切られる。俺、未だに理由がよく分からないんだけど、要は、俺が秘密主義で、おつきあいしてますってみんなに見せびらかせないのが気に食わなかったらしいんだ」

「へえー。驚いた」

「戸田君て、あたしがイメージしてたのと違うみたい、ってはっきり言われたよ」

「ほんとにはっきり言うね」

「似たような目に遭った奴は何人かいたみたいだね」

「正直な人だねえ」

「正直というか、何か変だよ。愛がない。打算だよ、打算。青春したいだけだよ。あたし彼氏いますって言いたいだけ」

「ねえ、そのこと、もちろん、西脇君には」

「言ってない」

「どうするの？」　二人がつきあっちゃったら」

反射的に声を潜めていた。融に聞こえるはずもないのに。

「そうなんだよな。つきあい始めてから言ったんじゃ、嫌がらせみたいだもんな」

「でも、案外似た者どうしでうまくいくかもよ。言わなくていいよ」

忍は憤慨（ふんがい）したような声を出した。

「結構冷たいね、甲田さん。似た者どうしだなんて――でも、当たってる。そうなん

だよ。そういうところだけソリが合っちゃったりしてな。でも、融って、そういう面

が剥き出しになると、結構嫌な奴になっちゃうかも」

「ああ。そういうことってあるよね。似たところだけが増幅されちゃって」

「嫌だなー」

「ひょっとして、だから、西脇君を連れ戻しに行かなかったの？」

「それもある。だって、俺が嫉妬（しっと）してるみたいじゃん。内堀は絶対そう考える。想像

すると、むかむかしちゃって」

「なるほど。そりゃむかつくわ」

「戸田君、戸田君」

千秋が振り返って呼んだ。

「なに？」

「西脇君が呼んでるよ」

「え？」

顔を上げると、前方で振り返った融が手招きしていた。忍は一瞬躊躇する。

すると、一緒に後ろを振り返っていた亮子が融に何事か囁くと、手を振ってサッと駆け出していった。貴子は、よくこんな団体歩行の最後の方で走れるな、と感心した。

彼女、運動部だったっけ？

融はきょとんとして、駆けていった亮子を見ていたが、やがてこちらに歩いてきた。恐らく、融が忍を呼んで話に加わるように言ったため、亮子は気まずくなって戻ったのだ。忍と融と、同時に顔を合わせているのはさすがに嫌だろう。

「忍、おまえ、どうして来てくれなかったんだよ」

戻ってきた融は恨めしそうな声を出した。

「そんなこと言ったって、すっかり二人っきりの世界になってたじゃないか」

「おまえが来てくれないから、帰ってくれなかったんだよ。もー、すっげえ緊張して

疲れた。いつ来てくれるかいつ来てくれるかと待ってたのに、いつまでも来てくんな

いから、とうとう呼んじゃったよ」

「そうかあ。いきなり腕を取って助け起こすくらいだもん、邪魔しないでくれってサ

インかと思ったぜぇ」

光一郎がドスの利いた声を出した。

「しょうがないじゃん、よろけるんだもの。　突き飛ばすわけにもいかないし」

融は心底疲れた声を出した。

「それがプレゼント？　触っていい？　いいタオルだね」

梨香が、融の首のタオルにしげしげと見入る。

「タオルって、そんなに違いあんの？」

「あるある、ピンキリよ。これは、高い方。見て、ちゃんと名前の縫（ぬ）い取りがあるよ。

TORU.Nだって。いいなあ」

融は無言で首からタオルを外し、背中に手を回してリュックに押し込んだ。

「やれやれ、すっかりやる気なくしちゃったなあ」

光一郎が欠伸（あくび）をした。

「殿、温めておきました」

忍が真面目くさった声で、融に缶コーヒーを渡す。

「え、どしたの、これ」

「高見が自販機で買ってきてくれたんだよ。おまえの誕生日祝いだって」

「えーっ。嬉しい。みんなも？」

融は慌てて周囲を見回し、それぞれの手の缶コーヒーに目をやった。

「そう。真夜中のパーティーのはずだったの」

「真夜中じゃん」

融は珍しくはしゃいだ声を出した。

「すっかりテンション失せちまったよ」

「そんな。やろうやろう。とにかく乾杯。お待たせしました、皆様」

「もう待ちくたびれた」

ようやく蓋を開けて、缶をぶつけ合う。プシュ、という音とカチカチいう音が重なり合った。

「かんぱーい」

「やれやれ」

みんなでコーヒーを飲む。甘さに、目が覚めるような心地になる。

「うん。おいしい」

「甘ーい。でも、ちょうどいいかも」

「これ、あとで喉渇くのよね」

「結構甘いもの食べてるから、仮眠する前に絶対歯磨かなくちゃ」

普段ならば多すぎると思う砂糖の量だが、疲れ切った身体にはどんどん染み込んでいく。

「あー緊張した。これなら、自由歩行走ってる方が楽だな」

融は伸びをした。すかさず光一郎が口を挟む。

「で、どうなんだ？　あたしとおつきあいしてってか？」

「ろくに話さなかったよ。自由歩行どうするのとか」

「ふうん。で、一緒にゴールしようって約束したの？」

忍が探るような声を出す。

「まさか。俺、やっぱ、おまえと走るよ。膝もなんとか持ちそうだし」

融は、忍の肩を抱えた。

「ほんと？」

忍は素直に嬉しそうな声を出した。その声を聞いて、彼は本当に融のことが好きな

んだな、と貴子は思った。

融は幸せだ。貴子は、二人の後ろを歩きながらそう心の中で呟いた。

母親や、友人や、女の子たちから無償の愛（内堀亮子はどうなのか分からないが）を与えられているし、それを当たり前だと思っている。なのに、恐らく、彼自身だけは自分が幸せだとは思っていないのだ。まだ自分は何も手に入れていないと思っている。

「そういえば、彼はどうしたんだろう。　杏奈の弟は」

急に千秋が周囲をきょろきょろした。

「さっき、みわりん来てたけど、一緒じゃなかったよね」

貴子は思わず声を出した。融の背中がぴくっとするのが分かる。

「帰っちゃったのかな。　結構時間経ってるものね。　友達が車で待ってるって言ってたし」

梨香が頷く。

失敗したな、と貴子は思った。暗いし、融は近くに自分がいることなど気付かないだろうと思っていたのだ。思わず身体を縮めるようにして、おどおどと隅っこを歩く。

突然、融がこちらを振り返った。

もちろん、はっきりと顔は見えない。懐中電灯の明かりになんとなく顎の線が浮か

び上がって見えるだけ。

目を逸らそうとしたが、できなかった。というよりも、視線がどこに向かっている

のかお互い分からなかったのだろう。

「誕生日、おめでとう」

いつのまにかそう言っていた。

「ありがとう」

静かな声が返ってくる。

見えないけれど、反射的に伸ばした手の先で、缶がカチリ、と触れ合う音がした。

融はパッとまた前を向いて、忍や光一郎と話し始めた。

が、貴子は、闇の中で驚いた顔のまま缶コーヒーを掲げていた。

頭の中で、何か明るいものが弾けたような感触がある。

あたしの賭け。

頭の中で、鐘のようなものが鳴り響いている。

賭けに勝ってしまった。

貴子は興奮しながら、コーヒーの残りをぐびりと飲み干した。

本当に、本当に、ささやかな賭けだった。賭けとも呼べそうにない、小さな願いだったのだ。

西脇融に話し掛けて、返事をしてもらうこと。

たったこれだけのことが、この団体歩行の間に自分に課した賭けだったのだ。

なんてつまらない賭け。しかし、この簡単なことが、三年生になって以来——いや、これまでずっと——とても難しいことだったのである。

勝った。あたしは勝った。

興奮は続いていたが、やがてすぐにしぼんでいった。賭けに勝ったら、次にしなければならないこと。それは、彼女にとって更に難しいことだったのだ。

空っぽの缶をさすりながら、貴子は一人暗闇の中で考えごとに浸っていた。

なぜあいつと乾杯なんかしてしまったんだろう。

コーヒーの缶を親指で撫でながら融は考えていた。闇の中で、指先の感触だけがやけにリアルだった。

不思議だ。なんとなく、自然と手が動いてしまったのだ。あの時は、いつも自分の中にあるあいつへの嫌悪感も抵抗もなかった。

誰にも見られずに済んだのはラッキーだったな。

少し前をたらたら歩いている光一郎や忍を見る。あんなところを見られたら、また何を言われるか分かりゃしない。

コーヒーの甘さに戸惑いと後ろめたさを感じながら、わざと少しずつ喉に流し込む。

コーヒーはもうとっくに温くなっていて、舌や歯茎にべたべたとまとわりつく。その甘さが、疲れている身体のことを自覚させる。

誕生日、おめでとう。ありがとう。

コーヒーの缶が触れ合う感触。

誕生日、おめでとう。ありがとう。

缶がカチリ、と音を立てる。

誕生日、おめでとう。ありがとう——

気が付くと、二人の短いやりとりを反芻している。なんてことない言葉のやりとりなのに、何度も何度も、テープが擦り切れそうになるほどに。

顔は真っ暗で見えなかったけど、手を伸ばしたら届くくらいすぐそこにいたあいつの気配も思い出せる。

誰だって、それくらいは社交辞令で言うよ、近くに誕生日の奴がいたら。

なぜか浮き足立っている自分にそう言い聞かせる。ばっかじゃないの。何興奮してるんだ、おまえ。

だが、そうだろうか。いつものように、もう一人の自分の声がそう囁く。

俺がさっき逆の立場だったら、同じ言葉を掛けられただろうか。きっと、コーヒーだけ受け取って、闇の中で飲みつつも、あいつのことを無視していたに違いない。

あいつの誕生日って、いつだったっけ？

ふと、そんな疑問が湧いた。湧いてから、自分たちが同じ学年であるということの残酷さ、不条理さが改めて胸に迫ってきた。

誕生日、おめでとう。

いつからだろう、母親がそう言ってから必ずほんの一瞬視線を泳がせるようになったのは。それはやはり、母があの親子の存在を知ってからだったと思う。息子の誕生

日を祝う度に、息子と血が繋がった娘もまた一つ年を取ることを考えてしまうのだろう。

融もまた、母が自分におめでとうを言う度に、自分の後ろにもう一人の娘の存在を感じてしまうのだ。

よりによって同じ学年というのはどういうことだ。やってくれるよなあ、あの親父。

融は闇の中で苦笑した。

大人の社会というのは不思議だ。誰しも口を開けば立派でまともな言葉が飛び出す。

一見いかにも厳しいルールがありそうに見えるのに、裏では相当杜撰でだらしないということは、毎日、新聞やニュースを見ればすぐに分かる。女子供を馬鹿にして、色恋沙汰など人生のメインじゃないふりをしている割には、こんなふうに違う女に産ませた子供が同じ学年に入学してしまったりする。

親父も、立場なかったよな。

背広を着た父親の姿がちらっと浮かぶ。地元の地方銀行に勤めていた、いかにも堅い勤め人然とした男。世間が、これが銀行員であると想像するイメージぴったりの男。あからさまに融が非難をしたことはなかったけれど、よそに子供を作ったことを息子に知られている父親というのはどういう心境だったろう。言い訳もへったくれもな

い。もうとっくに妻との愛が冷めていたという理由も通用しない。なにしろ、同じ年に両方で子供を作っているのだ。見境なく種を撒き散らしていると言われても文句は言えない。いい歳をしてきちんと避妊しないなんて、古川の従姉妹を妊娠させた高校生と同レベルだ。

父親が嫌いではなかった。穏やかで几帳面で、なんでもきちんとしているところを尊敬していた。融は当たり前のことを当たり前にできる人間が好きだったし、自分もそうなりたいと思っていたからだ。そんな男だっただけに、甲田親子の件は、裏切られたというよりは、むしろ意外に思ったことを覚えている。

プライドは高い男だった。身に着けるものにもうるさかった。「足元を見られると いう言葉は本当だ。男の靴は大事なんだぞ」というのが口癖で、週末に丁寧に革靴を磨いていた姿を覚えている。

ずるいわねえ、お父さんは。

何かの拍子に母がぽろっと呟いたことがあった。入院した父のところに通っていた頃だった。それも、もう望みはないと薄々気が付き始めていた頃のことだ。

それ以上母は何も言わなかったけれど、今にしてみればあの言葉にはいろいろなものが省略されていた――父が、自分のしでかしたことがストレスになって胃を痛めた

こととか、病気になったことで許されたようなつもりになっていたこととか——二組の妻子を残して、一人でこの世から逃げ出してしまうこととか。

コーヒーの缶を合わせる、カチリという音をどこかで聞く。

そうだ、逃げたのだ、親父は。

融は空っぽになったコーヒーの缶をしつこく親指でこする。

二組の妻子を見守ることからも、一人で妻子の軽蔑に耐えていくことからも。

もし、親父がもう少しいい加減な男だったり、愛嬌のある男だったならば、なんとかなったかもしれない。自分のしたことに鈍感な男なんて幾らでもいる。開き直るとか、妻に平謝りするとかできる人だったら、救われたかもしれない。しかし、親父はそういう男ではなかった。なまじ几帳面でプライドの高い男だっただけに、あんな形で逃げ出すことしかできなかったのだ。

融は、前を行く忍と光一郎の背中を凝視する。まるでそこに父の背中があるとでもいうように。

つらかっただろうな。

ぽつんとそんな感想が湧いて、自分でもびっくりした。父親に対してそんな感想を覚えたのは、生まれて初めてだったのだ。

周囲は真っ暗で、忍の背中ですら目を凝らさないとよく見えないのに、思い出はどんどん膨らんできて、次から次へと頭の中にくっきり浮かんできて止まらない。

追い出そうとしても、いよいよ鮮明になってくる。

何度も繰り返し出てくるのは、やはり父の葬儀に現れた甲田親子のことだ。

それまで、漠然としたイメージでしかなかった親子を目の当たりにするのはインパクトがあった。

二人が目に飛び込んできた時のショックは、今でもよく思い出せる。

不快だった。どうしようもないくらい不快だった。平気な顔をしている親子が腹立たしかった。融は目を逸らそうともせずに、親子を見つめていた。

しかし、これまであえて認めてこなかったが、融の感じた本当の不快さは、実は他のところにあったのである。

甲田親子は、カッコよかったのだ。

黒いスーツをぴしっと着こなした母親は風格があって凛としていたし、制服姿の娘はとても落ち着いていて聡明さが顔に顕れていた。それに比べて、打ちひしがれた遺族である自分たち親子は、どこから寂しく惨めに思えた。あの瞬間、自分の母親に引け目を感じたことが彼にとっては屈辱的で不快だったのである。

　どんな女だったら、あんな敗北感や屈辱を感じなくて済んだのかな。そんなことを想像してみる。

　もうちょっと崩れた感じの女だったらよかったのかもしれない。美人だけど化粧が濃くて蓮っ葉な感じだとか、なよなよしてて、こっちの家庭を恨んだりけなしたりするような、馬鹿そうな女だったら許せたかもしれない。要は、軽蔑できればよかったのだ。憐れむことができればもっとよかった。そうすれば、父も息抜きとして母親と違うタイプの女と遊んだのだと考えることができ、かわいそうな女だと見下すことができる。そうすれば、こんなに心をかきむしられることもなく、その存在を自分の世界からシャットアウトすることができただろうに。

　母親だけならともかく、もっと癪に障るのが貴子だった。貴子が自分と同じ進学校に入ってきたことは許せなかった。彼女が自分と同じような生活レベルにいて、自分と同じ土俵に上がってくるとは夢にも思っていなかったからだ。貴子が、勉強ができないとか、不良だったらどんなにホッとしただろう。

　融は、やけに力を込めて空っぽの缶を握り締めていることに気付き、溜息をついて手をだらりとさせたが、うまく力が抜けない。ラケットの要領で左右に振ってみる。

　二つの家庭にあまり差がないことが融を苦しめていた。

彼はそのことを今ははっきりと自覚していた。

そりゃ、あまりにも違うのもどうかと思う。親父ってこういう趣味もあったわけ、と母親どうしの落差に愕然とするのもショックだろう。だけど、似ているというのも嫌なものだ。親子でどんな会話を交わしているのか、貴子がどんな生活を送っているのか、安易に想像できてしまうのは困る。

誕生日、おめでとう。

母親の声と、貴子の声が重なりあって聞こえる。

それは、本当にめでたいことなのだろうか。あいつにとって俺の誕生日はめでたいのか。あいつは何を考えて、ああ言ったんだろう。

融は、空缶をしつこく振り回し続けた。

大休憩を取る仮眠所まであと一時間を切ったはずなのに、なんだかちっとも進んでいないような気がした。

どんよりしていて、空気が重い。

集団は沈黙し、歩幅もすっかり狭くなっている。自分たちが何をしているのか、どこに向かっているのかも忘れて、それでもなお、ひたすら惰性で前に足を出すのだっ

た。風景も変わらず（というか見えず）、闇の中を疲れ切った身体で歩いていると、だんだんこれが夢のような気がしてくる。心と身体がすっかり分離してしまい、頭は夢を見ているみたいだし、身体は他人のものみたいだ。リュックと身体は石みたいに固まってしまい、ちょっとでも動かすとひびが入ってバラバラに砕けてしまいそうなので、誰もが上半身を全く動かさない。

今、ここにあるのは呪いのような意志だけだ。

長い長い列を、その強迫観念だけが支えている。

とにかく歩け。何も考えるな。ただ足を前に出せ。

なぜこんなことをしているのか、今どこにいるのかを考える余裕もない。ただただ、目的地目指して彼らは進む。

それでもまだ、多少の思考能力が残っている生徒もいる。

「ねえ、貴子」

千秋に話し掛けられたことに気付くまで、いつもより更に時間が掛かった。ただでさえ時間が掛かるのに、こんな状態となってはなおさらだ。

融の誕生パーティーはとっくにお開きになっていたし、みんなが黙り込んでしまってからかなり時間が経過している。

「なあに？」

そう答えるのも難儀した。話すにも体力がいる。自分の身体を前に出すので精一杯。一足ごとに全身に痛みが走るのは、終わらない悪夢だ。かといって、今立ち止まったらその場でくずおれてしまいそうだ。少しずつ前に進むことで、かろうじて倒れるのを食い止めている、そんな感じなのである。

「貴子って、芳岡君とつきあってるんだよね？」

やはり疲れた口調であるものの、いつもの淡々とした調子のままで千秋が尋ねた。動揺したいのだが、疲れていて動揺できない。

貴子は心の中で、小さく苦笑した。ほんと、あたしって駄目な奴。根性ない。子供みたい。子供って、疲れてくると不機嫌になって、口きかなくなるんだよね。

「つきあってないよ」

ようやく返事をする。

「つきあってないの？」

その話は夜中になってから、と言ったことをおぼろげに思い出したが、こんな疲労困憊した状態でこんな話をするとは思いもよらなかった。

「うん。何度かお茶飲んだりしたことはあったけど」

「そうなんだ」

千秋は疲れた声で返事した。もう少し感情を込めたいのだが、あまりに疲れているのでそこまで手が回らないみたいだった。

貴子は、歩行祭で最高に疲れきっているこんな時間に、息もたえだえでこんな話をしている自分たちがおかしくなった。

「千秋、根性あるねえ。よくそんな話する余裕あるなあ。あたし、もう駄目」

「えー。だって、貴子が夜中でないと駄目だって言ったしー」

「だけど、こんな最高に疲れてる時に聞かなくたっていいじゃん。あたしだって、もうちょっと可愛く『えー、違うわよぉ』とか反応してみたかった」

「確かに。こんなにぜいぜいしてるのに『つきあってるのぉ?』じゃ、あんまり可愛い会話にならないよねえ」

「色気なさすぎだよ」

二人で、口の中で低く笑った。

笑うと、身体の中の眠っていた部分がかすかに目覚めようとする気配を感じる。もっとも、すぐにまた眠りこんでしまったが。

「噂になってたよ」

「みたいだね」

少し間を置いて言葉を交わす。

黙っていても、会話は続いていた。

「面白い組み合わせだなと思ったけど」

「あの人、変わってるからねえ。　話は面白いよ」

思い出したように、ぽつぽつと言葉を吐き出す。なにしろ、一言発するだけでえらく体力を消耗するので、昼間の時のように元気なやりとりをするというわけにはいかない。

「天文部でしょ？　　貴子と同じクラスになったことあったっけ？」

「うん。　一年の時、天文部の友達がいて、合宿に遊びに行ったことがあったの。そ
れで、知ってはいたんだけどね」

芳岡祐一は、理系の子によくいる、落ち着いていて、あまり世俗のことに関心のなさそうな男の子だ。

いつも飄々としていて、感情を顔に出さないし、かといって専門馬鹿タイプでもない。十代のくせに、既に老成した雰囲気を漂わせていたが、意外に聞き上手で話し上手だった。

天文部の合宿に押しかけた時も、面倒がらず誰にでもよく説明してくれた。以来、時々言葉を交わすようになっていたのだ。

だから、プラネタリウムに誘われた時もあまり深く考えずについていった。自分に気があると気づいていたのならば避けただろうが、彼には全くそういう雰囲気はなく、本当に単なる同伴者として誘われたのだと分かったからだ。だったら、意識するのもかえって馬鹿らしいし、プラネタリウムには興味があったからOKした。

僕ね、人の顔観察するの好きなんだ。

ふうん。

プラネタリウムの帰り道、祐一は淡々と言った。普通、女の子と二人で歩いている時にはもう少し緊張したり、見栄張ったり、気負いみたいなものがあるはずなのに、祐一は講義でもするみたいに落ち着き払っていた。

顔って、全部出るじゃない。性格とか、育った環境とか。

そうだね。

反論もないので、相槌を打つ。

甲田さん、面白い顔してるよね。

きっぱりそう言われて面喰らった。彼の表情を見るに、冗談で言ったわけではない

らしく、至って真顔である。貴子は慎重に尋ねた。

面白いって、どういう意味？　不細工だとか？

違う違う。美醜の問題じゃなくてさ。

それも、女の子の顔としてどうよ。貴子はそう突っ込みを入れたかったが、祐一に

通用するかどうか分からなくてやめた。

単純なようで複雑で、全然読めないんだよねえ。

祐一はしげしげと貴子の顔を見た。

読めない？　読めないって？

貴子はますます面喰らう。

まず家族構成が読めないね。失礼だけど、甲田さんちって、お父さん、何してる

人？

うち、お父さんいない。お母さん、社長やってる。お母さんと二人暮らし。

ああ、なるほど。そうか。

祐一は大きく頷いた。それが、数学の問題が解けた時みたいに、純粋に満足げな表

情だったので、貴子はなんだかおかしくなった。

ついでに言うと、お母さん、シングルマザー。あたしの父親とは結婚してなかった

の。

そう付け加えたのは、祐一ならば色眼鏡で見ないだろうと確信したからだった。

ふうん。そうなのか。シングルマザーってそういう意味か。

案の定、祐一はその言葉を学術的に（？）捉えたようである。

あたしはいわゆる私生児ってことね。

そんな言葉をさらっと言えたのも、相手が祐一だったからだろう。

が、返ってきた言葉は意外だった。

ラブチャイルドって言うんだろ。そうか、甲田さんはラブチャイルドなんだね。だ

からそういう顔をしているんだ。

祐一はそう言って、一人で頷きながら考え込んでしまった。

びっくりした。なんでそんな言葉知ってるの、と思った。変な人だ、というのと、

大らかな人だ、というのとで、奇妙な感慨を覚えた。

一応、内緒にしといてくれる？　そういうの、問題にする人もいるから。

貴子は念のためそう言った。

そんなこと、どうして他人に言う必要があるんだ？

祐一は、なぜそんな馬鹿らしい頼みごとをするのか、という顔で貴子を見た。その

ことがまた余計におかしくて、なんだか感動的だった。

暫く歩いてから、祐一は再び何か思いついたように顔を上げた。

甲田さんが不思議な顔をしているのは、きっと、寛大なせいだと思うんだ。

は？

貴子はまたしても怪訝そうに祐一の顔を見た。

甲田さんの表情を見る度に、それを言い表す言葉がずっと見つからなかったけど、今の話聞いて、それが「寛大さ」だってことがやっと分かったよ。僕たちくらいの年齢じゃ、そういう顔って珍しいからね。甲田さんって、最初から許してるんだ。

祐一は淡々と続けた。

最初から許してる？　それ、どういう意味？

祐一の言葉は、解説なしでは理解不能だった。

みんな、ギラギラしてるからね。僕たちは、内心びくびくしながらもギラギラしてる。これから世界のものを手に入れなきゃいけない一方で、自分の持ってるものを取られたくない。だから、怯えつつも獰猛になってる。だけど、甲田さんは、ギラギラもびくびくもしてないんだよね。

貴子は苦笑した。

それって、最初からあきらめてるってことじゃないの？

うぅん、違うよ。甲田さんは許してるんだ。他人から何かもぎとろうなんて思って

ないし、取られても許すよってスタンスなんだ。それも、取られる前からね。

あの時は、スタンスという言葉の意味が分からなかったっけ。

とにかく、祐一の話は妙に新鮮だった。最初から許している、と言われたことは強

く印象に残った。

なるほど、自分は既にスタート地点でマイナスの位置に置かれていたし、そのこと

を幼い頃から自覚させられていた。母は率直で卑下することなく育ててくれたけれど

も、あたしの心の中にはどこかで、あたしは最初から出遅れているという気持ちがあ

る。だから、他人を責めたり、けなしたりするような気にはなれなかった。このどう

でもいいじゃん、という気だるい性格はそこから始まっているのだ。自分でも認識して

そこの部分のことなのだろう。自分でも認識していなかったそんな感情を見抜いた祐

一に、貴子は素直に敬意を覚えた。

以来、時々祐一と二人で話をするようになったのだ。

祐一には、デートをしているという感覚は全然なかったと思う。それは貴子の方で

も同じだったが。

背伸びをして難しい話をする男の子もいるけれど、祐一の話はいつも純粋な好奇心から発していて、その理性的な話を聞くのは面白かった。日々、友人たちとバランスを取り合い、居心地は悪くないけれどついつい「流して」しまうのがかったるくなった時、祐一のきちんと考え抜かれた話を聞くのはホッとした。

それを、「つきあっている」と言われるのは仕方ないし、この関係を説明しても分かってもらえないだろうと思っていたので、友人に聞かれると適当に受け流すようになっていたのだ。

「頭いいんだよね、あの子」

そんなことをぼんやり考えていると、千秋が口を開いた。

「いいよ。天文学者になるんだってさ」

貴子もぼんやり答える。

「あたし、天体関係苦手」

千秋が思い出したように呟いた。

「理科の時代から嫌いだったな。この図の半年後の何月の空はどういう状態か、なんて聞かれてもちんぷんかんぷんだった」

「あたしも」

暫く沈黙が続いた。

まだこの会話が続いてるのかどうか分からなかった。

あたしは許してなんかいない。

突然、そんなことを考えた。今日の（もう昨日だが）西脇融に対する態度から言っても、自分が寛大だなんてとんでもない。やっぱり祐一の目は節穴だ。いや、彼は性格がよくて理性的だから、見方が優しいのだ。

あたしはあきらめている。逃げている。他人から否定されたり、受け入れてもらえなかったりするのが怖くて、最初からあきらめているのだ。あたしは誰も許してなんかいないし、許すつもりもない。それこそ、今ここを歩いている誰よりもびくびくし、ギラギラしているのだ。

「ねえ、千秋は？」

「うん？」

無意識のうちに尋ねていた。

「千秋が流されてもいいような相手って誰よ？」

「ええ？」

千秋がかすかに驚いた声を出す。疲れ切っていることを思えば、それはかなり驚い

た声だった。

貴子は疲労と戦いながらも言う。

「昼間、言ったじゃん。この歳で、流されちゃってもいいような相手に出逢えるのって羨ましいって。あの時、千秋にもそういう人いるんだなって思った」

千秋は絶句した。

「貴子って、反応鈍いのに変なところ鋭い」

恨めしそうに呟くので、貴子はかすかに笑った。

「うう。笑うと凄く疲れる」

「あたしの知ってる人？」

「うん」

少しどきどきしてきた。あまりにも疲れているので、精神活動は身体の底の底の隅っこで行なわれている感じだ。深海魚が海の底でちらちらしてるのが、ようやく水面に浮かび上がってくるみたい。

「西脇融？」

その名前を口にすると、やはりどきどきする。

「違うよ」

一蹴されたので、ちょっと気抜けした。

「誰？」

千秋の濃密な沈黙があって、やがて彼女は溜息のように呟いた。

「戸田君」

「えっ」

正直、意外だった。千秋が西脇融に見せたにかんだ表情ばかりが印象に残っていたので、戸田忍の方は全く圏外にあったのだ。

「へえー」

その正直な気持ちがやはり溜息となって貴子の口から漏れると、千秋は彼女をサッと睨み付けた。

「言わないでよ」

「もちろん。誰にも言わない」

「あたしも、打ち明ける気なんてないし」

「どうして」

千秋は小さく首を振った。

「いいの。そう思ってるだけで。告白したからってどうにかなるとは思ってないし、

別にどうにかなりたいわけでもないし。これから受験で卒業するだけでしょ。今、そう思える相手がいるだけでいいんだよ」

千秋はゆっくりと低くそう呟いた。

今度は貴子が絶句する。

千秋の言いたいことはよく分かった。

好きという感情には、答がない。何が解決策なのか、誰も教えてくれないし、自分でもなかなか見つけられない。自分の中で後生大事に抱えてうろうろするしかないのだ。

好きという気持ちには、どうやって区切りをつければいいのだろう。どんな状態になれば成功したと言えるのか。どうすれば満足できるのか。告白したって、デートしたって、妊娠したって、どれも正解には思えない。だとすれば、下手に行動を起こして後悔するより、自分の中だけで大事に持っている方がよっぽどいい。

「ふうん。羨ましいな」

貴子はそれだけ言った。

「貴子には、いないの?」

千秋が探るような声を出す。

「いないよ」

きっぱりと答える。

「ほんとにほんと?」

「ほんと。疲れ切ってて、嘘つけない」

それは貴子の本心だった。今の状態では、嘘つく方がよほど体力を使う。そんな体力を使うくらいなら、正直に言う方が楽だ。

千秋もそのことを実感しているのか、小さく頷いた。

再び沈黙が支配する。

「悦子、見つけたのかな、あの犯人」

千秋が思い出したように呟いた。昼間回ってきた写真を思い出す。

「誰でもいいけど、あたしは知りたくないな」

貴子が呟く。

「うん」

千秋も頷いた。

時間の感覚というのは、本当に不思議だ。

あとで振り返ると一瞬なのに、その時はこんなにも長い。一メートル歩くだけでも泣きたくなるのに、あんなに長い距離の移動が全部繋がっていて、同じ一分一秒の連続だったということが信じられない。

それは、ひょっとするとこの一日だけではないのかもしれない。濃密であっという間だったこの一年や、ついこのあいだ入ったばかりのような気がする高校生活や、もしかして、この先の一生だって、そんな「信じられない」ことの繰り返しなのかもしれない。

恐らく、何年も先になって、やはり同じように呟くのだ。

なぜ振り返った時には一瞬なのだろう。あの歳月が、本当に同じ一分一秒毎に、全て連続していたなんて、どうして信じられるのだろうか、と。

夜の底が白くなった、というのは近代文学史でやった『雪国』だっけ。

だけど、この状態の場合、夜の上の方が白くなった、と言うべきだと思う。しかも、あの白いところに辿り着くのはまだ少し先だ。未来が白くなった、と言う方が今の心境には合っている。

貴子は朦朧とした頭でそんなことを考えた。

例によって、学校は坂の上にある。仮眠所となるその学校の明かりが見えてきたも
のの、この進まない足では、なかなか本体が近づいてこなかった。

それでも、ざわめきが徐々に近づいてくる気配がある。

いや、まだ聞こえてはいないのだけど、聞こえる予感だけは、夜の上の方が白くな
ったのを目にした時からずっとあるのだ。

みんながじりじりしているのが分かる。

もうすぐ、もうすぐ終点だ。今はまだ自由歩行のことなんか頭にない。再び走り出
して、母校に辿り着かなければならないことなんか考えていない。

とにかく、もうすぐ終わる。歩かなくて済む。横になって休める。

その望みだけが、灯台のように遠くで輝いている。早くそこに着きたいのだが、足
が動かないので、ぐっと飲み込み、終点へと繋がっている自分の足元を見下ろしなが
ら前に身体を傾けるのだ。この道はあの場所に続いている。必ずこの道は終わる。

しかし、頭では分かっていても、身体はついに不満を爆発させる。

もう少しだ、もう少しだというけれど、ちっとも近づいてこないじゃないか。いっ
たいいつになったら休ませてくれるんだ。さっきから騙してばっかり。いい加減にな
んとかしてくれ。でないと、ここでぶっ倒れてやる。

頭は必死に身体を宥める。

本当だ。今度こそ本当だ。今度こそ嘘じゃない。本当に、もうすぐあそこで横になって休めるんだ。だから、あと少しだけ我慢してくれ。

坂道を登る生徒たちの顔は、もう人間の顔じゃないみたいだ。痛みすら麻痺し、上がる息もなく、すかすかした音が口から漏れるだけ。膝は笑い、足は感覚がない。表情も消え、声もなく、能面よりも無表情な生き物の群れ。

だが、やはり、物事にはいつか終わりが来る。休まず歩き続ければ、ついに明るい場所に出ることができるのだ。

もはや、ざわめきは幻聴ではなかった。

これまでの行軍の沈黙が嘘のように、元気なざわめきが坂の上の不夜城から響いてくる。

「やっ」

「たあ」

「ほんとに」

「着いた」

「歩いたー」

「わーん」

千秋と梨香と三人で台詞を分担し、抱き合いながら、貴子たちはついに校門をくぐった。

「ひえー、眩しいよ」

そこは別世界だった。

校庭も、教室も、皓々と明かりが点けられている。

あまりの明るさに、目がしょぼしょぼして痛い。

貴子は暫く忘れていた時計を見た。

午前二時十分。試験勉強で起きていることはあっても、この時間にこんなに動き回っているのは、やはりこの歩行祭だけだ。

疲れ切っているはずなのに、校内で歩き回り、水道で顔を洗い歯を磨いている生徒たちには逞しい活気があった。団体歩行を歩き通したという満足感が、そこここに溢れている。

そんな彼らを見ているうちに、今年も団体歩行が無事終わったのだという実感がじわじわ湧いてくる。

しかし、身体の方はまだ実感を受け付けない。もう歩かなくていいのだという頭の

命令を、これまでさんざん酷使され、あと少しだから我慢しろと宥めてきた命令の方が馴染みになっていて、なかなか身体が信用してくれないのだ。

けれど、いったん気が抜けてしまうと、ぎくしゃくして歩けなくなる。ほんの少し前までどうやって歩いていたのか思い出せないほど、足の動きがばらばらになって統率できなくなってしまう。

ぐったりと座り込んでいる生徒、大声で笑い合っている生徒。

極限状況を乗り越えて、それぞれが思い思いに過ごしていた。

仮眠時間はせいぜい二時間くらいしかないから、さっさと寝た方がいいに決まっているのだが、頭の中がオーバーヒートしていて、すぐには眠れないのだ。

三年生は体育館が仮眠場所だ。

ごちゃごちゃ人が歩き回る廊下を抜けて、明るい体育館に入ると、沢山のゴザが広げてあり、もう半分くらいの生徒が横になっていた。みんなが同年代で体操服を着ていることを除けば、ほとんど台風の避難所みたいである。

一応クラス分けは為されているものの、団体歩行の終わった今、もはやクラスはばらけていた。自由歩行で一緒に歩く生徒どうしが、あちこちで集まっているのが目に入る。

実行委員が、各クラスの幟（のぼり）を回収していた。朝からは個人歩行なので、もう必要ないのだ。幟はそのまま写真に撮って、卒業アルバムのクラス紹介になるのである。

貴子は体育館の中を見回したが、見当たらなかった。歯を磨きに行っているのだろう。

「みわりん、どこだろ？

「いつもながら、これから二時間後には再び走り出してるっていうのが信じられないね」

梨香が溜息混じりに呟（つぶや）いた。

「ほんとだよね。なんつう無謀な行事なんじゃ」

千秋が呻（うめ）き声を上げてリュックを下ろした。

梨香と千秋は、個人歩行でも一緒に歩くらしい。

「じゃ、あたしみわりんと歩くから」

貴子は二人に小さく手を振った。

「おお。残りもがんばろう」

「じゃあねー。みわりんによろしく」

二人も手を振り返す。

貴子はリュックを持ったまま、顔を洗いに行くことにした。

やっぱり男子はタフだなー。

廊下を駆け回っている生徒を見ながら、貴子はげっそりした。人が動き回っているのを見ているだけで疲れる。ちょっと立ち止まっていただけで、足元が心許なかった。

こんなところで転んだら馬鹿みたいだし、ヤバイな。

だが、学校というのは石段の多いところだ。貴子はひょこひょこ変なふうに足を動かしながら、慣れない校内を歩いていった。

一番大きな屋外の洗面所は、今も長蛇の列が並ばないことにはしょうがない。なるべく短そうに見える列に並ぶ。トイレも混んでるんだろうな。喧騒の中にぼんやりと佇んでいると、足の裏のじんじんする痛みがこたえた。歩いているのもつらいけれど、じっとしているのもつらい。いったん歩くのをやめてしまうと、麻痺していた痛みがその存在を声高に主張する。

本当に、これであと二十キロ歩けるのかしらん。しかも、最初は走らなきゃならないし。

今更ながらに、歩行祭の過酷さを実感する。

よくもまあ、こんな行事何十年もやってきたもんだ。逆に、何十年もみんなやって

きたって思わなくちゃ、こんなことできないよなあ。こんな大勢で一緒に一晩歩くな
んて、もう一生ないだろうな。

ぼーっと周囲を見回しているうち、ふと、美和子の白い顔が目に飛び込んできた。

彼女は体育館と本館との間の渡り廊下で立ち話をしていた。

あ、みわりん、あんなところに。

貴子は手を上げかけた。が、一緒にいる少女を見て反射的に手を下げる。

内堀亮子だ。

美和子の顔は、当惑の表情だった。内堀亮子は、何事かを熱心に美和子に話してい
た。

胸の奥がざらっとする。何を言ってるんだろう、こんな時に。

美和子は困ったように首をかしげ、両手を広げて答えている。亮子は頑なな顔で、

更に何かを言っていたが、美和子は目を閉じて左右に首を振った。

亮子は鼻白んだ様子だったが、やがてあきらめたように何か言うと、パッと駆け出
していってしまった。美和子は複雑な表情で、亮子の後ろ姿を追っている。

「みわりん！」

貴子が声を上げて手を振ると、美和子がパッと振り向いた。ホッとしたような笑顔

が浮かび、小走りに駆けてくる。

ううむ、さすが美和子、まだ余力ある。

「お疲れさーん。探してたんだ。歯磨くから待っててもいいよ」

美和子は怪訝そうな顔で、慌てて手を振る。

「ううん、待ってる。あのね、今、内堀さんに、一緒に個人歩行歩かないかって言われたの」

「ええっ？」

「西脇君たちと一緒に歩こうって」

「西脇君たちって、西脇君と戸田君？」

貴子は用心深く尋ねた。亮子とつきあっていたという戸田忍。千秋が好きな戸田忍。なるほど、こうしてみると、実は忍

西脇融と内堀亮子が一緒にいるのが嫌な戸田忍。

は今日の隠れたキーパースンではないか。

「ううん、テニス部の人たちって言ってたけど」

「西脇融は戸田忍と走るって言ってたよ」

「あらそうなの。じゃあ、どっちにしても無理よね」

「いい雰囲気だったもんね、あの二人」

「ああ、さっきのことね」

美和子は疲れたような笑みを浮かべた。

「彼女、ああいうところ強引なんだよなあ。あの時だって、いきなり、プレゼント渡すから一緒に来てくれって言われたんだけど。個人歩行だって、あたしは貴子と歩くって前から言ってたのに、急に」

「自分と歩けってことは、もちろんあたしも一緒にってことじゃないよね？　あたしのことはほっといてってこと？」

「そう。甲田さんはクラスの人と歩くでしょって」

「なんたる——」

身勝手な、という言葉を飲み込む。なんだか、彼女を非難すると、彼女を妬んでいるみたいな気がしてしまうからだった。

「もちろん、断ったわよ。せっかくの、最後の自由歩行なんだから。貴子と歩くの楽しみにしてたのに、冗談じゃないわ」

「だよね。プレゼント作戦でうまくいったから、もっと西脇融と一緒にいたいと思ったんじゃないの？」

「なんであたしまで一緒に」

「テニス部の男子連中のところに一人で入ってくのは嫌だったんじゃないのかな。み
わりんは男子に人気あるし、顔広いし、一緒だったら断られないと思ったんだよ、き
っと」

「うーん」

美和子は苦い顔をした。彼女はきちんとした性格なので、そういう身勝手さには我
慢できないのだ。

それにしても、ほんと、いい根性してる。わざわざ美和子を自由歩行の相手に誘っ
たというのは、あたしに対する嫌がらせでもあるな。

貴子はそう直感した。きっと、彼女は、あたしと西脇融がつきあっているという噂
を聞いていたのだろう。彼女にとっては、一石二鳥というわけだ。だけど、高校三年
の最後の行事でそういう嫌がらせするって、いったいどういう性格なんだろう。超打
算女という忍の観察は正しい。

だんだん腹が立ってきて、一瞬疲労を忘れた。

「貴子、あたしトイレ行ってる」

美和子は気持ちを切り替えたらしく、いつもの口調で言った。

「ああ、あたしも歯磨いたら行くから、並んでて」

「うん」

　美和子はサッと歩き出していた。こういうところも美和子らしい。すぐに気持ちを切り替えて、ごちゃごちゃ悪口を言ったりしないし、一人でも行動できる。

　ふん。あたしとみわりんを引き裂こうったって、そうはいくもんか。勝手に西脇融を追いかけてろ。だけど、彼の自由歩行は、あんたがかつて一方的に捨てた戸田忍が一緒だもんね。ざまあみろ。

　順番を待っているうちに貴子はむらむらと妙な闘志が湧いてきて、がしがしと乱暴に歯を磨いた。

　再び体育館に美和子と戻ってくると、もう中は完全な静寂に包まれていた。さすがに、みんなぴくりとも動かずに眠り込んでいる。あまりにも誰も身動きしないので、まるで死体がいっぱい転がっているみたいだ。

「おう、さすがにみんな爆睡」

「あたしたちも早く寝ましょ」

　二人でひそひそ囁(ささや)きあいながら、足音を忍ばせて空いている箇所を探す。

隅の方にちょうどいいスペースを見つけ、リュックを並べて横になった。なにしろ、枕も布団もない。本当に、ただ横になるだけの雑魚寝である。

「杏奈の弟が来たわ」

隣に横たわりながら、そっと美和子が呟いた。

「ああ、順弥君ね。やっぱ、杏奈に似てたね」

貴子は相槌を打った。そうだ、あの子がいたんだっけ。すっかり忘れてた。

「面白い子ね。顔は似てるけど、中身は全然違うわ」

「アメリカ人だしね」

「そうそう」

ほんの一瞬、杏奈と美和子と三人で寝転がっていた時の感覚を思い出した。

「あの子、もう帰ったの?」

貴子は尋ねる。あのあと姿を見ていない。

「途中で、友達の車に戻ったみたい。でも、最後まで追いかけるって言ってた。どこかに車停めて、中で寝てるんじゃないかな」

「あの子も友達も物好きだねえ。杏奈も一緒だったらよかったのに」

「うん。ほんと、そう思った」

「じゃあ、ゴールの学校辺りにいるかもね。楽しみ。でも、こっちもどろどろだから、相手する余裕ないかも」

「いいじゃない、もしゴールで待っててくれたら、車に乗せてもらって家まで送ってもらいましょ」

美和子は当然という口調でそう言った。こういうところが、彼女は実にしっかりしている。

「なんだか、あと数時間で歩行祭が終わりだなんて、信じられない」

貴子は腕を枕に横向きになって呟いた。

美和子はじっと天井を見ている。さすがに彼女も日焼けしたようだ。鼻やほっぺたが赤くなっている。

「そうね。あっというまだったね。あんなに苦労して歩いたのに」

美和子は静かに頷いた。

「高校の行事もおしまいだね。嘘みたい」

「うん」

眠いのだが、眠くなかった。

身体はもう眠っているし、頭も休みたいと懇願している。だけど、まだ眠るわけに

はいかない、そんな気がするのだった。あたしは美和子に、何か聞かなければならな
いことがあったはず。

記憶を探っているうちに、口が勝手に喋っていた。

「ねえ、あの子、変なこと言ってなかった？　あたしかみわりんの兄弟のことを、杏
奈が好きだったとかなんとか。何か勘違いしてるよね。みわりんならともかく、あた
しの兄弟だなんて」

貴子は冗談めかしたつもりだった。

だが、美和子は「ああ」とそっけなく頷いた。

「西脇君のことよね」

彼女はこともなげにそう呟いた。

貴子は、半分眠った状態で息を飲む。

うん？　正しいけれど、正しくないのでは？

のか？　ここでその名前が出てくるっていうのは、どうよ？　あれ？　それでいい

頭は必死に考えようとしているのだが、もう脳味噌は思考するのを拒否している。

思考停止状態にある貴子の顔を、涼しげな表情の美和子が顔を動かして見つめ、そ
の口はこう動いていた。

「だったら別に勘違いなんかしてないでしょ。西脇君は、貴子の異母きょうだいだもの」

眠りはほんの一瞬だった。

本当だ。ゴザに頭を付けたと思ったら、次の瞬間、もう二時間経っていた。身体を起こそうとしたものの、全身がみしみし言って、全くついてこない。重力が地球の十倍くらいの星で目覚めたような気がした。

目が開かない。しょぼしょぼするのを通り越して、まぶたが錆びたシャッターみたいにガタガタいっている。

「うあー」

「きっつー」

隣で忍が呻き声を上げていた。

呻き声はそここで聞こえる。冬眠から覚めた芋虫みたいに（芋虫が冬眠するのかどうかは覚えていないが）、ごそごそと動き出す気配が増えていく。

眠りに就く前と、風景はちっとも変わっていない。

外はまだ真っ暗だし、体育館は皓々と明かりが点いている。そして、何より、ぐっ

たりした疲労が、体育館全体を覆っている。

首や肩をぐきぐき回すが、出来の悪いプラモデルよりも接続が悪い。

「げえ」

「じき出発じゃねえかよ」

むろん、朝食などない。これから最後の点呼を取り、四時半過ぎにはここを出発するのだ。

起き上がろうとして、融はぎょっとした。左の膝に、異様な重さを覚えたのだ。

そっと手で触れてみる。そんなに腫れてはいないが、随分熱を持っていた。

こいつは、ヤバイ。

そうっと静かに左の膝をかばいながら立ち上がる。

歩いてみると、そんなに痛みは感じなかったのでホッとした。しかし、ずきずきと嫌な鈍痛が消えないのも事実だ。

じわじわと不安が込み上げてきた。自由歩行。二十キロ。歩き通せるだろうか。

中断してバスに乗ることよりも、忍とゴールインできない恐怖の方が大きかった。

「——左足か？」

そんな融の様子を見ていたらしい忍が、冷静な声で呟いた。

融がハッとして忍を見ると、彼は起き上がってゴザの上で胡座をかいていた。

「歩けないわけじゃない。まだ大した痛みじゃない」

融は強張った笑みを浮かべてみせた。

忍は自分のリュックを引き寄せた。

「俺、冷湿布持ってる。サポーターあるんだろ？」

「うん」

「これ貼ってるだけで随分違うと思うぜ」

忍はリュックの中から、ツンと鼻につく匂いのする貼り薬を取り出した。半分に切って膝の前と後ろに貼ると、ヒヤッとして気持ちいい。それをサポーターで固定すると、かなり精神的にも楽になった。

「サンキュ。これなら大丈夫だ」

「走れるか？」

忍が無表情に融の顔を見る。

融は真顔で頷く。

「うん。走れるところまで走る。あとは歩くから、おまえ、俺のこと置いていっていいぞ」

「そうだな。その時はとっとと置いてくよ」

そう言ってくれたのは、忍の優しさだった。

「トイレ行ってくる」

「しゃがむんじゃねえぞ」

「小の方だよ」

忍の声を聞きながら、融は笑って振り返った。

やっぱり、こいつと最後まで行きたいなあ。

静かだった校舎が、再び殺気立った喧騒（けんそう）に包まれていた。

校門の辺りを埋め尽くす、人、人、人の黒い頭。列もグループもない、無秩序な大集団である。

うわーんという熱気が、まだ暗い空の底に溜（た）まっている。

なにしろ、もはや北高の生徒、というくくりしかない。クラスも男女も学年も消え、北高の全校生徒がここをスタートしてひたすら母校への道のりを目指すのである。

これからゴールまでのここを注意事項が繰り返されていた。

生徒たちは、緊張と興奮で、ろくに話を聞いていない。時間内に途中のポイントを

通過すること、出発後五時間で、校門のゴール受付を閉じること、それ以降は全員バスで回収されること。

まだ脳味噌も身体も半分眠っているような状態なのに、それでもやはり緊張と興奮で身体が震えていた。

貴子の緊張は、混乱でもあった。

西脇君は貴子の異母きょうだいだもの。

ああ言った美和子の表情と声が、頭の中に焼きついたまま消えない。

みわりんが知っていたなんて。

貴子は隣で涼しい顔をしている美和子をちらっと盗み見る。

貴子が硬直しているのを無視して、「あたし、寝るね。おやすみ」と、美和子はさっさと顔を背けて眠ってしまったのだ。貴子も、硬直したままいつしか眠っていた。

起きてからも、美和子は何も説明しない。早く顔洗ってこようよ、とか、持っていたチョコレートを貴子の口に入れてくれたりとか、り直しておこう、とか、絆創膏貼（ばんそうこう）忙しい支度に紛れて何の話もしていない。

美和子が知っていた。いったいいつからだろう？

杏奈も？

そう思いついて、全身がびくっとする。

そうだ、杏奈も知っていたのだ。だから、あんなことを言ったのだ。

友達の兄弟。

美和子も杏奈も知っていた。そして、知っていることをあたしに隠していたのだ。

恐らく、あたしが気にしているのを知っていて。

じゃあ、あれは？　杏奈があたしにくれた葉書は──

ええと、あの葉書にいったいなんて書いてあったっけ。

考え始めると、ぐるぐるとあっちこっちにこれまでの記憶が顔を出して、ますます

混乱してくる。

美和子は説明してくれるんだろうか？

貴子はもう一度美和子の横顔を盗み見るが、相変わらず彼女は涼しい顔でじっと前

方を見つめているだけだった。

ガラガラ声でほとんどやけっぱちの校歌が響き、応援団員がドンドンと太鼓を叩く。

走り通せるだろうか、と融は冷たい左膝に意識を集中させていた。

今はまだほとんど何も感じないけれど、これから走り出して、時間が経ったらどうなるだろう。何かの拍子に強い力が加われば、そのまま歩くことさえできなくなってしまう可能性だってある。

「どうする？　飛ばすか、ゆっくり行くか？」

隣の忍が囁いた。

だけど、やっぱりこいつとゴールする。こいつと一緒に高校生活の思い出を完結させるんだ。

「飛ばす」

融は迷わずにきっぱり答えた。

「同じ走るんなら、最初に思い切り走って距離を稼いでおいた方がいい」

「分かった」

忍は言葉少なに頷いた。

「飛ばすぜ」

「ＯＫ」

忍は足首を回し始めた。

遠いところで誰かが手を振っている。硬式テニス部の連中だった。

融も手を振り返す。忍と走ることとは、仮眠する前に伝えておいた。

あいつらも、長い時間を過ごした連中だった。残念だけど、今はこれで後悔しない。

融は、太ももを叩き始めた。

ふと、左の方に視線をやると、緊張した表情の貴子と美和子が目に入った。

がんばれよ、お二人さん。

素直に心の中で声を掛ける。

生徒たちの大集団の緊張は更に高まっていった。スタートの合図をする実行委員長が壇上に上がったのである。さすがにざわめきが静まり返り、苦しいほどの緊張が周囲に満ちた。じりじりと生徒たちが前に進んでいる。上位入賞を狙う生徒は、少しでも前に出ようとして、立ち位置を優位にずらそうとしているのだ。恐らく、最前線では凄まじい緊張感が漂っているはずである。千二百名もの生徒が一斉にマラソンでスタートするのだから、スタートダッシュは大切だ。記録狙いの連中は、大集団に巻き込まれる前に抜け出したいだろう。

実行委員長も声が嗄れていた。

「これより、自由歩行をスタートします。皆さんが無事に我が校の校門をくぐられますよう！　気を付けて！　それでは、行って参ります！」

太鼓の音と、うわーっという歓声が重なりあって、まだ明けぬ空に響き渡った。

一斉に足音が満ち、校舎の壁に撥ね返る。

わーっという声はなかなか消えない。見送る教師たちの拍手や父兄の歓声がごっちゃになって、何分も異様な興奮状態が続いていた。

「行くわよ、貴子」

ようやく前の集団が動き出して、美和子が素早く合図した。

「あいよ」

貴子も慌てて走り出す。といっても、大集団に囲まれたままのスタートなので、周囲がそのまま移動していくのは変な感じだ。

始まっちゃった。始まっちゃった。

頭の中ではそんな声がぐるぐる回っている。まだ心の準備ができていないのに、身体だけ持っていかれるような気分だ。

これから二十キロ。校門まで二十キロ。

本当に辿り着けるんだろうか。

美和子と杏奈はどうしてあのことを知っていたんだろう。

こんな距離、走れるのかな。

貴子の頭の中は、めちゃくちゃだった。

「行くぜ、融」

「合点」

二人の少年も駆け出していた。

身体が、風景がゆっくりと動き出す。

生徒たちの呼吸が空気に溶けていく。

みんなの運動靴がアスファルトを踏む鈍い音が、驟雨の音のように身体を包む。

なんだか、それは興奮する体験だった。みんなの興奮が、緊張が、熱気が、身体に

エネルギーを吹き込んでくれる。

辿り着けるだろうか。こいつと一緒にゴールできるだろうか。

融の頭の中も不安でいっぱいだ。

だが、今はとりあえず全速力で走るだけだ。こいつと並んで、行けるところまで頑

張ろう。それから先のことは、その時考えよう。忍と一緒の決断だったら、俺はきっ

と後悔しない。

校門を出ると、空気が爽やかになったような解放感があった。

外に集合した時よりも、少しずつ空が明るくなっているのが分かる。

前を走る大勢の生徒の背中が、ちゃんと遠くまで見えるのだ。

夜明けが近い。

そう感じながら、融は膝のことも忘れて走り続けていた。

道をぎっしり埋めていた生徒たちが、徐々にばらけていく。

走り出して五分もしないうちに、先頭とビリとの間が大きく開いてしまったのだ。

それと同時に、スタートの時に辺りを覆っていた異様な緊張や興奮もあっというまに消え去ってしまい、あとは退屈で過酷なロードレースになる。

あれだけ重なり合ってばたばたいっていた足音も消えて、聞こえるのは自分の足音と、それにシンクロして全身に響く呼吸の音だけだ。

うっすらと夜が明け始めた。

それは文字通り一枚ずつ膜が剝がれていくようで、それまで闇に沈んでいたものが、ぼーっと前にせり出すように浮かび上がってくる。そして、いつのまにか、周囲の風景の輪郭がしっかりと見えることに気がつく。

幹線道路も、土曜日の朝とあって車の姿はない。静かな朝もやの中で、前方を走る生徒たちのシルエットが動いている。

さすがに、まだみんな走り続けている。ずっと後方では、もう半ばあきらめて歩いている生徒もいるのだろうが、いったん足を止めたらあとはもう走り出せないことを知っているから、走れるうちになるべく走っておこうと考えているのだ。

体育館で目が覚めた時は肌寒かったのに、たちまち全身が汗びっしょりになった。

まだまだみわりんは余裕だろうな。

貴子は横を走る美和子をちらっと盗み見た。

表情は見えないが、彼女のステップは軽やかで、自分よりもずっと余力があることは確かだ。

二人で走っているだけに、なかなかやめようとは言い出しにくい。なけなしの意地と、余力のある友人を歩かせることへの気後れである。

つらい。止まりたい。歩きたい。

頭の中で叫ぶ。いや、叫ぶなどという威勢のいいものではなく、ただ壊れたレコードのように呪詛が繰り返し鳴っているというほうが正しい。

身体はとっくに音を上げている。普段の基準から言えば完全にリタイアした状態であるのに、今は惰性とあきらめで足を動かしている感じだ。僅かな仮眠で体力が戻るはずもなく、仮眠は疲労を麻痺させて、まだ大丈夫だと思い込ませるためだけだったに過ぎない。

こんなの、続きっこない。

足は重く、ちっとも上がっていない。なんとか前に進んでいるものの、一歩踏み込む度に苦痛にも似た疲労が全身に鈍く響く。

苦しい。つらい。止まりたい。

目に汗が染みる。髪の毛がぺったりと頭に張り付いているのを意識する。あーもういや、この汗まみれ。歩行祭に生理が当たってなくて本当によかった。

歩行祭に月経が当たりそうになる女子生徒たちの間では、月経をずらすように薬を処方して貰っている者もいた。薬でずらせることが、口コミで先輩から後輩に伝わっているのである。ただでさえ過酷な行事なのに、そんなもののことまで心配するのはまっぴらごめんだからだ。

ひたすら走り続けていると意識が朦朧としてきて頭が空っぽになる。しかし、頭が空っぽになっていることに気付いてしまうと、たちまち苦痛や限界を訴える言葉で頭が満杯になる。それが短い周期で繰り返されるために、身も心も消耗する。

ふと、頰に暖かいものを感じた。

オレンジ色の光が目に射しこんでくる。

日の出だ。

遠くに大きな鉄橋が見え、ゆるやかな坂を登っていく生徒たちが朝の柔らかな光の中に映し出されていた。

走るのをあきらめ、歩いている生徒もちらほら現れていた。数人ずつで固まって、

俯（うつむ）きながらよろよろ進んでいる。

今朝は曇っているらしい。光はぼんやりしていて、弱々しかった。

日没から日の出まで。そんな言葉が頭に浮かんだ。

昨日見た海辺の日没が、遠い出来事のように思えた。

歩行祭が終わっちゃう。

突然、後悔のようなものが急速に胸の中に湧（わ）いてくる。

もうすぐ終わってしまう。

何か特別なものを味わおうとしていたのに、何もしないうちに、あと少しで終わってしまう。

何か大事なものを歩行祭で済ませようとしていたのに、

貴子の九十九パーセントは、とっととこの行事が終わって、家に帰って、お風呂（ふろ）入って、ばったりとベッドに倒れ込むことを切望している。しかし、残りの一パーセントは、まだこの行事が終わらないでほしい、もっと続いて欲しいと願っているのだった。

「崩れた目玉焼きみたいねー」

美和子が息を切らしながら貴子を見て叫んだ。

彼女の顔に当たる光を見て、貴子も太陽の方を見る。

二人は鉄橋にさしかかり、風景を分割する黒い鉄骨の向こうに姿を見せ始めた太陽を眺めていた。

確かに、どんよりとした雲の間に滲んでいる太陽は、お箸でつついて黄身が流れ出した目玉焼きそっくりである。

「みわりん、あたし、もう駄目」

貴子はこの機会を捉えて力なく訴えた。

「もう少し。第一ポイントまで行ったら、歩きましょ」

美和子はすげなく貴子の訴えを退ける。

「どこよ、第一ポイントって」

貴子は恨めしげに呟く。

「もうすぐよ。この橋越えて、次の国道の交差点だと思う。そこまで行けば、残り十四キロのはず」

「ひー」

「ファイトっ」

美和子の相変わらず爽やかな掛け声に泣きたくなりながらも、貴子はほとんど気絶しそうになって走った。

鉄橋の上で感じた川の風が、渡り終えるとパタリと止んだ。

第一ポイントに着いても、こんなに死にそうになって走っても、たったの六キロし

か稼げてないのか。残り十四キロ。その数字を考えると、思わず気が遠くなる。この

走りで消耗した体力を考えると、それは果てしない距離に思えた。

やっぱり、とっとと終わってほしい。早く家に帰って自分のベッドで寝たい。

ほんの少し前に湧いた後悔はどこへやら、恨みを込めて心の中で念じる。

しかし、歩いている生徒たちを追い越していくのはちょっとした快感だった。男子

生徒も、今や大勢の生徒が走るのを放棄してぞろぞろと歩いていた。体力があるくせ

に、雑談に専念するために歩いている生徒もいる。涼しい顔をして笑いさざめいてい

る男子を見ると、憎らしいような、妬ましいような複雑な気分になる。

「美和子ちゃーん」と声援を送る男子生徒に、にこやかに手を振り返す美和子を見て

いると、既に表情を繕うことすら忘れている貴子は、改めて友はスーパーな女だと実

感するのだった。

道端を歩いている生徒たちの後ろ姿には、既に終わりの気配が漂っていた。

一、二年生にとっては今年最後。三年生にとっては高校生活最後の行事の終わりが

近いという気配が。

みんなの背中が軽い。大きな山は越えたという安堵感だ。疲れ切ってはいるけれど、昨日や今朝の緊張感は消えている。果たして歩きとおせるかという不安が漲っていた団体歩行の一体感はもはやなく、帰路に向かっているという気安さ、無防備さが浮かんでいるのだ。

それがなんだか悔しかった。

まだ終わってない。あと十四キロもある。貴子は、そうみんなの背中に向かって叫びたいような衝動に駆られる一方で、もう駄目、美和子はああいうけどこれ以上一メートルだって走れない、という弱気な悲鳴も同時に胸に渦巻いている。

それでも時間は確実に進み、視界は少しずつ明るくなっていく。

見覚えのある、見慣れた朝が世界を包み、非日常の世界から普通の世界に戻ってきたという懐かしい感じがする。

太陽は偉大だ。たった一つで世界をこんなにも明るくする。

ゆっくりと昇ってくる太陽は卵の黄身に似ていたが、貴子の頭の中も、同様にどろりとした卵の黄身状態である。

まだみんな寝てるんだなあ、と頭のどこかで考える。

いつも早起きのお母さんですら、まだ寝てる。

違う学校に行った友達も、土曜日が

休みの世間のほとんどの人も。今日もお勤めがある人だって、この時間にはまだ眠っている。

なのに、みんなが布団の中で眠っているのに、あたしたちは汗まみれでこんなところを走っている。

鉄橋を越えると、幹線道路は高台を走っていた。明るくなった世界の中に、古い風景画みたいに朝もやがかかった雑木林や畑が広がっているのが、朦朧とした視界の隅に見下ろせる。

単調な道路が続いていた。ずっと同じところで足を動かしていて、ちっとも進んでいないような気がするほどだ。

生徒の列は完全にばらけてしまい、広い歩道に三々五々続いていた。走っている生徒と、歩いている生徒はほぼ半々というところか。相当長い列になっているはずだ。

先頭の生徒は、この時刻にはもう、かなり遠くまで行ってしまっているに違いない。記録と順位を狙っている生徒は、一時間ちょっとで母校に辿り着く計算になる。全く、信じがたい連中がこの世には存在するものだ。

無限に続くように感じられる時間。

果てしなく続くように思える苦痛。

こんな状態で、いったいどこまで耐えられるというのであろうか。いや、無理だ。

頭の中に、古典の反語のフレーズが流れる。学習というのは恐ろしいものだ。

道の向こうに、白い塊が見えてきた。

心の中のどこかが、小さくぽっと明るくなったような気がした。

固まっている生徒たちの姿が、少しずつはっきり見えるようになってくる。

間違いない。

あそこが第一チェックポイントだ。

大勢の生徒がいるところを久しぶりに見たような気がしたが、チェックポイントにいるのはせいぜい数十人だった。みんなそそくさとチェックをして、次々と走り出していく。

実行委員が何人か、開業前のガソリンスタンドを借りて二台のテーブルを並べ、名簿チェックをしているのだが、よく見ると壁のところに座り込んで休んでいる生徒もいる。

美和子と貴子は呼吸を整えながら実行委員のところに近づいた。

それぞれのクラスの名簿をチェックしてもらう。

結構抜いたつもりでいたのに、貴子はクラスの半数近くがもうチェックされていたのでがっかりした。なんと、高見光一郎の名前までチェックされていたので驚く。

あんなゾンビにまで負けてるなんて。

がっかりするのと同時に、なんとか持ちこたえていた緊張感が完全に切れて、どっと疲労が全身から噴き出してきてしまう。むろん、汗もだらだら流れていて、拭っても拭ってもじっとりとこめかみが濡れてくる。

貴子は深い溜息をつき、美和子の顔を見た。

「みんな速いのねえ。あたしにしては頑張ったつもりだったのに。信じられない、高見光一郎にも抜かれてる」

「それは確かにショックだわ」

美和子は真顔で答えた。

「さてはあいつ、昨日の団体歩行はフェイント掛けてたね」

「あたしたちにフェイント掛けてどうするのよ」

文句を言いながら、並んで歩き出す。

「貴子、まだ走れる？」

美和子が貴子の状態を見るようにちらっと振り向いた。

貴子は大きく首を振る。

「もう駄目。完全に、糸が切れちゃった」

美和子も、二人で走ることはあきらめたようだった。

「じゃあ、早足ね。だらだら歩くとかえって疲れるから」

「はーい」

きびきびと歩き出す美和子に、貴子は慌ててついていく。背筋を伸ばすと、またしても忘れていた全身の筋肉が悲鳴を上げた。正しい姿勢というのは、筋力が必要なものだと痛感する。

貴子はぼそぼそと呟いた。

「やっぱり、みわりんみたいにきちんと自己管理できる人間でないと、国立理系は無理だなあ。だって、物理的にこなさなきゃならない量がハンパじゃないもんね。よほどきちんとスケジュール立ててそれを消化しないと、全範囲終わらないもんね」

「何を急に、そんなこと言い出すのよ」

美和子はあきれたように貴子を見た。

「だって、みわりんは、夏休みの宿題、きちんと前半に終わらせるタイプでしょ？」

「違うわよ。ヤバそうなのだけ本能的に察知して、その時その時で片付けるの。あたしはきちんとやってるように見せかけて、実は帳尻だけ合わせるタイプよ」

「それも才能だよね。あたしなんか、やらなくちゃ、やらなくちゃ、今始めないと間に合わないって頭で分かってて、なおかつじわじわいやな予感を味わってる癖に、結局ぎりぎりまで遊んじゃうタイプだもん」

「かもね」

「しかも、ちっとも楽しくないんだ、その遊びが。遊んでるんなら楽しんじゃえばいいのに、ずっと宿題が気に掛かってて、今いち楽しめないっていう最悪のタイプ」

美和子はくすくす笑った。

「そうかも」

「きっとさあ、この先の人生もそうなんだろうなって思うと今から憂鬱。受験勉強もそうなったらどうしよう。今、既にそうなりかかってるんだけど」

貴子は、自分で言いながらぞっとした。

あの、夏休みの嫌な感覚。すぐそこまで終わりが近づいている。今始めればまだ間に合う。少しでも早く始めれば、始めただけなんと近づいてくる。今始めればまだ間に合う。一日一日と確実に

かなる。そう頭では分かっているのに、どうしても手を付けられないというあの悪循環。一応机には向かってみるものの、他のことをしたり、どうでもいいことを始めたりして、本題の周りをうろうろして、肝心のものがちっとも始められない。一日ずつ先送りにしているうちに、本当に、のっぴきならない状況に陥って、後悔の念に苛まれながら、片付けなければならないものの量に愕然とする夏の終わり——

なんてだらしのない奴なんだ、と貴子は突然、自己嫌悪に陥る。

どうして、美和子や他の女の子たちのように、きちんと当たり前に当たり前の努力が出来る女の子じゃないんだろう。どうして、ぐだぐだと余計なことを考えて、余計な時間を使ってしまうんだろう。

「でも、結構、貴子って、運強いんだよね」

美和子はあっさりと言う。

「どこが」

貴子はきっと美和子に向き直った。

「別にあたし、運を必要とされることなんて、これまでそんなになかったよ」。これが運動部とか、囲碁部とか、勝負に関係するところにいたんなら分かるけどさ」

貴子は一年生の時から、筋金入りの帰宅部である。せいぜい学園祭の時に、友達の

部を手伝う程度だ。

美和子は小さく首をかしげた。

「さあね。どこがどうって言われると説明できないんだけど、なんのかんのいって、超ラッキーというほどじゃなくても、結構そこそこいいところにいて、あまり苦労しないでスーッといっちゃうような気がするのよね」

「何よ、それ」

「第一、貴子って友人に恵まれてるもん」

「みわりんとか」

「そうそう。あたしとかね」

美和子は当然というように大きく頷く。

貴子は苦笑しつつも、確かにいつも、社交的ではない割には、本当に好きな友達が近くにいたなと思う。その中でも美和子が一等なのは間違いない。彼女がいなかったら、高校生活は全く別のものになっていただろうし、美和子が自分のことをいつも引き上げてくれていたことも。

ふと、もう一人の少女のことを思い出す。

「杏奈も一緒に歩きたかったねぇ」

貴子が呟くと、美和子がちらっと振り返った。

「去年のゴールデンウイークに、杏奈と一緒に貴子の家に行ったことがあったでしょう。覚えてる？」

「うん、もちろん」

母親が仕事でどうしても数日留守にするのと、連休が重なったので、二人が貴子の家に泊まりに来たことがあったのだ。二人は何度か母親と会っていたし、母親のほうも、しっかりしていて可愛い二人のことを気に入っていた。貴子一人で置いていくよりもよっぽど安心だ、とまで言った。

「あの時ね、貴子のお母さんが、あたしたちに話してくれたの」

「何を？」

「西脇君のこと」

その返事を聞くまで、すっかりそのことを忘れていたことに気付いた。

西脇君は、貴子の異母きょうだいだもの。

体育館で、隣に寝ていた美和子の目が蘇る。

貴子は目が覚めたような心地になった。

そうだ、あのことがあった。

思わず反射的に背筋を伸ばす。またしても、筋肉が悲鳴を上げたので、顔が歪んだ。

「貴子がさ、お母さんにお金貰って、近所のケーキ屋さんにケーキ買いに行ったじゃん。その間に、『あなたたちにだけは話しておくけど』って話してくれたの」

美和子は淡々と言った。

「えーっ。あの時だったのか。全然気がつかなかったよ」

貴子は、二人の友人のポーカーフェイスぶりにあきれた。美和子が一年以上もの間、西脇融に対する自分の反応を密かに見守っていたのかと思うと、なんだか恥かしくてたまらなくなる。顔が熱くなるのを感じた。

『あの子は、このことをあなたたちには言わないと思う』って言ってたよ」

美和子は前を向いて歩きながら続けた。

「お母さんの読みは当たってたわけだ。さすが母親」

貴子は苦笑いをして黙り込んだ。

しかし、むらむらと込み上げてくる疑問が口をついて出た。

「──どうして、話したんだろ」

美和子がちらっと顔を見たのが分かったが、貴子は俯き加減のままだった。

母にしてみれば、いわば自分の恥ではないか。それを娘の友達に話してどうしよう

というのだ。惨めになるだけだし、娘の恥にもなるとは思わなかったのだろうか。そ
んな、母に対する非難の気持ちが冷たく心に湧いてくる。

それを見透かしたかのように、美和子が落ち着いた声で言った。

『あの子は多分、西脇融に対して罪の意識を持っている』って、お母さん言ってた」

ぎくりとした。

罪の意識。そんなつもりはなかったけれど、母にはそう見えたのだろうか。

『それは本来自分が持つべきもの、背負うべきもので、貴子が持ついわれは全くな
い。だけど、あの子は罪の意識を持つだろう、そういう子だ。あの子は誰にもそうい
うことは言わないだろうけど、貴子のそういう気持ちを、あなたたちだけは分かって
いてくれないか、それはあたしがあなたたちに責任転嫁しているだけで、自分がすべ
きつらい仕事をあなたたちに押し付けていると承知している。だけど、学校内までは
あたしの目が届かないから、せめて友人であるあなたたちには、あの子の気持ちを分
かっていてほしい』って。『どうか、貴子をよろしくお願いします』って」

美和子は、美和子らしい冷静な声ではきはきとそう言った。

貴子は、一瞬、のどの奥がぐっと詰まった。

驚き、怒り、気恥ずかしさ、嬉しさ、鬱陶しさ。その全てが入り混じった、説明の

できない感情が身体の中を猛スピードで駆け巡る。

お母さん。

それを必死に飲み込んで、貴子はわざと明るく尋ねた。

「で？　最初にそれを聞いた感想は？」

美和子は目をぐるっと回し、怒ったような顔になった。

「びっくりしたわよ。えーっ、ほんとにーって感じよ。お母さんの前では、二人とも一応平静を装ってたんだけど、あとで貴子の家から帰る時、杏奈と思いっきり驚き直したわ」

その場面を想像すると、おかしくなった。

バス停でにこやかに手を振り、貴子の姿が見えなくなってから、二人の少女が顔を見合わせ、うそーっ、おどろきーっ、あのふたりがーっ、と叫んでいるところが目に見えるようだった。貴子は笑いながら頷いた。

「そりゃ、びっくりするよねえ」

「特に、杏奈は驚いてたわね」

「それはそうだ。きっと、あの子、将来あたしときょうだいになるところとか想像してたんだよ」

一瞬の間を置いて、二人は同時に黙り込んだ。

貴子は探るように美和子を見た。

「知ってたんでしょ、みわりんは。杏奈が好きなのは西脇融だってこと」

美和子は小さく頷いた。

「うん。杏奈から直接聞いたことはなかったけどね」

「みわりんは勘がいいからね。いつごろから気がついてた？」

「そうだなあ、いつだったかなあ。みんなで男の子の話、してた時かな。杏奈が彼を目で追ってるのを何度か続けて見たことがあって、これはきっと、って」

美和子はそういう方面でも鋭いのだ。

「杏奈がアメリカ行く前に手紙出したの、西脇融だったんだね」

「だと思う」

早足で歩き出したはずなのに、いつしか二人の足はゆっくりになっていた。しかも、歩調はぴったり重なっている。

辺りはすっかり明るくなっていた。曇りかと思っていたが、どんどん雲が切れて晴れてきている。同時に、気温が上昇し始めているようだ。道端の草についた露が、きらきらと輝いた。

「また暑くなりそうだね」

「雨のゴールインよりはいいけど、日焼けが憂鬱」

美和子が顔をしかめた。色白の彼女は、日焼けすると腕や顔が真っ赤になるたちだった。きっと、家に帰る頃にはひりひり痛むに違いない。

「モテてるなぁ、西脇融」

貴子がぽつんと呟くと、美和子がにっと笑って顔を覗き込んだ。

「妬ける？　内堀亮子」

貴子は面喰らう。

「なんであたしが妬くのよ」

「あたし、正直言うと、貴子にちょっと嫉妬しちゃった」

「どうして」

「西脇君ときょうだいなんて、素敵じゃない」

胸に鈍い痛みを感じる。貴子は手を振った。

「やめてよ。あたし、憎まれてるし」

美和子は驚いたように振り向いた。

「そんなことないわよ。何言ってるの」

「去年までは廊下で見かけても互いに無視してたからよかったけど、今年同じクラスになってから、睨まれてばっかりだよ。ゆうべだって、集合写真撮るんでたまたま近くに行ったら、冷たい視線がビシバシ飛んできてさ。おっかないのなんのって」

「貴子と西脇君が、噂になってたことがあったじゃない？」

美和子は貴子の文句には取り合わず、質問で返してきた。

「らしいね。それを知ったら、西脇融、相当頭に来ると思うな」

貴子は溜息混じりに答えた。またあの冷たい目を思い出して落ち込んできたのだ。

しかし、美和子は顎を人差し指で撫でながら宙を見ている。

「やっぱりね、火のないところに煙はって感じで、なんか相通ずるものがあるのよね。こいつら出来てるんじゃないかって思わせる何かが」

貴子は力なく笑った。

「昨日から戸田君がしつこくてさ。君たち何かあるね、僕に告白してごらんって、事あるごとに言われて、ハラハラしちゃった」

「じゃあ、戸田君は知らないんだ、西脇君と貴子のこと。あんなに仲いいのに」

美和子は意外そうな顔になった。

「うん。それこそ、西脇融は、絶対に誰にも言わないよ」

彼にとっては屈辱的な話題だもの。

そう胸の中で呟くが、美和子は大きく頷いた。

「ほら、そういうところも似てるじゃない、二人。二人とも、互いに自分たちの関係
を意識しすぎてるから、あんな噂が立つのよ」

「そりゃ、意識もするよ。同じクラスに父親の浮気相手の子供がいたら、意識しない
ほうがおかしいよ」

「たぶん、西脇君も貴子と同じ気持ちなんじゃないかな」

「同じって？」

「彼も、貴子に対して罪の意識を感じてるんじゃないかなあ。別に貴子のことを憎ん
でるわけじゃなくて」

「罪の意識？　どうして向こうがあたしに罪の意識を抱くのよ。あっちは被害者じゃ
ん」

思わずあきれた声になってしまう。

だが、美和子は自信に満ちた顔で貴子を見る。

「彼は、自分が被害者であることに腹は立ててるかもしれないけど、貴子を憎むよう
な人じゃないと思うけどな。貴子を加害者扱いすることに対する罪の意識があって、

貴子にそっけなくしてるような気がする」

「それは美しすぎる意見だと思うな。彼、結構、酷薄なところあるよ。戸田君だって、そう言ってたもん」

あの冷たい視線を思い浮かべると、とてもじゃないが美和子の意見には同意できなかった。

「そうかなあ。あたし、西脇君のファンだもん。とにかくあたしはそう思う」

「内堀さんとお似合いだよ。あの二人も似てるところあるし」

「あたしは嫌」

美和子は綺麗な額に皺を寄せた。貴子は思わず彼女の顔を見た。

「内堀さんが？」

美和子はこっくりと頷く。

「あの子、ヘンなんだもの。ゆうべのあの態度、何よ」

「あたし、羨ましいような気もする」

「それもそうね。あれだけ正直だと、人生楽しいかも」

美和子が自分の代わりにはっきり文句を言ってくれるので、貴子は内堀亮子に対して寛大になれる。

「じゃあ、貴子は西脇君と全然話したことないの?」

「ないよ」

「同じクラスなのに?」

「ない」

美和子は大袈裟に溜息をついた。

「二人とも一人っ子でしょう。せっかくきょうだいができたのに、もったいない」

「嬉しいと思うよりも前に、ヤバイなあって思うのが先だったよ」

それは貴子の正直な気持ちだった。ふと、杏奈の弟のことを思い出す。

やっぱり杏奈も知っていた。それで、黙っていてくれた。母親との話でちらりと漏

らした時以外には。

貴子はひらひらと手を振った。

「ねえねえ、話戻るけど、杏奈の弟もみわりんに聞いたでしょ、杏奈の好きな男って

誰かって。友達のきょうだいだって」

「うん、聞かれた」

「教えた?」

「まさか。当ててごらんなさいよとは言ったけど」

美和子は、とんでもないというように首を振った。

貴子は周囲をきょろきょろと見回した。

「あの子、今どこにいるのかな。まだ寝てるかもね」

「車だもんね。なんとなく、ゴールの近くにいるような気がするわ」

じりじりと、頰に当たる陽射しが強くなってきていた。

水を飲み、汗を拭う。

西脇融の話で目が覚めたと思ったが、それも二人の間で既成の事実になってしまうと、なんだか気抜けしてしまって、足の痛みがひときわつらくなってくる。

「――このまま卒業しちゃうの?」

暫くして、美和子が尋ねた。

「このままって?」

質問の意味を察していたのに、貴子はしらばっくれる。

「西脇君と話をせずに、このまま卒業して、それっきりになるの?」

美和子は言い直した。

何かがぐさっと胸に刺さる。それが何なのか分からない。

「たぶんね。きっともう、卒業しちゃったら、顔も見ないんだろうな。彼、国立目指

してるし」

貴子はのろのろと答えた。胸に刺さった何かは、まだ消えない。

「それもなんだかヘンね」

美和子はあくまでも率直だ。貴子は弱々しく反論する。

「そんなことないよ。そのほうが自然だと思う。だって、あたしと西脇融が仲良くしてるほうが、よっぽどヘンじゃない」

「あたしだったら、仲良くなっちゃうけどなあ。堂々と親しくして、両方の親に見せびらかしちゃう」

貴子はゆっくりと頷いた。

「みわりんだったらそうするかもしれないね」

確かに、美和子だったらそうするだろう。

あたしたち異母きょうだいなの、と爽やかにクラスメートに宣言し、こんにちはー、と西脇家の玄関先で彼の母親に挨拶している彼女が想像できた。背筋を伸ばして、あたしたちはお母さんたちとは関係ないもの、気兼ねすることなんかないわ、ときっぱりと言い切る姿も目に浮かんだ。そして、美和子に目を見てそう言われれば、西脇融のほうも素直に同意するに違いないのだ。

お袋の奴、俺たちが仲良くしてるの気に食わないみたいだぜぇ。おまえ、もうちょっと気い遣ってくれよ、せめてお袋に顔見せないようにするとかさ。

自転車を押しながら、西脇融が共犯者めいた笑みを浮かべて美和子と話している。隣を歩く美和子はつんと澄まして西脇融を見る。あら、あたし別に悪いことしてるわけじゃないもの。自分のきょうだいに会いに行って何が悪いのよ。しょうがない奴だなあ、と苦笑しつつも彼は嬉しそうだ。

千秋に見せていたような、明るい笑顔。

馬鹿みたい、と貴子は自分にあきれた。

彼女は、想像の中の美和子に嫉妬していたのだ。自分の立場にいたならば、きっと彼と仲のよい親友どうしのようなきょうだいになれるであろう美和子に。そして、西脇融だって、こんなに美しく凜とした少女が異母きょうだいであったならば、血は繋がっているとはいえ、淡い恋心すら抱いてしまうに違いない——

貴子は慌ててその妄想と嫉妬を心の中から追い出した。

やっぱ、キャラクターってことよね。相手があたしだから、こんなふうなぎくしゃくした関係になっちゃうんだ。

情けない心地で、そっと胸の中で溜息をつく。

「あたしね、別れたの」

急に、美和子がそう言った。

「え？」

そのあっさりとした口調に、一瞬意味がつかめなかった。

「志賀君と」

「ええ？」

美和子が平然と付け加えたので、貴子は素っ頓狂な声を上げてしまった。

「そんな。いつ？」

美和子に詰め寄る。もちろん、彼女は動じない。

「先週よ。もう会わないって二人で決めたの」

「えーっ。どうして。あんなに仲良かったのに」

貴子のほうがしどろもどろになってしまう。

美和子は再び宙を見つめ、暫く考えてから口を開いた。

「うーん。今も好きだけど、この先ずっとつきあっても、これ以上発展しそうにないって互いに分かってたから」

「そんなあ」

「なんかさ、今ごろってカップルになる人多いじゃない？　これから孤独な受験シー

ズンを一緒に乗り切ろう、みたいなの。あたしたちも、今更慌てて別れなくても、卒業までつきあったって同じことなんだけど、そういうのは嫌だねってところで意見が一致したの。けじめはつけようって」

「けじめ、ねえ」

そんな言葉を遣ってしまうところが、美和子たちらしいといえばらしい。

志賀清隆と遊佐美和子は一年の秋からつきあっている、学校中が知っているパーフェクトカップルだった。志賀清隆は成績が常にトップなだけでなく、スポーツマンでハンサムで、人格的にも誰からも一目置かれる好青年。美和子は言わずと知れた才色兼備なお嬢様。二人に憧れる者は多数いたが、あまりに理想的かつ完璧な組み合わせなので、二人の間に割って入る勇気のある者はいなかったのである。

「やだやだ、そっちのほうがよっぽどもったいないよ。あんなお似合いなカップル、いないじゃないの。なんでまた、そんな」

貴子は悲鳴のような声を上げた。

美和子がくすっと笑う。

「貴子だから言うけどさ、あたしもそう思ってたの」

「え？」

「たぶん、彼もそう思ってたんだよね。あたしたち、物凄く傲慢だと思うんだけど、お互いに、この組み合わせはお似合いだと思ってたの。もちろん、彼のことは素敵だと思ったし、いいところがいっぱいあってそこに惹かれたんだけど、あたしたち、いいところがいっぱいある素敵な相手とつりあう自分を自画自賛してただけだったの。あたしたちって素敵よねって、一緒に自己満足しあってただけだったの」

彼女の率直さには慣れているつもりだったが、この残酷ともいえる率直さに貴子は絶句してしまった。

「お互いに、去年辺りから薄々そんな気はしてたんだけど、今年になって、はっきりそのことを自覚しちゃったのね。で、自覚しちゃったら、どっちもそれに我慢できなくなっちゃった」

「みんな、知ってるのかなあ」

貴子はおずおずと尋ねた。

「もし、そのこと知ったら、きっと志賀君にも美和子にも、じゃあ僕と、じゃああたしと、って告白したい連中が押しかけるよ」

「そういうのも鬱陶しいから、卒業まではつきあってるってことにしとこうねって決めたの」

美和子はこともなげに答えた。そして、貴子を軽く睨む。

「だから、内緒よ。まだつきあってることにしといてね」

「う、うん」

貴子はたじろいだ。

美和子は一瞬、無表情になって前を見た。

「なんだか、虚しいのよね。結局、自己満足で終わって、せっかくの高校時代に、本物の恋ができなかったなんて」

「そんなぁ、高校時代に本物の恋ができる人のほうが、よっぽど少数派だよ」

貴子は恨めしい声を出した。美和子の言いたいことは分かるが、それでも、あんなにカッコいい男の子とカップルでいられたのだからいいではないか。我ながら、僻みが入っているのが情けなくも惨めである。

美和子はぴしりと答える。

「でもさ、恋に恋することはできるじゃない？　あたし、それすらもできなかった。彼と一年の時からつきあい始めて、これが恋だ、あたしはちゃんと恋愛してるって思いこんでたんだもの」

「うーん。贅沢な悩みというか、なんというか」

ふと、千秋の顔が目に浮かんだ。

戸田忍に告白するつもりはないと言った千秋。そう思える相手がいるだけでいいと言った千秋。

いったいどこまでが恋に恋していて、どこから先が恋人に恋していると決められるのだろう。違いは何なのだろう。

「淋しいわよ」

美和子はそっけない声を出した。

「先週彼とそういう話をして、とっても淋しかった。二年も時間を共有してたんだもの。だけど、もっと淋しいのは、むしろさっぱりしたって思っちゃったことだな。結局、彼じゃなくてもよかったんだなあって、はっきり認めちゃったんだもの」

珍しく、美和子は感情を抑えていた。

怒りか、後悔か。何かの負の感情が彼女の中に渦巻いているのを感じる。

「それでも恋だったんじゃないの」

貴子はそう答えていた。

美和子が、何か言いたそうに貴子の顔を見る。

が、貴子はやめられなくなって続けた。

「あたし、ずっと、自分の西脇融に対する感情が何なのか考えてるの。だけど、ちっとも分からない。きょうだいとしての愛情を感じてるのか、罪悪感なのか、媚びてるのか、恨んでるのか。ずっと考えてるのに、全然分からない。みわりんからすると、どっちも罪悪感抱えてるように見えるんでしょ？　だけど、当事者のあたしにも、たぶん西脇融にもそうは見えてない。だから、きっと、同じものなんだよ。片方から見ると憎しみで、片方から見ると罪悪感。恋愛だって、似たようなもんだと思う。いいじゃん、誰が見ても素敵な人がいて、一緒にいたいと思って、二年間一緒にいられたんだから」

美和子はあっけに取られたような顔で貴子を見ていたが、やがて、ふと恥かしそうに顔を背けた。

「——そうだね」

短く呟いて、黙って歩いている。きっと、別れたばかりの彼のことを考えているに違いない。貴子は貴子で、パーフェクトな人たちにはパーフェクトなりの悩みがあるものなんだなあと考えていた。

あたしの悩みは、やっぱり西脇融ということになるのかな。

再び、前方の道は幹線道路から分かれて大きく曲がり、田んぼの中の道になるのが

見えてきた。徐々に車の量が増えてきたので、静かな道に戻れるのはホッとする。

お母さんはどうしてほしいんだろう。

そんな疑問がふっと湧いた。

思いついてみれば、今までそのことについて考えてみたことがなかったのが不思議だった。母は、自分と西脇融が親しくなるほうがいいのか、没交渉なほうがいいのか。母が美和子たちに言った言葉を思い出してみても、これまでの態度を見ても、分からない。彼と同じクラスになったと言った時も、ほとんど無反応だったし。

どうか、貴子をよろしくお願いします。

あの母が、美和子たちにそんなことを言っていたなんて。

冷静になってみると、意外でもあり、嬉しくもあった。いつも悠然としていて、放任主義のように見える母も、やはり普通の母親だったのだ。西脇融と娘との関係を密かに心配していたのだと思うと、なんだか気の毒になった。しかし、美和子と杏奈にそういうことを頼むというのは、さすが人を見る目に長けているなと思う。

あの母ならば、親しくしているほうが喜ぶような気がする。

突然、そんな確信が降ってきた。

たぶん、表面上は無反応のままだろう。あたしが、「今日西脇融と会ったよ」「こん

な話をしたよ」と夕食の席で話したとしても、「ああ、そう」とか「ふうん」としか言わないに決まっている。だけど、内心では、そういう娘たちにちょっと複雑な感情を抱きつつも、安堵するような気がしたのだ。

お母さん、よく一人でやってきたよなあ。

そんな感慨が込み上げてきた。

お父さんと別れて、会社も引き受けて、子供の父親は自分の家庭に帰っていって、やがて亡くなって。ずっとお母さんは一人だった。

誰にも頼らず、いつも平然と。

貴子が頭の中でお父さんとイメージするのは、母と別れた男のほうだ。西脇家の男のほうは浮かんでこない。どちらもろくに顔を知らないのは同じだが、遺伝上の父である西脇融の父親をイメージしようとすると、西脇融の顔が立ちはだかって邪魔をするのである。しょせん、父というイメージは実体のない記号でしかない。

「国道って嫌ね」

道が分かれて静かになると、美和子がホッとしたように呟いた。

「うん。脇をびゅんびゅん車が走ってると、落ち着かないよね」

貴子も頷く。歩きやすい道と、歩いて心地よい道は必ずしも一致しない。国道の

立派な歩道は歩きやすいけれども、車が増えてくると、無防備な気がして不安になる。

「やっぱりさあ、貴子は西脇君と話すべきだと思うよ」

美和子が改まった口調で言った。

「そうかな」

そう答えながら、貴子は、自分がさほど動揺しなかったのに驚いていた。たった今、母もそれを喜ぶと考えていたせいだろうか。

「あたし、さっき貴子に言われて反省したわ。あたしって、ほんとに、頭でっかちのいやらしい奴だったなあって。素直に、彼とうまくいかなくて別れたって認めようって。だけど、貴子の場合、望む望まないに拘わらず、一生消えない関係なわけでしょう。だったら、正面からぶつかってみたっていいじゃない。決裂しちゃったら仕方ないけど、もしかしたら、いいきょうだいになれるかもしれないよ。二人とも内面に似たものを感じるから、めったにない理解者になれるかも」

「うん」

美和子の言葉に内心同意しているものの、やはり返事は弱くなる。実際に彼に働きかけるところを想像すると、心が萎えてしまうのだ。

やっぱりあたしは小心者の駄目なやつ。あの賭けだって、実行できそうもない。

「歩行祭が終わったら、話しかけてみる」

貴子はそう呟いた。

「手紙を書くのとかどう？　面と向かってだとお互い意識しちゃうんなら、そのほうが冷静になれるかもよ」

美和子がそう言った時、頭の中になぜか杏奈の顔が浮かんだ。

あれ、どうしてだろう？

つかのま考えて、杏奈がくれた葉書のことを思い出した。

突然、文面がパッと浮かぶ。

たぶん、あたしも一緒に歩いてるよ。去年、おまじないを掛けといた。貴子たちの悩みが解決して、無事ゴールできるようにＮ・Ｙ・から祈ってます。

杏奈が西脇融とあたしのことを知っていたとすると、あの文面は——

「ねえ、みわりん」

「なによ」

急に貴子が大声を出したので、美和子がぎょっとした顔になった。

「杏奈から葉書が来たのよ」

「いつ？」

「十日くらい前。それに、『去年、おまじないを掛けといた』って書いてあったの。

それが何なのか心当たりある？」

「おまじない？　何のためのおまじないなの？」

美和子は訝しげな顔になる。

「あたしたちの悩みが解決するように、だって」

「あたしたち？　あたしたちの悩みって、何？」

貴子は「あっ」と思った。

そうか。杏奈が言う「貴子たち」というのは、貴子と西脇融のことを指していたの

か。杏奈は二人の関係を知っていて、それが解決するようにという含みを込めてあの

葉書を書いたに違いない。

それでは、「去年掛けておいたおまじない」というのは——

去年の歩行祭。

杏奈も参加していた歩行祭。

そこで何かをしたということなのではないか。

「何よ、全然話が見えないんだけど」

いろいろ考えていると、美和子が説明を促すように顔を覗きこんでくる。貴子は自分の考えをもどかしく説明した。

「ふうん、なるほどね。でも、おまじないって言ったって——杏奈は歩行祭に人一倍愛着があったから、去年の歩行祭で何か仕掛けたっていう意見には賛成しないでもないけど、いったい何をどうやって？　しかも、一年経ってるのよ。そのおまじないが、どうやって今年の歩行祭で効いてくるっていうの？」

美和子の意見はいちいちもっともだ。

「そのとおりなんだけど、きっと何かやったはずだよ。だって、杏奈だもの。葉書に書くのに、そんな適当で、無責任なことはしないよ」

「それはそうね。うーん。いったい何だろ」

杏奈の性格を知っているだけに、美和子も首をひねる。

「ところで、誰もいなくなっちゃったよ」

「ほんとだ」

二人はがらんと開いた前方に目をやった。よく見ると、うんと離れたところに人影

が見えるが、ちょうど前を行く生徒との間がぽっかり開いてしまったらしい。

「なんだか不安になるよね。道、合ってるよね？」

「合ってるよ、ちゃんと看板あったもの」

そわそわと二人で後ろに目をやった。後ろも離れていたが、十数人の生徒たちが向かってくるのが見えたので、ちょっと胸を撫で下ろす。

「あたしたち、全体のどの辺りにいるのかしら」

「見当もつかないね」

「先頭、そろそろ学校に着く頃じゃない？」

「あたしたちが着く頃には、もう家帰って寝てるんだなあ」

「毎年思うんだけど、自由歩行って、歩き始めてからが本当に長いのよね」

すっかりペースが落ちてしまっているのだが、エネルギーの絞りかすのようなこの身体（からだ）で、再びペースを上げるのは難しい。歩幅も狭くなる一方だし、足も全然上がらない。文字通り、足を引きずって前に進むのが精一杯なのだ。

しかも、まずいことに気温が上がって蒸し暑くなってきた。ますます残り少ないエネルギーがむしりとられることは確実である。

「ねえ、あそこ、誰か倒れてない？」

美和子が貴子の腕をつかんだ。

「えっ」

前方の道端に、白い影が見える。確かに、それは横に伸びているようだ。

「ほんとだ。倒れてるというか、座ってるというか」

二人でその影に目を凝らしながら進んでいく。

少しずつ、その白い影は大きくなってきた。近づくにつれ、それは路肩にほとんど寝るようにして座っている男子生徒と、それを看ているもう一人の男子生徒であることが分かってきた。

「どうしたんだろう。具合でも悪くなったのかな」

「実行委員、近くにいないかしら」

「こういう時に限ってそばにいないのね」

ぼそぼそと話しながら歩いていくと、また美和子がぎゅっと貴子の腕をつかんだ。

「どうしたの」

強くつかまれたのに驚いて、貴子が美和子の顔を見る。

「ねえ、あれ、西脇君じゃない？」

はっとして貴子ももう一度路肩に座り込んでいる生徒に目を向けた。

今やもう、彼女の目にもはっきりと見えてきた。

路肩に顔を歪めて身体を横たえている西脇融と、その彼を心配そうに覗き込んでい

る戸田忍との二人連れが。

最初は快調だった。

むしろ、びくびくしながら団体歩行でちんたら歩いていた時よりも、テンポに乗って走っている方が、解放感があって清々しい気分になったほどだ。

テーピングもしっかりしていて、痛みはなかった。

バタバタいっていた周囲の足音が少しずつ減っていき、生徒たちの列がばらけていく頃には、身体が暖まり、心なしか呼吸も楽になったような気がして、最後には忍の足音と二人きりになった。

夜明けが朝へと変わっていく。

ゆったりと移り変わる風景の中を、自分の呼吸の音と、忍の足音だけを聞いて走っていると、不思議な充足感が身体に満ちてくる。

頬に秋の朝の光が当たって、そこだけ冷たい熱を感じる。

隣を走る忍の、光に照らされた輪郭を感じる。

ランナーズ・ハイになったのか、疲労を感じなかった。いつまでもこうして走っていたいほどだ。

「幸せ」という言葉を自分の中でこれまで意識したことなどなかったけれど、今頭の

幸せだ、と感じた。

中に浮かんでいるのはまさしくその単語だ。何も心配しなくていい。無心でゴールを目指せばいい。順位も、結果も気にしなくていい。ゴールに駆け込んで、帰って眠ればいい。

黙々と鉄橋の上を走る。

川の上に出ると、空気が動いているのが分かる。川に沿って流れている風が、水の流れと共に朝の空気をざわめかすのだ。

時折思い出したようにトラックが車道を駆け抜けていき、橋をかすかに揺らす。

昨日からぐちゃぐちゃと胸に渦巻いていた余計な考えや、雑念はすっかりどこかに行ってしまった。

不意に、昨日忍が言った台詞を思い出す。

融はさ、偉いんだよな。

隣の忍は、いつも通りのしらっとした顔で走り続けている。

だけどさ、雑音だっておまえを作ってるんだよ。雑音はうるさいけど、やっぱ聞いておかなきゃなんない時だってあるんだよ。

あの台詞はいつのことだったっけ？　昼だっけ、夜だっけ。いや、夜だ。暗かった。

昨夜のことだ。なのに、もう大昔のことのような気がする。

おまえにはノイズにしか聞こえないだろうけど、このノイズが聞こえるのって、今だけだから、あとからテープを巻き戻して聞こうと思った時にはもう聞こえない。おまえ、いつか絶対、あの時間いておけばよかったって後悔する日が来ると思う。

正直、あの時は忍が何を言っているのかピンと来なかった。珍しく口ごもり、熱っぽく呟いていた友人の姿にきょとんとしていただけで。

だけど、今はなんだか彼の言っていたことが分かるような気がした。

今は今なんだと。今を未来のためだけに使うべきじゃないと。

俺って、結構馬鹿かも。もう高校生活も残り少なくなって、ほんとに残り少なくなってから、こんなことに気が付くなんてね。

融は思わず走りながら苦笑していた。笑うと、歯に外気が当たって冷たい。

こうして、高校生活最後の行事を、気の合う尊敬できる友人と一緒にフィニッシュできそうだということに、彼は大いに満足していた。

そこに油断があったのかもしれない。

チェックポイントもさっさと通過し、二人はリズミカルに走り続けた。クラスの中でも、二人は上位だった。何も言わずに再び道路に出る。

国道は、徐々に車が増え始めていた。

週末の早朝なので、どの車も飛ばしている。車道と並走していると、妙な闘争心が湧（わ）く。むろん、スピードでは敵（かな）いっこないのだが、抜かされるとなんとなくムッとするのである。

国道の先で、また田舎道に戻るのは地図を見て覚えていたので、早く通過しようとぼちぼちスタミナ切れかな。

二人とも心持ち早足になった。

ランナーズ・ハイも終わりかかっているらしい。　部活動を引退して時間が経っている、持久力の限界が近いのは確かだった。

前方に、道が分かれているところが見えた。　前にぽつぽつと一人で走っている男子生徒が見える。大きく曲がる国道から逸れて、再び田んぼの中に白い道が続いている。

なんとなくホッとして、スピードが鈍った。

辺りは見慣れた朝の田舎町になっている。　全身はもう汗びっしょりで、頭から爪先（つまさき）までくまなく放熱しているのが分かる。こんな時はいつも、生物というのが一個の燃焼機関なんだということを実感する。

白い道は舗装されておらず、このところ雨が降っていなかったせいか乾いていた。

足の裏に小石が当たり、見た目よりも走りにくい道だと直感する。

しかも、微妙に傾斜があって、たちまち左足に負担が掛かるのを感じた。

ヤバイな。

心のどこかでひやりとする。

この、中途半端な傾斜というのは、疲れるし転び易い。せめて傾斜が逆だったらよかったのだが、ざっと見た限りでは、左側に傾いた道が続いている。一歩踏み出すごとに、左足に嫌な違和感が積み重なっていくようだ。

なるべく気にしないようにしていたが、途中から違和感は鈍い痛みに変わった。

まずい。今朝起きた時に感じた痛みがぶり返している。

認めたくはなかったが、どうやらそう判断するしかなさそうだった。

ついに来たか。

そう思いながらも、痛みを気にしないようにして時間を稼ぐ。

それでも、少しずつ遅れ出した。徐々に忍の背中と距離が開いていく。

忍が、かすかに振り返る仕草をした。それに声を掛けようとしたその瞬間だ。

がくんと身体が傾いた。同時に、頭の中に閃光が射したような感じがした。

痛みというよりも、何かが切れたような衝撃を足に感じる。

「やったっ」

思わず叫んでいた。

「融？」

忍の声がして、次の瞬間、乾いた道の上に転がっていた。やっちまった。もう一度、頭の中で叫ぶ。掌（てのひら）に当たる小石の痛みのほうが生々しかった。慌（あわ）てて手を上げると、パラパラと砂が落ちる。

「おい、大丈夫か」

忍が駆け寄ってきた。

瞬（まばた）きをして、道にうずくまったまま、足に意識を集中する。

痛みは？　どきどきした。

膝（ひざ）をやられたのか？

しかし、特に痛みはない。安堵（あんど）するのと同時に、ちょっと気味が悪くなった。

いや、そんなはずはない。さっき、何か決定的な衝撃があったのだ。

「膝かよ？」

忍がしゃがみこんで、彼の左足を見る。

「いや、膝じゃないな」

融は、恐る恐る起き上がろうとしたが、足首に電気ショックのような痛みを感じて悲鳴を上げ、座り込んだ。

違う。足首だ。反射的に膝をかばって、思いっきり足を挫いたのだ。

「おい、あとが来るぞ。ちょっと避けよう」

後ろから走ってくる生徒に気付き、二人はごそごそと道の脇にある草むらに移動した。融も、じんじんする足に力を掛けないようにして、右足を軸に身体を回し、草の中に座り込む。

「ひでー。ついにやっちまったよ」

融は溜息混じりに叫んだ。

「見せてみろ」

「捻挫したらしい」

靴を脱いで草の上に両足を伸ばす。まっすぐ足を伸ばすと痛くない。ただ、足首を回そうとすると、痺れるような凄まじい痛みが走る。完全に捻挫だ。

「やばいなあ。マジで救護バス行きかもしれない」

そう口に出すと、このアクシデントの意味がずしりと胸に迫った。

ここで終わりか。ここで。そんな。ほんの一分前まで、忍と一緒に、あとはゴール

するだけだと高をくくっていたのに。

一瞬、目の前が真っ暗になる。

うわ。そんな終り方ってあんまりだ。冗談じゃない、ここまで来て。

一年の頃、バスに乗りたくないと泣いていた上級生の姿が目に浮かぶ。自分とは無縁の、不運な男だと思っていたのに、ひょっとしてひょっとして、今俺はあれと同じ境遇に陥ってしまってるわけか。

頭の中で、ぐわんぐわんと絶望の鐘が鳴っている。

その一方で、宥めるような別の声も聞こえてくる。

あと残り僅かだからいいじゃないか。団体歩行は全部歩いたし、ほとんど消化したじゃないか。もう充分だろ。忍に迷惑掛けるなよ。

しかし、鐘は止まない。おい、冗談じゃない。ゴールできなかったら、歩行祭に参加したなんて言えるかよ。終わりよければ全てよしって言うだろ。

頭の中でいろんな方向から聞こえてくる声にかぶさるように、あくまでも淡々とした忍の声が聞こえてきた。

「冷湿布が残ってるから、貼ってやる」

ごそごそとリュックを探る音がする。

「どうしても駄目だったら、乗せてやる。ここまで時間稼いだから、まだバスが来る

「バスかなー」

「捻挫だったら、暫く動かさなきゃ、とりあえず歩けるようになると思うけど」

彼の冷静な声を聞くと、いつもホッとするのだ。

まで当分時間あるだろ」

忍は草の上で胡座をかき、湿布を剝がした。薬の匂いがツンと鼻をつく。

その姿を見ていると、動揺していた心がようやく落ち着いてくる。

そうだ。バスが来るまで、まだ二時間はあるはず。終ったわけじゃない。

思わずほうっと溜息が漏れ、上半身が震えた。

「残り何キロくらいだ?」

「十キロちょっとだと思う」

「やれやれ。結構あるな」

忍から湿布を受け取り、そうっと足首に貼った。ひやっとするのが心地よかったが、

同時にかなり患部が熱を持っていることにも気付いた。この先、腫れると確信した。

昨日から、切ったり、貼ったり、こんなことばっかりしてるな。

「一キロを十回歩くと思えばいいんだ」

忍がぼそっと呟いた。

「一キロ十回か。半分に負けてくれないかな」

沈黙が降りる。

風の音がした。頬に当たって冷たい。

なんとなく、気まずい緊張があった。二人とも、同じことを考えているのだ。

俺から言わなくちゃ。

融はそう思っていた。

忍は頼めばそばにいてくれるだろうし、そうしたいと思ってくれているかもしれない。だけど、ここは俺から言わなくちゃ。

そう頭では分かっているのに、なかなか言い出せない。

俺から言わなくちゃ。忍に言わせたら、すっごく後悔するぞ.

気まずさはどんどん高まっていって、互いに緊張しているのが分かる。

「──おまえさ、行っていいぞ」

融はやっとそう口にすると、小さく咳払（せきばら）いをした。

「行っていいぞってのは？」

忍はムッとしたような声を返す。

「だって、約束しただろ。俺が途中で駄目になったら、先に行くって」

「まだ駄目になったと決まったわけじゃないだろ。別に記録目指してるわけじゃない
し」

「でもさ。俺、休んでも本当に歩けるかどうか分からないぞ。バスが来てからじゃ遅
いだろ」

話し始めると、緊張がほぐれた。何であれ、懸案事項は口にしたほうが楽ちんなも
のだ。

「何やってんだよー」

「走れよー」

知り合いの声が頭から降ってきて、移動していく。

「休憩中だよ」

そう言い返すと、「ばーか」と笑い声が遠ざかっていった。

この分じゃ、どんどん抜かされちまうな。せっかくいい線いってたのに。

ちょっと悔しい気がした。

いや、とっても悔しい。一瞬の気の緩みがこんなざまになるとは。

むくむくと身体の中に無念さが膨らんでくる。悔しい。凄く悔しい。馬鹿め。ほん

と、注意一秒、怪我一生、だ。

自分があまりにもふがいなくて、小さく口の中で舌打ちした。

陽射しが力を増していく。汗が乾き、髪の毛が熱を帯びてきた。

「とりあえず、少し様子を見よう。置いてくかどうかはそれから決めるさ」

忍がスポーツドリンクを飲みながら、この話題はこれでおしまい、という口調で言った。

「うん」

それ以上反論する気もなく、二人は草の上に足を投げ出して、だだっぴろく、殺風景な眺めに目をやる。

「つまんねえ風景だな」

融は、そう呟いた。

「だな」

忍も同意する。

何もない田んぼに、屋敷林に囲まれた住宅が点在するだけ。田んぼの中を横断するように、送電線の鉄塔が点々と連なっている。確かに風光明媚とは言いがたい。

「でもさ、もう一生のうちで、二度とこの場所に座って、このアングルからこの景色

を眺めることなんてないんだぜ」

忍は例によって淡々と言った。

「んだな。足挫いてここに座ってることもないだろうし」

そう考えると、不思議な心地になる。昨日から歩いてきた道の大部分も、これから二度と歩くことのない道、歩くことのないところなのだ。そんなふうにして、これからどれだけ「一生に一度」を繰り返していくのだろう。いったいどれだけ、二度と会うことのない人に会うのだろう。なんだか空恐ろしい感じがした。

十分経ち、二十分経った。

意外に間が持たず、融はイライラした。ただでさえ気が急いているので、休憩している気がしない。どんどん後続の生徒に追い抜かれていくのも焦る。みるみるうちに、五十人は抜かれただろう。忍はそんな彼の心境に気付いているのだろうが、彼にプレッシャーを掛けまいとしているのか、のんびり世間話なんかしている。

その間も、足だけはじわじわと腫れてゆき、不穏な熱を放っていた。湿布も負けじと熱を吸い取っていて、じっとしていても、今、彼の左足首を巡って壮絶な戦いが繰り広げられているのが分かる。なんだか自分の足じゃないみたいだ。冷たいのか熱いのかだんだん分からなくなってきて、そこで熱が相殺されているということだけが伝

わってくる。

なんで、モノが異常になると熱が出るんだろうなー。

融はそんなことをぼんやり考えた。

機械だって、調子悪くなると熱くなるもんな。何か不具合があると、そこで、正常なものと異常なものが戦うんだろうな。戦ってると、熱が出るんだ。

三十分経つと、我慢できなくなった。

「おい、行こうぜ」

「大丈夫かよ」

「これで駄目だったら、俺、一人でバス待つ」

融は、左足を浮かせたまま、立ち上がろうと試みた。

「慎重に行けよ」

「うー。腹筋が痛い」

筋肉痛に顔をしかめつつ、右足に力を込めた時、融はハッとした。

向こうから歩いてくる二人の女子が目に入ったからだ。

それに気が付いたのか、忍が振り向いて、二人を見た。

「あれ。遊佐（ゆさ）に甲田（こうだ）じゃん」

「どうしたの、西脇君。具合悪いの？」

最初に声を掛けたのは美和子だった。

「そ。こいつ、馬鹿でよー。何もないところでコケやがんの」

融を助け起こしながら忍が頷いた。

「捻挫？　大丈夫？　歩ける？」

美和子は眉をひそめる。

「大丈夫、大丈夫。休憩までしちゃったからね」

その能天気な口調とは裏腹に、そうっと起き上がった融は、直立したとたん、なんとも情けない顔になった。

見ていた三人も、つられて渋い顔になってしまう。

「痛むの？」

思わず貴子も尋ねていた。

「うん。いや」

融はあやふやな返事をして、ゆっくりとその辺りを歩き出した。と、痛みが走ったのか飛び上がる。

「つつ」

「こりゃ駄目だ。バスかな」

「いや、ちょっと待ってくれ」

融は慌てて手を振り、再びゆっくりと歩き始める。最初の時よりも、足取りがしっ

かりして、表情も落ち着いている。

「うん。これだ」

「無理すんなよ。おまえはさっさとバスに乗れ。俺は美女二人と一緒に、両手に花で

ゴールインするからよ」

「馬鹿野郎、そんなことさせてたまるか」

融の口調が乱暴になり、いっそう足を速める。

立ちどまり、大きく頷いた。

「よし、大丈夫だ。コツは会得したぞ。まっすぐ足を下ろせば痛くない」

「ほんとかよ」

「本当だ。ただし、足首をもっと固定する必要があるな。テープくれ」

「はいよ。膝ももう一度補強しとこう」

もう一度草の上に腰を下ろした融の足元を、美和子と貴子で見下ろす。

湿布を貼った左足は、右足と比べても、明らかに太くなっていた。

「うわ。腫れてるよ」

「痛そー」

「痛くない、痛くない」

融は空元気を連発する。

西脇君、リュック持ってあげようか。荷物軽いと、少しは違うと思うわ」

美和子が提案した。融は慌てて手を振る。

「大丈夫、大丈夫。そんなことさせらんないよ。もう、大したもの入ってないし、重くなんかないよ」

「でも、水筒とかあるでしょ。そうだ、じゃあ、水筒とかお弁当箱とか、みんなで分けて持てばいいんじゃない？　もう一つリュック持つのは大変かもしれないけど、何か一つずつ増える分には、そんなに負担にならないわよ。ねえ？」

美和子はにっこり笑って貴子と忍に同意を求める。

彼女の笑顔の勢いにつられて二人も思わずこっくりと頷く。

「そうだ。素晴らしい提案だ。ありがたく受けろよ、融」

忍が真面目（まじめ）くさった顔で言う。

融は複雑な表情で、美和子と忍の顔を交互に見た。

さすが美和子。ひょっとして、あたしのために仕組んでくれたのかしら。

融とにこやかに話をしながら並んで歩く美和子の背中を見ながら、貴子は彼女のさりげない戦略に舌を巻いていた。

彼女が融の荷物を分けて持とうという提案をしたため、水筒は美和子、弁当箱は貴子、パーカーは忍が持つことになった。自然と、四人で一緒に歩くことになる。

融はぎりぎりまでみんなに荷物を分けることを渋っていたし、歩き出した時はまだおっかなびっくりでひょこひょことしていたが、美和子が隣に寄り添って自然に話し始めたので、やがてリラックスした表情になった。今のところ、足は持ちこたえているようである。

「素晴らしいねえ、美和子姫は」

隣で忍が口笛を吹く真似をする。彼も同じことを考えていたのだと気付き、おかしくなった。

「何笑ってんだよ。嫌らしいなー、思い出し笑い」

忍が顔を覗きこんだので、貴子は「だってさ」と手を振った。

「ざまあみろよ」

「えっ？　誰が？」

「内堀亮子よ」

「なんで――」

「あの子、今の美和子の場所を歩くつもりだったんだよ」

「そうなの？　どうして」

貴子は、内堀亮子が、美和子に自由歩行を一緒に歩く提案を持ちかけた話をした。

貴子はクラスメートと歩けばいいと言ったことも。

忍は憤慨した。

「うわー、やっだー。やな奴――」

「でしょう。で、彼女はこんなふうに西脇君たちと一緒に歩くことを狙ってたんだと思うんだよね」

「うん、俺もそう思う。くそー、俺も言ってやる。ざまあみやがれ」

「ざまあみろ」

「何よ、何がざまあみろなの」

美和子がくるりとこちらを振り向いたので、二人は慌てて口をつぐんだ。

「なんでもない、なんでもない」

「変なの」

　地獄耳なんだから、美和子は。貴子は心の中で舌を出した。

「甲田さん、歩行祭終わっちゃうよ。これが最後のチャンスかもしれないよ」

　忍が声を低めて囁いたので、貴子は苦笑した。

「ほんと、相当しつこいね、キミも」

「粘り強いと言ってよね」

「そうだね、終わっちゃうんだねぇ、歩行祭」

　貴子は溜息をついた。

「うん。終わっちゃうよ」

「高校生活も」

「うん」

「地味だし、彼氏もできなかったけど、結構楽しかったな」

「うそー、甲田さん、彼氏いるじゃん」

「誰よ」

「芳岡なんだろ？」

「違う違う。友達だけど、そういう関係じゃないよ」

貴子は大きく首を左右に振った。

「うん。実は俺も、そうなんじゃないかなと思ってた」

「何よ。かま掛けたわね」

「芳岡、いい奴だけど、ジジイだよな。なんか超越しちまってるよなー。とても同い年とは思えない」

「うん。すごい大人だよ。だから、話してると落ち着く」

忍が、ふと真顔になって貴子を見た。

「甲田さんて、面白いよね」

「なんで」

「ああいう奴ともつきあえるし、硬軟広くカバーしてるよね」

「別に、カバーしてるつもりはないんだけどなあ。それを言うなら美和子でしょ」

前を行く美和子の背中に向かって顎をしゃくって見せる。

融の背中と、美和子の背中。

これもいい組み合わせなんじゃないかな。

ふと、貴子はそんなことを思った。異母きょうだいとしてではなく、カップルとし

て。

そう考えると、なぜか嫉妬が湧いてこないから不思議だ。

美和子なら、融の独善的な部分をうまく訂正していくことができるだろうし、融も美和子なら尊敬し、一目置いて接するだろう。

「ねえ、この組み合わせもいいんじゃない?」

貴子が前の二人を指差すと、忍はあきれた顔になった。

「ひょっとして、甲田さんて、マゾ? 人のことはいいから自分のことを考えなさいよ」

「その台詞、戸田君に返すわよ。戸田君だって、西脇君のことなんかほっといて、自分のことを考えればいいのに。あの西高の女の子の件だって」

そう言い掛けて、忍の表情が一瞬硬くなったのに気付き、貴子は口をつぐみ、頭を下げた。

「──ごめん。余計なお世話だった。もう絶対言わない」

「いいよ。その通りだしさ」

忍は苦笑した。

「あたしら、似た者どうし?」

「かもね。今どき、ひっそり相手のことを思って身を引くのって流行らないんだけど
ね」

「あたし、流行りモノ、疎いから」

「だろうなあ。甲田さん、そういう感じする」

ふと、千秋の表情が脳裏を過ぎった。

熱っぽい、切ない、けれどあきらめにも似た表情。

なんだか、千秋の思いが理解できる気がした。

きっと、千秋は彼のこういうところがいいんだな。決して自分の感情を優先せず、露にもせずに、他人に対して濃やかな気遣いをし続けるところ。淡々としているようでいて、実は熱いものを持ってるところ。

千秋の切なさが伝染したようだった。

千秋、趣味がいいなあ。だけど、やっぱりあのまま、彼女は自分の気持ちを伝えることなく卒業していくんだろうな。

淋しいような、それでいて、いとおしいような気持ちになる。

いったい、どのくらいの女の子が、こういう口に出せない気持ちを抱えたまま卒業していくんだろう。

さっきの美和子の話を思い出す。

なんだか、虚しいのよね。

どこか自虐的なくせに、凜としていた横顔。

結局、自己満足で終わって、せっかくの高校時代に、本物の恋ができなかったなん

て。

みんながそれぞれの苦い思いを抱えている。憧れなのか、恋なのか、自尊心なのか

と何度も自問自答を繰り返し、それすらも匂わせずに去っていく。

「俺も、奥ゆかしすぎるのかな。融が目立つから、バランス取っちまうのかも」

忍が呟いた。

「そうだよ。戸田君、いいのにねえ。西脇君よりずっといいよ」

「ほんと？　じゃあ、俺たち、くっついちゃおうか」

そう言った忍の目が、一瞬、ひどく真剣だったような気がして、貴子はたじろいだ。

が、その一瞬の貴子の動揺も忍はすぐさま読み取ってしまい、「アハハ」と笑って

手を振った。

「考えとくよ、いつでもウエルカムだから」

「うん。考えとく」

そう笑って調子を合わせながらも、貴子は後ろめたい気分になる。千秋の思いに同化していたせいもあったかもしれない。しかし、貴子は、女の子だけが持っている勘で、今の忍の台詞が本気だったことを感じ取っていたのだ。

まさかこんな展開になるとは。

美和子と談笑し、足に気を遣いながらも、融は不思議な心地になった。

だが、さっきの絶望が嘘のようだ。もはやこれまで、救護バス行きかとパニックに陥っていたのに、こうして明るい陽射しの中、女の子と歩きながらお喋りしているなんて。

足は思ったよりも順調に動いている。たまに固定している部分を動かしてしまい、鋭い痛みが走ることがあるものの、ゆっくり地面と直角に足を下ろしている分にはほとんど痛みはなかった。

しつこく固辞していたものの、美和子の提案通り荷物を減らすと、目に見えて身体が軽くなり、ぐっと楽になった。女の子に自分の荷物を持たせるなんて、まじき行為だと思うが、今では、美和子の提案に心から感謝していた。

ほんと、いい子だな。家の躾がいいんだな。

美和子の笑顔を見ながら、融は改めて感心した。

きつい歩行祭の終了間際だというのに、こんなふうに笑えるというのは、相当体力

も根性もあるんだな。

美和子に感心しながらも、実は背中が気になっていることも意識していた。

後ろで、貴子と忍が楽しそうに喋っている。

後ろを、あいつが歩いている。

そのことを、背中全体がセンサーになったように意識しているのだ。

しかし、嫌ではなかった。そのことも、彼は意識していた。

不快感や、嫌悪感はもうない。むしろ、こうなってよかった、と安堵する気持ちが

ある。

「ゆうべは、お熱いところを見せてもらったわよ」

美和子がさらりと言った。

「ああ。同じクラスだっけ」

内堀亮子のことだと気付いたが、美和子に言われると、そんなに不快ではなかった。

「実はね、彼女に一緒に自由歩行歩こうって言われたの」

「ふうん」

「断ったけどね。あたしは貴子と歩く約束してたから」

「仲いいもんね」

「うん。あたし、貴子、好きだもの。最後は一緒に歩きたかったわ」

なぜかどきっとした。

単に友人としてだと分かっていても、「好き」という言葉には心が反応する。

「西脇君と戸田君も仲いいよね」

「うん。やっぱり、高校最後だから、テニス部の人と歩くのかと思ってたけど」

融は如才なく相槌を打った。

美和子は笑顔で頷く。

「あたし、貴子のお母さんも好き。女っぽいのに、強くて潔くて、素敵な人よ」

今度は、ぎょっとした。

思わず、美和子の顔を見る。

そこに、思いがけなく、強く何かを訴えかけてくる瞳がある。

融は目を離せなかったし、美和子も目を逸らさなかった。

非難しているのでもない、押し付けがましいのでもない、強い瞳。

まさか。ひょっとして、この子は知っているのか？　貴子から聞いて？

融は混乱した。

美和子が、ふっと目を逸らし、前を向いた。

「貴子って、ほんと、鈍くってさ」

美和子の口調が、蓮っ葉になる。

「人のことには結構気い回すくせに、あの子、隠し事するのすっごく下手なのよね。つらいことがあっても、人に訴えるとか、こぼすとか、八つ当たりするってことができないの。ただ、ぼーっと一人で抱えてるの。ほんと、馬鹿よね。冷たいわよね。水くさいわよ。あたしという素晴らしい親友がいるのにさ」

美和子はフンと鼻を鳴らした。

「ま、貴子はそういう鈍いところがいいんだけど」

融は混乱していた。

いきなりにこやかにやってきて、唐突にこんな話を始めた美和子の真意が分からなかったからだ。いつのまにか、腋の下を冷や汗が流れている。

「そういうのって、淋しいのよ。自分の一番の親友だと思ってる子が、一番の悩みを打ち明けてくれないなんて」

喉の奥がぐっと詰まった。

美和子の言葉が、胸にこたえた。彼女の言葉が、暗に自分と忍のことを指しているのに気付いたからだ。

やっぱり、彼女は俺と貴子のことを知っているのだ。どうして？　今の話からすると、貴子が喋ったわけではないらしい。

「──遊佐は」

ようやくそう呟いたが、声はひしゃげていた。

美和子がこちらを見る。さっきと同じ、凜とした挑戦的な目だ。

「なあに？」

「遊佐は、ひょっとして」

そう言い掛けた時だ。

「ミワコ、タカコ、おっはようございまーす！」

朗々と響く、明るい声が空に響き渡った。

四人が同時に、パッとその能天気な声の方向に目をやった。

「あれー」

「おー、まだいたのかー」

「おはようございまーす」

後ろで、貴子と忍が無邪気な声を上げる。

いきなり話を中断された融と美和子は、声のする方角を見て、あんぐりと口を開けた。

「あら、順弥君だわ。こんなところにいたのね」

美和子も笑顔で手を振る。

二十メートルほど先の三叉路の脇に、白いRV車が停まっていて、その天井に広げた毛布の上で、野球帽をかぶった少年が大きく手を振っていた。もう一人の少年は、毛布の上で眠っているらしい。

パッと白い顔が目に飛び込んでくる。

ふと、Tシャツ姿の少女が重なって目に浮かんだ。

融は、胸を突かれたような心地になった。

似てる。榊の弟か。

「まだほんとにいたんだー。よく眠れた?」

駆け寄ってくる少年に、美和子と貴子が口々に声を掛ける。

「うん、眠れたよ。野宿なんて久しぶりだから、面白かった。ゆうべは曇ってて、あんまり星が見えなかったのが残念だったけど。杏奈が星いっぱい見えたっていうから、楽しみにしてたのに」

少年はけろりとして爽やかな笑みを見せる。

その、どこか無国籍で自由な雰囲気も、姉によく似ていた。いつも一人だけ、周囲と違う風を感じているようなところも。

融は、ひどく懐かしい気分になった。淋しく、心許ない気分にも。

なんだか、自分がいろいろなものを切り捨ててしまっていたという、強い後悔の念に襲われたのだ。

「朝ごはんは？」

「うん、そこの川原で、焚き火して、お湯沸かして、カップヌードル食べた」

「たくましいわねえ」

少年は実にフランクで伸びやかだ。昨夜が初対面だったはずなのに、すっかり美和子や貴子と打ち解けている。そのフランクさがやけに眩しい。自分がえらく年寄りになった気分だ。

「へえ、思ったより元気そうだね」

少年は興味津々という顔で、融や忍の顔を覗き込み、手を振って挨拶する。

「ハイ」

「ハイ」

つられて、思わず返事をしてしまう。こいつ、アメリカ人だ。

「榊順弥です」

「西脇融です」

礼儀正しく名乗ると、少年はふと、何かを思い出すような表情になった。

「ニシワキトオル」

しげしげと顔を見る少年に、融はどぎまぎする。美和子といい、こいつといい、真正面から人の目を見る奴だ。

少年は腰に手を当てて、首をかしげた。

「あなた、杏奈のこと知ってる？」

「そりゃ、知ってるよ」

「ふーん」

少年は、しつこく融の顔を見ている。と、貴子を振り返り、にこっと笑った。

「タカコ、あの話、僕、分かったような気がする」

貴子が、そう言われて慌てるのが分かった。明らかに、おろおろしている。

何を慌ててるんだ、こいつ？

少年は融の方に向き直り、にっこりと親しげな笑みを浮かべ、こう言い放った。

「ねえ、あなた、きょうだいいるでしょう。杏奈の友達に。杏奈と仲良しだったって」

「はあ？」

そう声を上げたのは忍だった。

「なんか誤解してない？　融にはきょうだいなんていないよ」やられた。

そう心の中で声を上げたのは貴子だった。

まさか、こんなことになるなんて。アメリカからやってきた、友人の弟がこんなど田舎の歩行祭にやってきて、にっこり当事者の前でこんなことを言うなんて、誰が予想できただろうか。

融は絶句していた。

あまりに正面切って言われたので、言い返す言葉すら失っているのだ。

それは、貴子も同じだった。彼と一緒に、全身が固まってしまっている。今この瞬間、自分が融と同じ顔をしているのを痛感した。

「ううん、いるはずだよ」

少年は、あくまでも無邪気だ。

「なんでも、家庭の事情があって、同じ学年にいるんだって」

あいたたた。貴子は再び、心の中で悲鳴を上げた。

恐らく、融も同じ悲鳴を上げていることだろう。

「同じ学年――」

忍はそう言い掛けて、ハッとした。

パッと貴子の顔を見る。貴子は、あまりのことに、表情を繕うことすらできなかった。

さぞかし、間抜けな、バレちゃいましたって顔してるんだろうな。

忍は、貴子の顔を見て、たちまち全てを悟ったらしい。

その目に、確信の色が浮かんだ。見る見るうちに、顔が赤くなる。

忍は、感情を押し殺すような溜息を漏らした。

「おい、融。そうなのか」

忍は、ぐいと前に出て、融に食ってかかった。

融の表情を見て、更に確信は強まったらしい。

「——そうだったのか」

忍は、ひどく傷ついた顔になった。

申し訳ない。貴子の胸にそんな言葉が浮かぶ。ごめんなさい、戸田君。

忍は、傷ついた表情のまま、貴子をチラリと盗み見る。

「どうして言ってくれなかったんだよ」

小さく呟いて、忍はうなだれた。

気まずい沈黙が訪れた。

野球帽をかぶった、色白の少年だけが、きょとんとした顔で、目の前の四人の表情

を交互に見守っている。

「——僕、何か悪いこと言った?」

順弥が恐る恐る尋ねた。

さしもの大らかな彼も、先程の彼の発言のせいでみんなが絶句し、凍りついてしまったことには気付いたらしい。

「ううん、別に。むしろ、言ってもらってよかったのよ」

涼しい顔で美和子が答える。

「そうなの? 本当、タカコ?」

順弥は貴子の顔を覗き込む。 貴子は頷き、彼を安心させるよう笑ってみせた。

「うん。本当だよ」

「そう」

順弥はホッとした表情になった。

そう、あたしたちはいいんだけどね。

貴子は心の中でそう呟き、前を歩く二人をそっと見た。

融と忍はさっきから二人で並んで歩いているが、見たところ、全く言葉を交わしていない。 ただ黙々と、俯き加減に歩き続けている。

そりゃそうだろう。 貴子は内心溜息をついた。

さっきの忍の傷ついた顔。

親友にあんな顔をされて、幾ら融でも後ろめたく思わないはずがない。しかし、彼は自分の恥だからこそ、親友には言えなかったとも考えている。

貴子には、二人の考えていることが手に取るように分かった。

忍は忍で、親友を非難してしまったことを後悔している。しかし、やはり打ち明けてくれなかったことに対する割り切れない思いは消えないだろう。おまけに、彼は貴子にしつこく融を勧めてしまった。そのことで、貴子に対してひどく恥ずかしく感じているに違いないのだ。

貴子は忍に悪いことをしたと思ったが、それでもやはりこちらから忍に言うわけにはいかなかったので、仕方がなかったと自分に言い聞かせた。

「帰ってこの話したら、怒るだろうな――杏奈」

ふと、順弥は天を仰いで肩をすくめた。

「平気平気、怒らないって」

「黙ってればいいじゃん」

美和子と貴子は口々に慰める。

「そうなんだけどさ、僕、ついつい喋っちゃうんだよね。どうも隠し事に向いてない

性格らしくって」

「分かる気がする」

美和子がくすっと笑うと、順弥は鼻を掻いた。

「杏奈って優等生だからさ、なんかこう、見てると怒らせたくなるんだよね」

「ふうん」

「杏奈って、感情表に出さないでしょ」

「そうね」

「それがすごく歯がゆい。腹が立つ。もっと正直になればいいのに」

「ああ、そういうところはあるかもね」

「杏奈、彼のこと、とっても好きだったんだと思う」

順弥は、前を歩いている融のほうにちらっと顎を向けた。

「言えばいいのにって思った。ねえ？　杏奈はとても慎重だから、そこまで好きにな

る男ってそうそういないと思う。だから、言えばいいのにって」

順弥は苛立ちを覗かせた。

「ははーん」

その顔を見ていた美和子が頷いた。

「なーんだ、順弥君って、何のかんのいって、姉思いなんじゃないの。それでわざわざアメリカから杏奈の代わりに伝えに来たってわけ？」

「えっ」

順弥はびっくりした顔をした。

「そんなつもりはなかったけど」

そう言ってぐるりと目を回してみせる。

「そうかな。本当は、それが目的だったんじゃないの？」

「うーん。そうかなあ。うーん、そうか。そうかもね」

美和子が畳み掛けると、順弥は意外そうな顔をしつつも、納得している。

鋭いな、みわりん。貴子は感心する。

確かに、あまり仲が良くないと言いつつも、この少年は杏奈の話ばかりしているし、杏奈の恋の相手を調べ回っていた。それは、生真面目な姉にまともに相手にされないことへの反発であり、その一方で、奥手な姉の思いをなんとかしてやろうという彼なりの親切だったに違いないのだ。

「あっ」

急に、美和子が大きな声を出して立ち止まった。

「どうしたの」

二人で美和子を見ると、美和子はにっこりと笑った。

「何よ、何笑ってるの」

貴子が尋ねると、美和子は順弥の肩をぽんと叩いた。

「大丈夫、杏奈はこの話しても、きっと怒らないわ」

「どうして？」

「大丈夫。杏奈に伝えて。おまじないは効いたって」

「え？　何？　おまじない？」

順弥はきょとんとした。

「杏奈のおまじないよ」

「そう言えば分かる？」

「うん。分かるわ」

美和子は力強く頷いた。

「ふうん。杏奈のおまじない、ね。あ、随分遠くまで来ちゃった。そろそろ車に戻るね。次は校門のところで待ってるよ」

順弥は、後ろを振り返り、車がうんと小さくなっていることに気付くと立ち止まっ

た。

「あら、お出迎えしてくれるの」

「完走証貰ったら、家まで送ってよ」

美和子がちゃっかり頼む。

「OK。じゃ、またあとでね」

順弥は手を振り、軽やかに走り去っていった。

暫く順弥に手を振っていたが、貴子は怪訝そうに美和子を振り返った。

「ねえ、どういうこと？　おまじないは効いたって」

美和子は意味ありげに笑った。

「あたし、分かっちゃった。杏奈が貴子に出した葉書の意味」

「えーっ。どうして」

貴子は焦った。美和子には、さっき話したばかりなのに。やっぱりあたしは鈍いのだろうか。知ってはいたけれど。

「順弥君見てたら、なんとなくね」

「なあに。どういう意味なの」

「杏奈が去年掛けたおまじないって、たぶん順弥君のことよ」

「順弥君？　彼のどこが？」

貴子は憮然とした。

美和子はさっさと歩き出す。

「杏奈はきっと、順弥君の性格、熟知してるわ。絶対に駄目と言うと、わざとそれをする。あんたには分からないというと、必死にそれを理解しようとする。彼、杏奈の言うことに、いちいち反応してムキになるでしょ。はるばる日本まで来て、歩行祭に紛れこんだりして」

「うん」

「去年歩行祭に参加したことで、杏奈がカンカンになって怒ったって言ってたわよね。あんたなんかに分かるもんかって言ったって」

「うん。あたしもそれ聞いた」

「あれ、わざとじゃないかなあ」

「わざと？」

「あたし、杏奈がわざと怒って、しかも、好きな男の子には家庭の事情で同じ学年にきょうだいがいるって、わざと順弥君に聞かせたような気がする。彼の性格だったら、杏奈にそこまで叱られたら、また歩行祭に参加してやろうと思うだろうし、その条件

を頼りに、絶対に相手を探し出してやろうと思うだろう、ってことまで想像してたん
じゃないかな」

「まさかあ」

貴子は笑ったが、美和子は真顔だ。

「そうかな。杏奈は意外にそういうところ、計算できる人よ。あたしと貴子が杏奈の
一番の親友だったことは知ってるわけだから、まず彼があたしたちを探し出して、あ
たしたちから当たっていくことは予想できるでしょ」

「それはそうだけど」

「彼はあの通り物怖じせずに行動に出るタイプだし、あっけらかんとして愛嬌もある
から、きっと西脇融も探し出す。実際、探し出したものね。探し出したら、きっと本
人に直接きょうだいのことを問い質す。そうしたら、西脇融も甲田貴子も、それまで
通り知らんぷりしているわけにいかなくなる。そういう計画だったんじゃないかし
ら」

「うーん。それって凄すぎる。そこまで計算してるなんてこと、あるかなあ」

杏奈がそこまで腹黒い、じゃなくて、他人の行動を計算する人間だとは思えなかっ
た。

美和子は鼻を鳴らす。

「実際、そうなったじゃない。どこまでうまくいくと思ってたかは分からないけど。あくまでも、杏奈にとっては『おまじない』だったんでしょうけどね」

「凄いおまじないだなあ。さすがスタンフォード」

そう言いつつも、貴子はまだ半信半疑だ。

「杏奈がどこまで計算してたかはともかく」

美和子はじっと貴子を見た。

「杏奈が、貴子と西脇君に和解してほしいと思ってたことは確かなんじゃないかな」

「うん。それは分かるような気がする」

その意見には素直に頷いた。

杏奈は、融も貴子も好きだと思ってくれていたからこそ、二人の置かれた状況を不幸に思ったのだろう。だからこそ、アメリカから弟という爆弾を送って寄越したのだ。

二人の性格を知っていた杏奈は、それくらいの荒療治でなければ駄目だと分かっていた。

そして、杏奈の思惑通り、弟は働いてくれたわけだ。

ようやく、じわっと杏奈の気配りの深さへの実感が湧いてきた。

アメリカにいたのに、そこまで心配してくれてたなんて。

感激するのと同時に、相手が西脇融じゃなかったら、ここまでしなかっただろうな、

と思ってしまったのも事実である。

「そうだね。これでよかったんだね」

貴子はもう一度頷いた。

「さっきはとんでもないこととしてくれたと思ったけど、確かにみわりんの言ったとお

り、あの子から言ってもらってよかったのかも」

「でしょ」

「西脇融がそう思ってるかどうかは分からないけどさ」

「きっと今はそう思ってるわよ」

美和子は自信たっぷりに請け合った。

「そうかなあ」

「そうよ。もし今そう思っていなかったとしても、いつかはきっとそう思うに決まっ

てる」

「みわりんにそう言われるとそんな気がしてくるから不思議だよね」

「だって、そうなんだもん」

二人はどちらからともなく、前を行く二人の背中を見た。いつのまにか、少し離されてしまっている。

気まずい沈黙はなかなか破れなかった。

どうやら、忍は自分からは口を開く気はないらしい。

融が沈黙を破らなければならないことは分かっていたが、何と言えばいいのか分からないのだ。

その一方で、膝も足首も、さっきの少年の発言を聞いてから、ほとんど痛みを感じないことに驚いていた。何かに気を取られると、人間、痛みを忘れてしまうものらしい。むしろ、歩くスピードが上がっている。

単調な道。

後ろでは、杏奈の弟を挟んで、美和子と貴子が和やかに話をしている気配を感じる。

全く、人の気も知らないで。

融は溜息をつきたい気分だったが、不思議とあの少年を責めたり恨んだりする気持ちは湧かなかった。馬鹿野郎、とは思ったものの、むしろ、肩の荷が降りたような、どこかホッとする気持ちが勝っていたことに気付いていたのだ。

「言いたくなかったんだ」

ぽろりと口から言葉が漏れた。

「どうして」

その瞬間を待っていたのだろう。すかさず忍がぶっきらぼうに呟く。

「家庭の恥だから」

そう答えた瞬間、カッと頬が熱くなった。

恥かしい。甲田親子ではなく、父親が。こんなことを息子に言わせる父が。

それは、久しく忘れていた生々しい感覚だった。父の存在が、感情的な対象として

蘇ったのは本当に久しぶりだった。

「どうして」

忍は同じ質問をした。融は苦笑する。

「どうしてって、大体見当はつくだろ。俺の親父があいつの母親と浮気してできたの

があいつだもの」

「だから甲田を嫌ってたのか」

「別に嫌ってなんか」

「だって、そう言ったじゃないか」

「言ったっけ、そんなこと」

「言ったよ。甲田も、西脇君はあたしのこと嫌いだと思う、って言ってたし」

「別に嫌ってやしないよ。ただ、どう接したらいいか分からなかっただけで」

「俺、甲田にすっごい悪いことしちゃった」

「なんで」

忍の口調が暗くなったので、融は彼の顔を見た。

「融のこと、好きなんだろ、好きなんだろって、さんざんしつこく言っちまった。傷ついたろーな、甲田。いろいろ詮索してさ。高見と一緒に囃したりもしたし。馬鹿だなー、俺って」

忍は顔を歪め、いまいましげに舌打ちした。その口調には激しい自己嫌悪と深い後悔の念が滲んでいた。

融は、ただでさえ濃やかな気遣いをする彼にそんな思いをさせたことが、心底申し訳なくなった。

「大丈夫だよ」

「なんだよ、黙ってたくせに」

忍は、じろっと融を睨んだ。

「それは謝るけどさ。でも、あいつは強いし寛大だから、忍が知らなくて言ってるって、ちゃんと分かってるし、そんなことでおまえを恨んだりしないさ」

「おまえに慰められてもなあ」

ぼやく忍に、融はきっちり頭を下げた。

「ほんとに悪かった。謝るよ。おまえが俺のこと認めてくれてたから、余計言いたくなかった」

「別に、親父さんが浮気したからっておまえの評価とは関係ないだろ」

「なくはないさ。じゃあ、おまえが俺だったら、言えたか？」

「うーん」

忍は暫く考え込んだのちに、ぼそりと呟いた。

「言えなかった、かもな」

「だろ」

「でも、聞いときたかったなあ。おまえの口から」

「だから、謝るよ。すまん。見栄張ったばっかりに、言えなかった。悪かったよ」

「もういいよ」

ようやく二人の間の緊張が緩んで、歩調も緩やかになった。

となると現金なもので、膝と足首が熱と痛みを主張し始める。

「大丈夫か、足」

それを感じたのか、忍が融の足元を見た。

「なんとか。この調子で行けば、逃げ切れそうだ」

融はそうなってほしいという希望を口にする。弱音を吐けば、それが本当になって

しまいそうな気がしたからだ。

「二人で会ったことはないのか」

忍がいつもの調子に戻って尋ねた。

「ない」

融は間髪を容れず答えた。

「その件について話し合ったことも?」

「ない」

融はそっけなく答え、苦笑いをした。

「今年同じクラスになるまで、半径三メートル以内に近づいたこともなかったんだぜ。

それに、今年クラスで交わした言葉よりも、昨日からの歩行祭で交わした言葉のほう

が多いくらいだもの」

「ある意味、おまえらしいっていうか」

忍はあきれ顔で溜息をついたが、ふと小声になって言い添えた。

「つらかったろうな、甲田も」

「だけど、あいつは強いんだ」

融は怒ったような声で言った。

「分かるだろ？　あいつは寛大なんだ。俺のことを憎んだり、恨んだりはしないのさ。むしろ、あいつは俺を哀れんでる」

「そんなことはないよ」

「あいつは立派だよ。俺があいつの立場だったら、あんなふうにはしていられない」

忍は探るような目つきで融の顔を見た。

「誉めてるのか？　それとも貶してるのか？」

「自分でも分からん」

「お袋さんは何て言ってるんだ」

「何に対して？」

「おまえらが同じクラスになったことについてさ」

「何も。表面上は、お袋は俺があいつと同じクラスになったことを知らないことにな

ってる。でも、クラス名簿を見て知ってると思うけどね」

「だろうな」

視界には誰もいなかった。白く乾いた道が、川沿いに続いているばかり。前の生徒

との距離が開いているのだ。

「あとどのくらいかな」

融は呟いた。

「八キロくらいじゃないか」

「まだそんなにあるのかよ」

「うん。歩きに入っちゃうと、長いんだよ。　歩幅も狭くなってるし」

辺りはすっかり明るくなり、見慣れたいつもの朝だった。

さっき走りながら味わっていた、夜明け前から夜明けに至る神秘的な雰囲気なども

はやひとかけらもなく、週末の弛緩したのどかな空気が風景を満たしている。

「残りこれくらいの時間が、一番たるいんだよな」

忍は、光る川面を見て目を細めた。

深緑の水が、ゆっくりと流れている。水の色からして、結構深そうだ。

「このまま卒業しちまうつもりだったのか？　俺にも教えず、甲田と口も利かず」

忍は川に目をやったまま尋ねた。

「うん。きっとそうなっただろうな。あのおせっかいな榊の弟がいなければ」

「面白い奴だったな。あれ、いないや。戻ったらしい」

忍は後ろを振り返り、声を上げた。

「でも、遊佐も知ってた。もちろん榊も」

融は前を向いたまま呟いた。

「甲田が教えたのかな」

「いや、違う。さっき遊佐がちらっと匂わせた感じじゃ、あいつから聞いたんじゃなさそうだった」

母親だ。融はふと、そんな気がした。

あいつの母親が、二人に教えたのではないか。貴子は誰かに助けを求めるタイプではない。きっと、甲田親子を憎んでいる融から娘を守ってほしいと頼んだのだ。彼女は、西脇親子が自分たちを憎んでいることをよく承知していた。

「なるほど、水臭いという点でも君らはそっくりなわけね」

忍が多少の嫌味を込めて呟いた。

「引っ掛かったわけだよ。やたらと共通点を感じたんだもの。てっきり出来てるとば

かり思った。俺だけじゃないもん、そう感じてたのは」

「らしいな」

融は素直に認めた。

「不思議だね。顔は別に似てないのに、なんだか成分が似てるって分かる。それが血

ってことなのかな」

忍も純粋に感心していた。

「だろうな」

融も否定しない。

「しかし、考えてみると、結構凄い話だよな。腹違いのきょうだいが同じクラスにい

るっていうのは。少女漫画かＴＶドラマみたいじゃん」

忍は改めて驚嘆の声を出した。

「面白がるなよ」

融は顔をしかめた。

「えーと、腹違いでも二親等なのは同じか。結婚はできないな」

「当たり前だろ」

「許されぬ恋。ますますドラマチックだぜ」

「よせよ」

融は忍を小突いた。が、彼が意味ありげな目で自分を見ているので、「なんだよ」と顎を逸らす。

忍は、奇妙な猫なで声を出した。

「なあ、たとえばさ、甲田が腹違いのきょうだいだと知らなかったら？」

「えっ」

「知らないで、同じクラスになってたら、どうなってたと思う？」

融はなぜか、その瞬間ゾッとした。

知らなかったら。知らないで、出会っていたとしたら。

「そんなこと、考えたこともないよ」

融は寒気を感じながら、精一杯そっけなく答えた。

「案外、似たものを感じて、惹かれ合ったりしてたかもよ」

「やめてくれよ、気持ち悪い」

ムッとした声を出したつもりだったが、融は、自分よりも忍のほうがムッとしているることに気付いた。

「気持ち悪いってことはないだろ」

忍はプイと横を向いた。

「なんでおまえが怒るんだよ」

融は面喰らう。

再び慄然とした緊張感が二人の間に漂った。

ゆったりと移動する、川面の大きな泡。空と水面の光をキラキラと反射している。

「おかしな気分だ」

融は呟いていた。

「なんで」

顔を背けたまま、忍が尋ねる。

「あいつの存在を知って以来、ひたすら封印してきた事実なんだぜ。あいつの存在を否定していることすら誰にも教えたくなかった。だけど、考えてみると、昨日の朝からあいつの話ばっかりしてるような気がする」

実際、そうだった。昨日の朝登校してきた時に始まり、お昼を食べた時も、日が暮れてからも、そのあとも、何かにつけてあいつの話ばかりしていた。

「だから言っただろ」

忍が振り向いて融の顔を見た。

「俺には、おまえらがくっつきたがってるように見えたって」

「近親相姦は駄目だっつーのに」

「そういう意味じゃなくてさ」

今度は忍が融を小突いた。

「近づきたがってる、理解しあいたがってる。そんな気がしたんだ」

小さな集落に入った。

整然とした住宅街を歩くのは久しぶりで、随分新鮮に感じる。

歩道には街路樹が植えられ、朝日の中に静かな影を落としている。

週末の住宅街は、まだまどろみの中にあるらしく、人通りはほとんどなかった。

ゆるやかな坂の途中に、かすかな人だかりがあったのは、第二チェックポイントであるのと同時に最後のチェックポイントが設けられているからだった。

郵便局の駐車場。長テーブルの上で、実行委員が黙々と名簿をチェックしていた。

もっとも、そんなに人は多くない。パラパラと数人が通り過ぎるのが見えただけで、貴子たち四人が着いた時には他に誰もいなかった。

「あともうひとふんばりです。頑張ってくださーい」

実行委員の女の子がチェックをしたあと、はきはきと声を掛けた。

相変わらず、恐るべき体力である。

「バスは？」

融が聞いた。

「もう出てますけど、まだまだ来ません」

その返事を聞いて、安堵の表情を覗かせる。

足は大丈夫なのかな、と貴子はチラッと彼の足を見た。腫れてはいるけれど、足取りはそんなにみんなと変わらない。あの調子なら、ゴールできるだろう。昨日までは誰よりも遠かったのに、こうして一緒に歩いているなんて嘘みたいだ。

彼と一緒にゴールするのだ、と思うと不思議な心地になる。

お母さんに言おう、と貴子は思った。

帰ったら、西脇融と一緒にゴールしたんだよ、と言って、それからバッタリ、ベッドに倒れ込もう。

ベッドに倒れ込むところを想像すると、どっと疲労が押し寄せてきた。まだ終点まで距離があることが耐えがたくなり、一刻も早く帰りたくてたまらなくなる。

「あれー」

「こんなところにゾンビがいるー」

前の方で、融と忍が陽気な声を上げた。

街路樹の周りで、しゃがんでいる数人の男子生徒がいるのだ。

そのうちの一人が、もはやすっかり夜の神通力を失った高見光一郎らしい。見るも無残に、息絶えだえでしゃがみこんでいる。小柄なだけに、白い子犬がうずくまっているみたいだ。

「大したもんじゃねえかよ、俺たちよりも前だなんて」

にやにやしながら融がかがみこんだ。

「畜生。天は我々を見放したかあ」

弱々しい声で、光一郎が呟いた。夜じゅう大声で叫んでいたせいだろう。すっかりガラガラになって、かすれている。

「見放した、見放した。もうあきらめろ」

「あばよ。また今度夕方会おうぜ」

融と忍は情け容赦なくさっさと手を振って通り過ぎていく。

「大丈夫、高見君?」

と、目をぱちくりさせた。

「あれえ」

美和子が声を掛けると、光一郎はどんよりした目で顔を上げ、美和子と貴子を見る

「あきらめないで行こうよー」

貴子が声を掛けると、光一郎は隈を作った顔を、それでもパッと輝かせた。

「あれえ、おまえら、一緒に歩いてたのー」

光一郎は、通り過ぎた融と忍と、貴子と美和子にせわしなく視線をやる。

「そうよ。一緒にゴールするの」

美和子が澄まして答える。

「そうかそうか。やったじゃん。なんだよ、心配させやがって、ベイベー」

光一郎はそわそわし、嬉しそうに笑った。すっかり誤解していることは明らかだが、

あえて否定することは止めておいた。説明すると、余計に面倒なことになるからだ。

「じゃあ、行くよ」

貴子は苦笑しながら光一郎に手を振った。

「幸せにな、ベイベー」

光一郎はひょこひょこ立ち上がり、手を振り返す。

美和子がくすくす笑っていた。

「ほんと、おっかしいわねー、高見君て」

「思いっきり誤解してるけどね」

「でも、性格いいよね、彼」

美和子は口に手を当てて笑いを嚙み殺していたが、何気なく前を見て、ぎくっとした表情になった。

「どうしたの？」

貴子は美和子の視線の方向に目をやる。

「今度は性格の悪いのが来たわ」

美和子は不穏な声で呟いた。

融と忍の前に、内堀亮子が立っていた。

誰かがパッと目の前に駆け寄ってきた時、それが誰なのか融には一瞬分からなかった。

が、隣の忍が「げっ」というような声を喉の奥で出したので、顔を見るよりも前にそれが誰か悟ったのだった。

近くに小さな児童公園があって、そこの公衆トイレがトイレスポットとして確保し
てあったらしい。他に何人か生徒がいるのを見て、ここで待っていたのだと気付いた。

彼女のことだ、融が通過したかどうかチェックしていたに違いない。

「よかった、もう会えないかと思っちゃった」

内堀亮子は、勝ち誇ったような声で言った。

その嬉しそうな顔を見て、融は悪態をつきたくなるのを必死に我慢した。

「もうすぐゴールだものね、ゴールまで一緒に歩きましょう。嬉しいわ、最後に会え
て。少し休んでてよかったー。待って、友達に言ってくる」

内堀亮子は有無を言わさずそう提案してから、パッと駆け出して、公園の中で一休
みしていたクラスメートらしき二人の女子のところに寄っていくと、短く説明して荷
物を取り上げ、無邪気に手を振って戻ってきた。タフな女だ、と融は思った。

内心ではさっさと立ち去りたかったがそうもできず、融と忍は顔を見合わせてそこ
でぐずぐずしていた。

「足、どうしたの？　大丈夫？」

「まあね。途中でコケちゃって」

「うわあ。腫れてる。痛いでしょう。それで遅れたんだ」

亮子は大袈裟に声を上げた。

「大丈夫さ。いいの？　友達、一緒に歩いてたんじゃないの」

融はイライラしながら、彼女が残してきた友人たちを振り返る。

「うん、いいのいいの。あたしは元々西脇君と歩きたかったから。あー、よかったー。あのままゴールしたんじゃ、つまんなかったもん」

亮子はニコッと屈託のない笑みを浮かべ、上目遣いにちらっと融を見上げた。それが男の子に対して、自分の最強の表情であると確信している笑顔である。

他の時であれば、よろっと来ていたかもしれない。確かにほとんどの場合、ほとんどの男子に対して、それは非の打ちどころなく効果的な表情だろう。

しかし、その瞬間、融は激怒していた。

だが、もっと悪いことに、彼はその怒りを亮子に対してストレートに表すことができず、そうできない自分に対して更にひどく腹を立てていた。

当然、ただでさえ相手の気持ちに鈍感である亮子はそんなことにちっとも気付かず、嬉しそうに彼に寄り添って歩き出す。隣を歩いている忍に対しては、まるっきり存在に気付いていないかのように、最初から無視したままである。その後ろを歩いている美和子と貴子に至っては、たぶん視界にも入っていないか、入っていても更に存在を

抹殺されているのだろう。

忍は憮然とした顔で融の隣を歩いていたが、あまりにも完全に無視されていたので、いたたまれなくなったのか、腹に据えかねたのか、スッと後ろに引くのが分かった。ここで二人きりにされてしまっては、本当にこの女とゴールする羽目になりかねない。

融は必死に残留してくれるよう忍に視線を送ろうとするが、たちまち彼が後ろに合流するのが分かった。無理もないと思いつつも、つい恨めしい気分になる。

どういう影響なのか、頭と足首がこれまでになくズキズキと痛み始めた。怒りと痛みと絶望とで、頭の中が真っ白になる。

しかし、隣の少女は彼にぴったりと身体を付けるようにして、何事かを明るく喋り続けているのだった。むろん、言葉など頭にちっとも入ってこない。

「信じられない」
「なんて奴」
「どんでん返しね」

融と亮子の背中を見ながら、三人は呪詛の声を上げた。

あまりにも鮮やかに、あまりにも暴力的に連れていかれたので、貴子は半分感心してしまっていた。

「やっぱあれくらいでなきゃ、恋の勝者にはなれないんだね」

「そんなこと言ってる場合じゃないだろ」

忍は相当腹を立てていて、その怒りの一部を、のんびりしたことを言っている貴子に向けた。珍しく、顔を真っ赤にして声を荒らげている。

「可哀相だろ、融が。このままあの女とゴールさせちまうなんて」

忍は人差し指を亮子の背中に向かってまっすぐ突き出す。

「でもさあ、あたしが出て行っても余計対抗意識を燃やされるだけだしなあ。戸田君、なんとかしてあげてよ」

貴子は情けない声を出した。

「俺もあの女は苦手だ」

忍は苦虫を嚙み潰したような表情になる。

「あたしが行くしかないかしら」

美和子がキッとした顔で前に出ようとするので、貴子は慌てた。

「でもさ、みわりんは彼女と同じクラスじゃない。ここでみわりんが行くと、残り卒

業まで気まずいことになるよ」

「あたしは別に構わないわ」

「卒業年度のクラスで諍いはやめといたほうがいい。あいつ、根に持つぜ」

忍も美和子を引き止めた。

「じゃあ、どうするのよ。あの子に好き勝手させとくの？」

美和子が二人を睨み付けたので、二人はしゅんとする。

喋り続ける亮子の横顔。隣を歩く融の広い背中が、最高に苛立っているのが分かっ

た。足が痛むのか、よく見ると変な歩き方をしている。

大丈夫かな、あんな歩き方して。相当痛いんだろうな。

貴子は彼の痛みを想像して、思わず顔をしかめた。

その時、誰かがパンと貴子の肩をはたいた。

痛みより驚きのほうが大きい。

振り向くと、目の下に隈を作ったゾンビの顔がある。

「ここは俺に任せろ、ベイベー。人の恋路を邪魔する奴は、ってね」

「高見君」

光一郎はとても下手糞なウインクをして（正直、目にゴミが入ったとしか思えなか

った）、貴子に向かって親指を突き出してみせると、ひょこひょこと貴子たちを追い抜いていった。彼と一緒にいた二人の男子生徒も一緒に走っていく。

「ベイベー、幸せですかーっ」

たちまち彼は融と亮子に追いつき、亮子の背中を大きくはたく。弾かれたように亮子が振り向いた。

「いやー、我らのマドンナの亮子ちゃんじゃないですかあ。俺、一度でいいからゆっくりお話ししてみたかったんだあ。こいつらもそう。みんなあなたのファンなんです

う。ちょっとお話ししましょうよー。こいつらの純情を叶えてやって。お願いっ」

亮子が目をぱちくりさせている。何か言おうと口を開くのが分かった。

が、暴力的に自分のペースに巻き込むことでは光一郎も負けてはいない。たちまち、他の男子生徒二人と亮子を挟むと、昨日の朝の出来事から順番に話し始めた。

「いやーっ、小鳥たちがさあ。ロックが俺を眠らせてくれなくってさー」

ガラガラ声を振り絞り、口を挟む隙（すき）を与えず喋りまくる。

何が起きたか分からないらしく、呆然（ぼうぜん）とした融が一人で棒立ちになっていた。

ひゅうっ、と口笛を鳴らしたのは、忍ではなく美和子である。

「素敵、高見君。さすがロックンローラー」

「朝なのに、ゾンビが復活した。そのうち灰になるぞ」

忍が呟く。

「加勢に行きましょ。ね、戸田君」

美和子が忍に頷いてみせた。忍も頷き返す。

「だな。美和子姫が一緒なら、俺にも太刀打ちできそうだ」

二人は貴子を置いて、早足になった。

「あっ」

たちまち取り残される。

二人は棒立ちになっている融も追い抜き、追い抜きがてら、忍が「ごゆっくり。あ

の女の付け込む隙を作るんじゃねえぞ」と声を掛けるのが聞こえた。

「高見くーん」

「混ぜろー」

二人が光一郎に向かって叫ぶ。

「イエーイ、土曜の夜はパーティーするんだぜえ」

やけくそ気味の光一郎の声が響いた。

「——なんなんだ、あいつら」

融がそう呟くのが聞こえるほど、貴子はすぐ後ろに立っていた。

その気配を感じたのか、彼は何気なく後ろを振り向く。

そして、貴子を見つけると、「ああ」と言った。

彼の目に浮かんでいたのは、驚きでも嫌悪でも緊張でもなく、安堵だった。

ようやくここに辿り着いた。やっとこの時が来た。その目がそう言っていた。

貴子は、それと同じものが自分の目にも浮かんでいることを知っていた。

怯えでも卑下でも媚でもなく、ついにこの時が来たという、やれやれ長かったとい

う安堵だったのだ。

「足、大丈夫？　さっきから変な歩き方してるよ」

貴子は融の足を見た。

「正直、ヤバイと思う。すげえ痛い」

融は膝をさすり、素直に答えた。

「だからさ、気が紛れる話をしてくれないかな」

「そうだね」

二人は、どちらからともなく並んで歩き出した。

前方で、大声で喋り続ける六人が見えるが、随分離れていた。

「じゃあ、あたしが歩行祭で、密かに賭けてたことがあったって話は？」

「いいね」

道は集落を抜け、再び川べりに出た。

そして、川の向こうには、高台に大きな市街地が見えてきていた。あの中に、彼らの母校が、彼らの終点が待っているのだ。

驚いたことに、並んで歩いていても全く違和感がなかった。

もっと緊張したり、気まずかったりするかと思っていたのに。

貴子は今感じていることを言葉にしようとしたが、なかなかぴったりの表現が見つからなかった。

なんといったらいいのだろう、「正しい」感じ。これでいい。こうなるべきだった。

収まるべきところにようやく収まった、そんな感じ。

隣を歩く融からも、これまで感じていたような拒絶や緊張は漂ってこない。そのことが意外であり、嬉しかった。

もしこれが歩行祭の自由歩行ではなく、いつもの下校時間だったら、こんなに平静に歩いてはいられないだろう。疲れ切った今の時間だからこそ、平気な顔をして歩いていられるのだ。貴子は、なんだか叫び出したいような気分になる。

今、あたしは西脇融と並んで歩いてる。二人で歩いてる。二人で喋ってる。これはちょっと、凄いことなんですよ、皆さん。

頭のどこかはひどく興奮して舞い上がっていたが、全身は鉛のように重くて、舞い上がる心はちっとも飛び立てない。その興奮が、遠い世界の出来事のようだ。

嘘みたい。本当にこんな日が来るなんて。

貴子は、何度も隣を歩いている融を確かめたくなって困った。

融は融で、自分がとても素直な、自然な気持ちで貴子と歩いていることが不思議だった。貴子はなんて自分と似ているのだろう。融は新鮮な驚きを感じた。同時に、後悔もしていた。もし一度でもこうして並んで歩いていたら、もっと早くこんな気持ちを味わっていたのだ。いや、これまでの自分だったら、きっと今のような気配は感じ取れなかったのかもしれない。

意識のレベル、感情のレベルが、無言で歩いていても、とても似通っている。紛れもなく、貴子の中には自分と同質のものがある。それが何なのかは具体的に言えないけれど、想像以上に彼女には自分と同じものが多く含まれているのだ。

「あっというまだったなあ」

融は独り言のように呟いていた。

「何が」

貴子もそっけなく尋ねる。

「歩行祭」

「うん」

「夏休み明けくらいから、ずっと歩行祭のこと考えてるじゃん。考えてるっていうか、

ずっとどこかで気に掛かってる。でも、実際はたった一日で、足が痛いとか疲れたとか文句言ってるうちに終わっちゃうんだよな」

「そうなんだよね。始まる前はもっと劇的なことがあるんじゃないかって思ってるんだけど、ただ歩いているだけだから何もないし、大部分は疲れてうんざりしてるのに、終わってみると楽しかったことしか覚えてない」

「そうそう」

「でも、修学旅行よりこっちのほうがいいな。卒業生がそう言うの、分かる」

「うん。俺もこっちのほうがいい」

他愛のない会話が心地よかった。

貴子は、ふと、杏奈の言葉を思い出していた。

みんなで、夜歩く。ただそれだけのことがどうしてこんなに特別なんだろう。

そうだね、杏奈。不思議だね。

貴子は杏奈にそう答えていた。

並んで一緒に歩く。ただそれだけのことなのに、不思議だね。たったそれだけのことがこんなに難しくて、こんなに凄いことだったなんて。

目の前に続くのは白っぽい土の一本道だ。美和子たちは一塊になって、随分前のほ

うをわいわい歩いている。高見光一郎も、内堀亮子も、戸田忍も、遠く離れたところにいた。

信頼している友人が、目に見える、ちょっと離れたところを歩いている。それだけで満足だった。

まだ畑の中だけど、周囲に少しずつ住宅地が増えてきて、市街地に近づいてきていることが感じられる。遠く離れた国道では、交通量が増して車の行き交う音が聞こえてくる。

やけに世界が明るく感じられる。

なんだか眩しい、と融は思った。世界は広くて、とっても眩しい。

「さっき言ってた賭けって、何」

融は尋ねた。貴子がかすかに首をすくめ、逡巡するのが分かる。

「うーん。今となっては恥ずかしいな」

「いいじゃん、教えろよ」

「——同じクラスにずっと話してみたかった子がいて」

貴子は小さく溜息をついてから、思い切って話し始めた。

むろん、それが自分のことだと、融もすぐに気付く。

「このままだと、永遠に話ができないだろうなって思ってたの」

「それで？」

「歩行祭の間に、一言でも喋れたらいいなって思ってたの」

「それで？」

「一言でも言葉を交わせたら、実行しようと思ってた」

「何を？」

貴子は絶句し、やがて笑い出した。

「そう急かさないでよ。足、痛いんでしょ。ゆっくり、西脇融の気が紛れるように話そうとしてるのに」

「だって、先が気になるんだもの」

融はそう文句を言ったが、確かに自分が畳み掛けるように突っ込みを入れていたことに気付き、おかしくなった。貴子と一緒に笑う。

声を合わせて笑ったことで、また一段と気持ちが軽くなった。更に世界は明るくなる。

「誘おうと思ったんだ」

貴子が俯き加減に呟いた。

また「何を」と突っ込みたくなって、融はぐっと我慢した。どうも俺はせっかちで

いかん。貴子はじっと足元を見ていたが、顔を上げて口を開いた。

「最初はね、お墓参りに行くつもりだったの」

「お墓参り？」

「お父さんの。あたしはよく顔知らないけど」

融はハッとした。

お父さん。貴子の口から聞いたその言葉は、あまりにも思いがけなかったのだ。

俺とこいつは父親が同じなんだ。

理屈では分かっていたつもりだったが、改めてそのことを突きつけられるとショッ

クだった。それが、こういうことだとは思っていなかったのだ。

隣を歩く女の子が墓参りに行こうと言うこと。その女の子は、この半年間同じクラ

スで時間を過ごしてきたこと。その子は自分と同じように同じ空気を吸って、友達と

笑い合ったり、テストでしくじったり、母親と喧嘩したり、誰かを好きになったりし

て、同じ年数を暮らしてきたこと。そして今目の前にいるその女の子は──俺と血を

分けたきょうだいなのだ。

「でもね、途中で変えたんだ」

貴子はさばさばした口調になる。

「確かにお墓参りも大事だよ。あの人がいなければ、とりあえずあたしたちどっちも存在してなかったんだもの。だけど、ずっと考えてて、これからのことのほうが大事だと思ったの」

「これからのこと？」

「うん」

貴子がパッと顔の向きを変え、融の顔を見た。こんなに近くから互いの顔を見たことがなかったので、二人とも一瞬どぎまぎするが、それでも貴子は目を逸らさなかった。

「ねえ、今度、うちに遊びにおいでよ」

「えっ」

融はびっくりする。貴子は、こんなに静かな目をしていたのだ、と頭のどこかで考えている。

「卒業してからでいいよ。受験も何もかもみんな終わったらうちに来ない？」

一瞬、返事ができなかった。それは、嫌だったからではない。むしろ、彼の中では素晴らしい提案だ、という印象があった。しかし、心のどこかでそれを否定する自分

がいる。卑屈で恨めしげな顔をした、後ろ向きな自分だ。そいつが、貴子の提案に手放しで飛びつくことを邪魔している。

貴子はじっと融の表情を窺っていた。が、そっと前を向き、淡々と呟いた。

「やっぱ、駄目かな。西脇融のお母さんが嫌がるかな」

「いや」

間髪を容れず否定してから、どうだろうか、と考えた。

母親の淋しげな横顔が目に浮かぶ。いつも何かに耐えているような顔。ずっと何かを押し殺しているような、表情を消した目。もしこのことを知ったら何て言うだろうか。

融はじっと考えた。

嫌がるかもしれないけれど、許さない、という感じではないような気がする。母が許さないのは、むしろ父のことなのではないか。一切世話にならない、二度と関わらない、という約束を守った甲田親子よりは、自分を裏切った夫のほうに対して、今でも割り切れない感情が残っているのではないか。

「行くよ」

融はそう答えていた。

彼の沈黙を否定と考えていたらしく、不安げな顔をしていた貴子の目に、明るい安堵と喜びが浮かぶのを見て、彼の気持ちは浮き立った。

「ほんと？　うちのお母さんに会ってくれる？」

貴子は、一瞬泣きそうな顔になった。

「うん」

そう短く答えると、貴子は、ちょっと黙り込んでから、小さく「ほうっ」と息をつく。

「ありがとう。嬉しい。ああ、よかった」

声がかすかに震えていた。

「これで賭けに勝ったわけだ」

融はそのことに気付かないふりをした。

「うん」

貴子はくぐもった声で笑った。

「もし負けてたら？　俺と一言も話さなかったら？」

ふと、聞いてみたくなった。

「きっと、このまま卒業して、一生話すこともなかったかもね」

貴子は平然と答える。その平然としたところも貴子らしい、と思った。彼女には、とてもシビアなところもある。

「そう考えると不思議だな。俺も、こうして接点がないまま卒業していくんだと昨日まで思ってた」

本当に不思議だった。今もこうして二人並んで話をしていることが信じられない。

「やっぱり、あたしたちのこと――憎んでた？」

貴子がためらいながらも尋ねた。

「憎んでたのは」

融は考えながら答える。

「この状況だと思う。こんな状況に置かれてる、自分の立場に対して腹を立ててた。ずうっとだ」

「あのお葬式の時も？」

「あの時は、全部に対して腹を立ててたな。親父に対しても、あんたたち親子に対しても、自分に対しても、みんな」

「そう。おっかない顔してたもんね、西脇融」

「そうだった？」

「うん。怖かった。あの時口きいたわけじゃないけど、もう二度と口きいてくれない
だろうなって思った」

「そうかな」

融はとぼけたが、彼の中には、あの時感じた激しい憤りが鮮やかに蘇っていた。今
はもうあんな感情は残っていないけれど、あれはあれでなんだかいとおしい感情のよ
うな気がした。

「ねえ、杏奈から手紙が来たでしょ」

貴子は話題を変えた。

「いつ？」

融は、なんとなく彼女の話題が出るような予感があったので、驚かなかった。美和
子、貴子、杏奈、と三人は繋がっているからだ。

「杏奈がアメリカ行く前」

「来たよ」

「ラブレター？」

「たぶん。それらしいことはちっとも書いてなかったけど」

「杏奈らしいなあ」

「弟、そっくりだな」

「うん。性格は正反対だけど。でも、けなげだよ、彼。姉貴の好きな人をわざわざ探しに来たんだもの」

「マジ？　そうなの？」

「そうだよ」

「ヘンな奴らだな」

「ヘンってことはないでしょう。なんだか最近、西脇融、モテまくってない？」

「実感ないなあ。榊は奥ゆかしいし、寄ってくるのはああいう勘違い女だし」

融は、前方の一団に顎をしゃくった。貴子は苦笑した。

「戸田君、許してくれた？　あたしのこと、教えてなかったんでしょ？」

「すげームッとしてたけど、許してもらった」

「戸田君、優しいもんね」

「うん。すっごいいい奴」

「歩行祭の少し前に杏奈から葉書が来たの」

融はちらっと貴子を見た。声の調子が違うように思えたからだ。

「杏奈、あたしたちのこと、知ってたの」

「遊佐もだろ」

「えっ？」

「さっき、それらしいことを言われた」

「そうかあ。あたし、あの二人が知ってること、今朝まで知らなくてさ。随分前にうちの母親が二人に教えてたらしいんだけど、ちっとも気が付かなかった」

「甲田らしいな」

「そう？」

　きょとんとする貴子を見て、融はこういうところもこいつらしい、と思った。自分のことに関しては、妙に構わない、おっとりしたところがある。

　ふと、自分が彼女のことをよく知っていることに気付いた。半径三メートル以内に近寄らない、ずっと関わらないと思っていたにもかかわらず、彼女のことをよく観察し、どういう人間かずっとずっと前から知っていたことに気付いた。

「杏奈ね、あたしたちに仲直りしてほしいと思ってたみたい。仲直りっていうのもヘンな言葉だけど」

「ふうん」

　なんとなく、二人で黙りこむ。

いつのまにか、国道から聞こえてくる車の音が大きくなっていた。慌しい日常が、一時停止ボタンを押していた現実が、すぐそこに迫っている。

そのことに気付いた貴子は、自分が動揺していることに気付いた。

もしかして、今だけなのでは？　こうして融が素直に自分と話してくれるのも、歩行祭という、いつもと違う浮かれた世界が与えてくれた魔法なのでは？　ひょっとして、明日になったらまたあの冷たい視線が返ってくるのでは？

そんな、根拠のない不安が込み上げてくる。

繋ぎ留めておきたい、この時間を。このままずっと。

不可能だと知ってはいても、貴子はそう願わずにはいられなかった。

「世の中には、暇でおせっかいな奴が結構いるんだな」

貴子の悲痛な気持ちなど知らずに、融はのんびりと呟く。

「うん」

貴子は動揺を押し殺しながら生返事をする。

彼の言葉が、杏奈や美和子や忍やら、貴子たちが二人きりになれるよう気を遣ってくれた友人たちのことを指していることは分かる。だが、貴子はそんな人ごとのような台詞を吐く融を、密かに恨めしく思った。やはり彼は、それを当然のことと思って

いるのだろうか。無償の愛を当たり前のことと思っているのだろうか。自分が、内堀亮子や彼の歓心を買おうとする他の女の子たちと大して変わらないような気がして、貴子は急に惨めになった。

「榊って、スタンフォードに行くんだって？」

「うん」

「あんな、見た目はボーッとして、勉強できるって顔してないのに、賢いんだなあ、あいつ」

融は不思議そうな声を出した。

そう、杏奈は賢いのだ。貴子は心の中で呟く。

結局、一度もあたしたちと言葉を交わすことなく、海の向こうから弟を送り込み、こうしてあたしたちを並んで歩かせているのだから。

さっきまでそのことに感嘆し、感謝していたのに、なんだか今ではそれも恨めしかった。せっかく融と口をきけるようになったことが、新たな憂鬱の始まりのような気がして、貴子は怖くなったのだ。

鬱々とする貴子の隣で、融は全然違うことを考えていた。

彼の中で、世界はますます広くなっていた。みるみるうちに地平線が遠ざかり、海

を超え、遠い世界がうっすらと見えてくる。

不思議な感覚だった。

融は、世界に包まれているような気がした。

自分があの榊杏奈という少女が残していった空気を、そして彼女に連なる遊佐美和子や甲田貴子といった少女たちをずっと愛していたことを悟ったのだ。

愛していた、という言葉など馴染みがなく、この先使うこともそうそうあるとは思えない。しかし、他に当てはまる言葉が見つからなかった。

彼はこれまでそういったものを拒絶してきたし、見ないふりをしてきたつもりだった。

それは成功しているはずだった。

けれど、それでもやはり、彼は心のどこかであの少女たちを愛していた。誰かを個人として、恋愛対象として愛していたのではなく、彼女たちの存在そのものに、彼女たちが自分に感じさせてくれる空気に、強く惹かれ、焦がれていたのだ。

俺ってほんとに馬鹿だったな、と融は素直に思った。

忍が夜中に怒ったような顔で喋ったことや、遊佐美和子が正面から彼をなじったようなことも、本音を言えばあまり自分のこととして受け止められなかった。なぜ彼らが真剣に自分にそんなことをぶつけてくるのか不思議に思ったほどだ。

だが、正しいのは彼らだった。脇目もふらず、誰よりも速く走って大人になるつもりだった自分が、一番のガキだったことを思い知らされたのだ。

そして、彼らは融よりもずっと寛大だった。一人で強がっていたのに、彼らは融のことを愛してくれていた。いつも離れずそばについていてくれたのだ。

融は自分が情けなく、恥かしくてたまらなくなった。

「——もっと、ちゃんと高校生やっとくんだったな」

融は思わず呟いていた。

「え？　何？」

貴子が振り向く。

「損した。青春しとけばよかった」

「何、それ」

「愚痴」

貴子は、本気で後悔している表情の融を見て、沈んでいた心のどこかが動くのを感じた。

忍の声が、唐突に脳裏に蘇る。

なんて言うんでしょう、青春の揺らぎというか、煌めきというか、若さの影、とで

も言いましょうか。

忍の冗談めかした声と、つまらなそうな顔の融とが重なりあった。

ひょっとして。

貴子は融の顔をじっと見つめた。やけに無防備な、子供のような不満顔を。

今ごろになって感じてるわけ？　そういうものを？　今更、この男が？

貴子は、あきれて笑い出したくなった。

この男は、落ち着いていて偉そうに見えるが、実は、とんでもなく不器用で生真面目なのだ。

「ちゃんと青春してた高校生なんて、どのくらいいるのかなあ」

貴子はぼそっと文句を言った。

融がムッとしたように貴子を見る。

「甲田は青春してただろ？　芳岡とつきあってるんだろ」

「違うよ、全然。ただの茶飲み友達」

貴子が一蹴したので、「またあ」と融は言った。貴子は苦笑する。

「あのね、芳岡君は、学者様なの。あたしたちの喋ってる内容って、星の動きの話と

か、家族構成と顔の話とか、そういうとても高尚で上品なお話なの」

「――だよな。俺もあいつ知ってるけど」

融は納得した。実は、学究肌の芳岡と貴子というのは、恋愛感情の匂いのしないおかしな組み合わせだと思っていたのだ。なんだ、やっぱそうか。

「あたしなんか、部活もしてなかったし、勉強も今いちだし、何も起きない、冴えない高校生だったよ」

「そういうもんかね」

「大部分の高校生がそうなんじゃないの」

「そうかなあ。他人は青春してるように見えるんだよな」

「でも、今、してるじゃん」

「え?」

融がきょとんとすると、貴子は小さく笑った。

「これって、凄く青春ぽくない? 高校生活最後の行事。歩行祭の、一番終わりの頃になって、ようやくこれまで口きいたことのない、憧れのクラスメートと話してる」

融は絶句したが、つられて笑った。

「だな。しかも、腹違いのきょうだい。超メロドラマ」

「青春じゃん」

二人で自虐的な笑いを漏らす。

「じゃあ、ドラマならこの先どうなるんだろ?」

融が呟くと、貴子は考え込む。

「歩行祭の終わりと一緒に、ドラマも終わりだよ。きっと、この世でたった二人きりのきょうだいなんだから、これからは助け合って生きていきましょうって、美しく微笑みあって約束するところで終わりなんじゃない?」

「なるほどね。二人の母親が一緒に迎えに来てて、涙流して仲良くなっちゃってたりして? ドラマはいいところで終わるからな」

融は、ふと真顔になり、遠くを見た。

「でも、現実は、これからだもんなあ」

貴子は融の視線の先を見た。

世界に光が降り注ぐ。

ぞろぞろ歩いていく友人たち。埃っぽい道。近づいてくる街の喧騒。

しかしその時、二人は見えないものを見ていた。

目には見えないが、全く同じものを。

これから先、二人を待ち受ける長い歳月。言葉を交わし、互いに存在を認めてしま

った今から、二人の新しい関係を待ち受ける時間。もはや逃げられない。一生、断ち

切ることのできない、これからの関係こそが、本当の世界なのだ。

それが、決して甘美なものだけではないことを二人は予感していた。

この関係を疎ましく思い、憎く思い、やりきれなく思い、関わりたくないと思う瞬

間が来ることを二人は知っていた。それでもなお、互いの存在に傷つき、同時に励ま

されながらも生きていくのであろうことも。

二人は無言で歩いていた。

同じ目で、同じ表情で。

彼らは、もはや引き返すことのできない場所に向かって歩いていた。

「もういいの？　貴子」

美和子が心配そうな顔で言った。

「いいの。もう今話すべきことは話したから」

貴子は大きく頷き、笑ってみせる。

「ありがと、みわりん」

それでも美和子は不満そうだ。せっかく二人きりにしたのに、思ったよりも長い時

間一緒にいなかったことが不思議らしい。

けれど、貴子は満足だった。

融と貴子は、忍と美和子たちに合流することにした。今はあれで満足だった。二人が感じてきた過去のことについては、これから先いくらでも、ゆっくり話す時間があるだろうと思ったのだ。歩行祭の最後は、やはりずっと寄り添ってきてくれた友人と一緒にゴールしたい、という点で二人の意見は一致した。

内堀亮子はというと、意外にも、光一郎たちとの話に夢中で、楽しそうにお喋りをしていた。特に融に執着しているというわけでもないらしい。

「要するに、男子だったら誰でもよかったってこと？」

「さあね。ま、楽しそうだからいいんじゃないの」

貴子と美和子はぼそぼそと陰口を叩いた。

「なんだか緊張して、どっと疲れちゃった」

貴子は溜息をついた。

「どうだった、初めて二人でお話しした感想は？」

「初デートよりも緊張したな」

実際、自分では落ち着いていると思っていたのに、こうして美和子のところに戻っ

たら、全身冷や汗は掻いてるし、足は疲労だけじゃない別のものでがくがくしている。予想以上に緊張していたらしく、ホッとしたら眠気まで押し寄せてきた。

美和子はくすっと笑った。

「でしょうね。でも、和やかに話してたじゃない？」

「うん。思ったよりも生真面目で不器用な奴だったって分かったよ」

「似た者どうしね」

「そうかなあ」

「似てるわよ。ずっとそう言ってるじゃない。全く、あたしの言うこと、ちっとも信じないんだから」

美和子はすねたような声を出した。

「信じないわけじゃないってば」

貴子は慌てて答える。

「でも、分からないね、人のことなんて。これまで、ろくに喋ったことなくて、きっとこういう奴だろうって想像ばっかりしてたから、現実に話してみたら、拍子抜けしちゃった。あまりにも普通で」

「よかったじゃないの。そういうことが分かって」

「うん。あのね、卒業したらうちに来る約束したんだよ」

「えーっ。貴子のうちに?」

「そう」

「それは凄いわ。よかったじゃない」

「うん。嬉しい」

「杏奈にも報告しなきゃね」

「うん」

「あたし、西脇君にアタックしちゃおうかな。大学生になったら」

「いいよ。みわりんなら許す。でも杏奈は?　杏奈、まだあきらめてないみたいじゃ
ん」

「恋の勝負はシビアなものよ。いくら杏奈でも、こればっかりは別。地の利はこっち
にあるんだから」

「分からないよ、杏奈のことだから。また別の手を使って、海の向こうから邪魔して
くるかも」

「そう。また、二人がデートしてるところに車で乗り付けてくるよ。ねえミワコ、杏

奈が迷惑してるんだけどって」

二人でその場面を想像して噴き出した。

「なんか、話したら二人とも表情が柔らかくなったね」

美和子がじっと貴子の顔を見て言った。

「そう？」

「うん。ほら、西脇君だって。見て、目が違うでしょ。彼、一見にこやかに見える割に、いつも目が笑ってないところがあって、それがみんなを近寄りがたくさせてたんだもの」

「へえー。気が付かなかった」

貴子は前を歩く融と忍に目をやった。

楽しげに話している融の横顔が見える。

美和子に言われたせいかもしれないが、確かにその目は和やかになっていた。リラックスしているのか、気が晴れたのか、彼を覆っていたぴりぴりしたものがすっかり消えているように思えた。気の持ちようとは不思議なものだ。

「彼、大学行ったら、この先もっとモテるようになるわよー。今のうちにしっかり印象づけておかなきゃ」

「大丈夫、みわりんならもうじゅうぶん好印象だから」

「まだまだ」

貴子は美和子のバイタリティに苦笑しつつも、融の妻は自分のきょうだいでもある

のか、と頭の隅で考えていた。頼むから、相手はきちんと選んでほしいものだ。

カンカンカン、と遠くから踏切の音が聞こえてくる。

「いよいよラストスパートね」

美和子が呟いた。

あの踏切を超えると、長い坂がある。それが、母校への最後の道だ。

「大丈夫か？　膝」

踏切で電車が通り過ぎるのを待ちながら、忍が耳元で叫んだ。

「うん。なんとか持ちこたえそうだ」

融も大声で答える。

融と貴子が追いついて合流してきたのを見て、忍は何も言わなかった。二人がさっ

ぱりした顔をしているのを見て、満足したのを感じ取ったのだろう。

「結局、あの女もそれなりに役に立ったってことなのかな」

忍は、渋い顔をして、光一郎たちと歩いている内堀亮子に目をやった。

「そうかもしれない」

融も寛大な気持ちで彼女の後ろ姿に目をやった。その背中が、今はやけに幼く見える。

彼女は子供なのだ。欲しいおもちゃがあっても、代わりに何か楽しいものが目の前に差し出されれば、欲しかったもののことなど忘れてしまう。

踏切が開いた。

渡りながら、融は大きくカーブしている線路に目を留めた。

古い線路。三年間通ってきた通学路の橋の下へと続いている線路。これから坂を上り、あの橋を渡ると歩行祭が終わる。

膝は痛みを通り越してもう感覚がなくなりかけていた。酷使しすぎてスプリングがばかになっている状態。足首も、痛さに慣れっこになってしまい、もうあきらめたのか、力尽きたのか、そのつらさを主張してこない。

よく持ちこたえたものだ、と融は自分の足ながら感嘆した。とてもじゃないけど、自由歩行を終えられると思わなかったのに、ここまで辿り着いた。

感謝感謝、と誰にでもなく彼は心の中で呟いた。

俺は、世界中に感謝する。

「最後にこの坂っていうのはどうよ。全行程の中でも、ここの傾斜が一番きついんだよな」

忍がぶつぶつと文句を言った。

「俺たちに対する嫌がらせだな」

「ほんとに」

もはや、よろよろという段階を通り越して、よたよた這うように坂を上っていく。

本当に、手を突いてしまいそうなほどに傾斜がしんどい。

「ここでバッタリ倒れたら、シャレになんねえな」

忍が真面目な声で言った。

「ゴールまであと数百メートルのところでリタイア」

「こんなとこでバス待つの、嫌だぜ」

毒づきながら、重力に逆らって痛む身体を持ち上げる。

「卒業したら、あいつの家に行くんだ」

ぜいぜいしながら融は言った。

忍が驚いた顔になる。

「甲田の家に？」

「そう。あいつのお袋に挨拶してくる」

「ふうん。そいつはいい話だ」

忍は満足そうに頷いた。

「だろ」

融も、なぜか得意になって頷く。

「お袋さんに言うの？」

「たぶん」

「大丈夫かな」

「大丈夫だろ」

「逆もあるのかな」

「逆っていうのは？」

「おまえんちに甲田が行くってこと」

肩で息をしながら低い声で喋っていたが、会話はそこで途切れ、融は坂の上を見た。

貴子が俺の家に。パッと、家の前に立っている二人が目に浮かぶ。

それは新鮮な場面だった。ここが俺んち。入って。大丈夫、遠慮すんなよ。

　自分が、私服の貴子を家に招き入れているところを想像する。

　想像の中の貴子は、大人っぽかった。化粧もしているし、スーツなんか着ている。もう社会人になっているのかもしれない。一瞬、それがとても生々しく感じられた。

「考えてみたこともなかったな。どうだろう。そっちは、まだ駄目じゃないかな――」

　うん。まだずっと先だ。ずっと」

　融は呪文を唱えるように「ずっと」と呟き続けた。

　忍はそれを、足元を見ながら聞いている。

「でも、いつかは」

　融は息と共に言葉を搾り出した。

「いつかは、きっと」

　融はその「いつか」を坂の上に見る。ずっと先にある、必ず来るその日を、上り切った坂の上に確かに見る。

「きっつー」

「あんまりだわ、最後の最後にこの坂は」

　貴子と美和子も、膝に手を当てて、一歩一歩足を持ち上げるようにして坂を上って

いた。

苦しい呼吸と心臓の音で、自分の声すらろくに聞こえない。

もうすぐ終わる、と貴子は胸の中で呟いた。

歩行祭が終わる。

あそこまで行ったら、校門が見える。

汗の染みる目でちらっと坂の上に目をやる。　坂の上には僅かな空しか見えない。

歩行祭が終わる。

マラソンの授業も、お揃いのハチマキも、マメだらけの足も、海の日没も、缶コーヒーでの乾杯も、草もちも、梨香のお芝居も、千秋の片思いも、誰かの従姉妹も、別れちゃった美和子も、忍の誤解も、融の視線も、何もかもみんな過去のこと。

何かが終わる。　みんな終わる。

頭の中で、ぐるぐるいろんな場面がいっぱい回っているが、混乱して言葉にならない。

だけど、と貴子は呟く。

何かの終わりは、いつだって何かの始まりなのだ。

路肩に停まっているRV車の中から、古いポップスが流れている。

運転手は、顔に帽子を載せたまま、気持ち良さそうに座席に横になって寝息を立てている。組んだ裸足（はだし）の足を開けっ放しの窓に載せて、ちっとも目を覚ます気配がない。

暖かな陽射し。爽やかな秋の土曜日の午前中。

道路には人気がない。通りかかる車もほとんどない。少し離れたところに、高校の門へと続く古い橋が見える。

橋の一区画手前の左にある坂から、ぱらぱらと白いジャージを着た生徒たちが歩いてくる。どの顔も、安堵（あんど）と虚脱感でいっぱいだ。

坂がきついと見えて、皆顔を真っ赤にして、疲労困憊（こんぱい）の体で母校へ吸い込まれていく。

ほんとに、おかしな行事だなあ。

一人の少年が、車の屋根に腰掛けてそれを見ている。

広げた毛布の上で、ラジオから流れてくる音楽に合わせて鼻歌を歌いながら、コーラを飲んでいるのだ。

少年は、親しくなった二人の少女が現れるのを待っている。

もう九時を回った。あそこからだったら、そろそろ現れてもいいのに。

少年は、アウトドア仕様のごつい腕時計を見る。毛布の上に胡座をかいて、ストレッチをし、欠伸をする。

全行程を追いかけてくるのは結構大変だったけど、面白かった。タカコもミワコも、なかなか美人だし、話してて楽しいし、友達になれてよかった。日本の女の子って、みんな華奢で可愛い。

姉になんと報告しよう、と少年は考える。

アメリカにいる姉には、去年に続き、この行事に飛び入り参加することを教えていない。

タカコやミワコ、そして姉が好きだったであろう男と話したと言ったら、どんな顔をするだろうか。

その時のことを想像すると、楽しみでもあり、恐ろしくもあった。

あの男、なかなかカッコよかったな。結構面食いだったんだ、姉は。

少年は、さっき目の前に立っていた男の顔を思い浮かべる。

そういえば、ミワコが伝えろって言ったのは何だっけ。

少年はストレッチをやめ、少女の伝言を思い出そうと試みる。

おまじないは効いた、だっけ？　何か意味があるのかな。まあいいや、帰ったら姉

に聞いてみよう。

けたたましい笑い声と共に、男の子が三人と、女の子が一人、坂を上ってきた。

体力あるなあ、あの四人。

少年は感心して、四人に注目した。

四人は校門を指差し、歓声を上げている。中に一人、ガラガラ声でよろよろ歩いている男がいて、身振り手振りで何か提案していた。他の三人は何か文句を言っているようだったが、ガラガラ声の男は譲らない。

見ていると、四人は小さな子供のように手を繋ぎ、橋を渡っていった。他の三人は少し恥かしそうにしているのに、提案したガラガラ声の男だけは上機嫌で、一人で妙なステップを踏み、踊りながら校門の中に消えていく。

その様子がおかしくて、少年は一人でくすくす笑った。

どこかで鳥の鳴き声がした。

少年は、鳴き声のしたほうに顔を上げ、柔らかな陽射しに目を細める。

気持ちいい。このままどこか、午後はドライブに行きたいな。

少年は、空に向かって大きく手を伸ばし、身体全体で光を受け止める。

夜のピクニックはもうおしまい。あれはあれで面白かったけど、僕はやっぱり太陽

の下をどこまでも走りたい。

そんなことを考えた時、見覚えのある二人の男の姿がパッと目に飛び込んできた。

あ、あいつだ。

少年は背筋を伸ばす。

姉が好きだった男。だけど、なんだか印象が違うのは気のせいだろうか。

少年は首をかしげる。

さっき目の前に立ってた時は、結構ぶっきらぼうな、ガードの堅い男みたいに見えたのに、今はやけに爽やかで、にこにこにこしてるじゃないか。ヘンなの。今が一番苦しいはずなのに。

少年は、背の高い二人の男がゆっくりと橋を渡っていくのをじっと眺めた。

再び道路には誰もいなくなり、間が空いた。

少年は退屈する。

なんて長閑なんだろう。　眠くなってくる。

少年は、ぐっすり眠っている友人をちらっと覗(のぞ)きこんだ。　相変わらず、目を覚ます

気配はない。いい度胸だが、防犯という点ではマイナスだな。

小鳥が鳴いている。空が高い。

とうとう、待っていた二人が現れた。少年は毛布の上に座り直す。

可哀相に、マラソンの倍近い距離を歩いてきた二人は、げっそりとやつれて影が薄くなって見えた。

少年は、二人の名を叫び、大きく手を振る。

向こうも彼に気が付いた。疲れ切った顔がパッと輝く。

彼は嬉しくなって、車から飛び降りる。

明るい秋の、平凡な土曜日の陽射しを浴びて、少年は彼女たちに向かって一目散に駆けてゆく。

解　説

池　上　冬　樹

　その作品が、名作と呼ばれるまでには、ふつう長い時間がかかる。継続的に、たえることなく読者に支持されて、そこではじめて名作と呼ばれるからである。でもなかには、"新作にしてすでに名作"といえるような現代の名作があるのも事実。本が出版されたとたんに話題をよび、高く評価され、ベストセラーになり、ある世代に根強く、あるいは世代を超えて読まれている、そして今後も間違いなく読まれ続けられるだろう傑作のことである。過去の例でいうなら、村上龍の『限りなく透明に近いブルー』、村上春樹の『風の歌を聴け』『ノルウェイの森』、吉本ばななの『キッチン』であり、近年の作品でいうなら、高見広春の『バトル・ロワイアル』、横山秀夫の『半落ち』、小川洋子の『博士の愛した数式』、リリー・フランキーの『東京タワー　オカンとボクと、時々、オトン』があげられるだろう。

これらの作品は本来なら、当然何かの文学賞を受賞してもいいのだが（過去の作品は受賞しているが）、すぐにベストセラーになる作品はノミネートされることはあっても、受賞にはなかなか至らない。ある程度の人気を誇る作品に関して、選考委員たちが追認することを避けたがるからである。避けること（落すこと）で自分たちの力を見せつけることになるのだが、ときには逆に選考委員たちの狭量、感覚の古さが露呈されることもある。

たとえば『バトル・ロワイアル』は日本ホラー小説大賞で落選した作品だし（選考委員による罵倒が逆に作品の注目度を高めるという皮肉な結果をもたらした）、『半落ち』は直木賞の選考会で事実誤認に近いような形で落選したし、『博士の愛した数式』は幸いにも読売文学賞を受賞したが、『東京タワー　オカンとボクと、時々、オトン』は文学賞にノミネートすらされなかった。

しかし、その作品の完成度の高さと感動の深さは、あえて述べるまでもなく多くの人が認めるところで、実際、そういう既成の文学賞から外れたところの新たな賞が授与されている。二〇〇三年からはじまった「本屋大賞」である。書店からベストセラーを生み出そうを合い言葉に、全国の書店員たちが売りたい作品に投票するランキング形式の賞は、またたく間に読者の強い支持と信用をえて、マスコミの注目する賞と

なり、当然のことながら、右の作品も選ばれ、『博士の愛した数式』は第一回、『東京タワー　オカンとボクと、時々、オトン』は第三回の大賞をとり、それがまた呼び水になり、次々と版を重ねることになり、部数を伸ばし、広汎な読者を獲得するようになった。

そして（いささか枕が長くなったが）、この二つの作品にはさまれた第二回の受賞作こそが、本書『夜のピクニック』なのである。この作品もまたいうまでもなく、"新作にしてすでに名作"にあげられるだろう。二〇〇四年夏に上梓されてから徐々に人気を博し、やがてベストセラーになり、その勢いは長く続き、映画化されることにもなった。卓抜した技巧と多彩な物語は認められても、ややカルト的な人気にとどまっていた「恩田陸」が一躍脚光をあび、ひろく認知される契機となった作品であり、事実、このあと『ユージニア』と『蒲公英草紙』が続けて直木賞候補になった。残念ながら二作とも受賞には至らなかったけれど、『ユージニア』は、第五十九回日本推理作家協会賞の長編及び連作短編集部門で受賞した（余談になるが、集団幻想を描ききった鮮やかな傑作であり、まるでデイヴィッド・リンチの『ツイン・ピークス』を見るような眩惑感に満ちている）。

それでも、『夜のピクニック』に関して、ファンのあいだでは、いまだに根強く、直木賞の候補にならなかったことへの不満が残っている。いちおう第二十六回吉川英治文学新人賞を受賞しているが（これはこれで歴史のある賞であるが）、それでも作品のスケールや完成度からいっても、直木賞ではないのか？　という思いがくすぶっているのである。

だがしかし、文学賞などというものは往々にしてそういうものかもしれない。たとえば、直木賞の歴史をみてもわかるように、その作家の代表作よりも、こぢんまりとした（どちらかといえば）可もなく不可もないような作品（それでも佳作ではあるが）に授与されがちである。もっというなら、芥川賞・直木賞を受賞しながらも名作のひとつすら残せない作家がいる。名作ひとつすら残せずに消えてしまった作家もたくさんいる。その作家の名前を聞いても代表作が浮かばないのである。

つまり、見方をかえていうなら、名作を残すことは、芥川賞や直木賞を受賞することよりも大きな営為といっていいかもしれない。もはやお墨付きなど必要としないのである。何よりも読者が強く支持している事実をあげるだけでいい。未来の読者が感動するだろうことが見えていると語るだけでいい。

そう『夜のピクニック』は、これからも読みつがれるだろう。『バトル・ロワイア

ル』がいつの時代にも読みつがれる青春小説であるように、（読まず嫌いの人が多いが、一読すればいかに哀しく切々たる物語であるかわかるだろう）、『夜のピクニック』もまた、ずっと愛される青春小説になるだろう。といっても、ここでは一滴の血も流れない。暴力もない。激しい恋愛もない。しかし、にもかかわらず面白く、読む者の心を揺さぶってやまないのである。

『バトル・ロワイアル』では中学生たちが殺し合いを演じたが、ここでは高校生たちが八十キロの歩行に挑戦する。朝の八時に出発し、間に休憩と仮眠をはさみ、翌朝の八時までにゴールするという〝鍛錬歩行祭〟が舞台である。全校生徒千二百人が挑む進学校の伝統行事だ。前半はクラス毎の歩行で、後半は気の合った者同士の自由歩行になる。

主人公は、〝高校生活最後のイベント〟になる二人の高三の男女、西脇融（にしわきとおる）と甲田貴子（こうだたかこ）である。周囲からは付き合っているのではないかと噂されているが、二人は同じクラスにいながらも一言も口をきいたことがない。誰よりも強く相手を意識しながらも避けてきた。なぜか？　物語はそんな二人の因縁を徐々に明らかにしながら、貴子が自分に課した密（ひそ）かな〝賭け（か）〟の行方を追っていく。

繰り返すけれど全篇、高校生たちがひたすら歩くだけである。事件らしい事件は何ひとつ起きないといっていい。何ひとつ起きないけれど、人物たちの内面では確実に何かが変わっていく。「みんなで、夜歩く。ただそれだけのことがどうしてこんなに特別なんだろう」（414頁）というフレーズが出てくるけれど、それは昼間なら絶対に話をしないような事柄を、人々は闇のなかでついつい語ってしまうからであり、それによって相手の意外な顔を知り（一見クールな奴が〝熱く語る〟奴だったりする）、隠された思いを知り（人それぞれ言えない思いをもつ）、誰もが触れられなかった心に触れることになるからである。

この人物同士の秘めたる葛藤を摘出していく手際が見事である。クラスメートが次々と賑々しく出入りしながら各人物の個性を的確かつ魅力的に描きわけ、人物の数ほどサイド・ストーリーをはらみながらも混乱はいっさいなく、やがて融と貴子をめぐるメイン・ストーリーに絡み、緊張感をたたえてラストへと収束していく。その力強いストーリーテリングと多彩な人物描写はどうだろう。まさに惚れ惚れするほどの腕前ではないか。

何よりも素晴らしいのは、さまざまな小さなエピソード（誰もが思い当たるような身につまされるようなエピソード）の一つひとつから真実、つまり人間のもつ優しさ

や寛大さや怒り、あるいは友情の本質といったものを探り当てることだろう。「並んで一緒に歩く。ただそれだけのことなのに、不思議だね。たったそれだけのことがこんなに難しくて、こんなに凄（すご）いこと」だと生徒たちが深く感得して、それぞれが許すことの喜び、生きることの楽しさをあらためてかみしめるのである。

そのかみしめる行為は、実は読者自身にもおよぶ。人物たちに感情移入し、僕らは静かに郷愁を覚えるのである。不思議なことに、僕も、いやほとんど多くの読者もまたそうだろうが、ロングウォークなど経験ないのに、まるで過去に経験したかのような感触を覚えてしまう。かつて経験し、心のなかのもっともやわらかいところで息づいている輝かしい記憶であるかのように感じられてならないのだ。だからはじめてなのに懐かしい。懐かしくて、その黄金の体験をいつまでも喚起し味わいたくなる。

一読されればわかるが、『夜のピクニック』は、ノスタルジックで、リリカルで、いつまでも読み続けていたい小説である。懐かしくて、切なくて、嬉しくて、もう最初から最後までわくわくしてしまう。生きてあることが嬉しくて、だれかに感謝したくなるような高揚感がひしひしとわきあがってくる。読む者の胸を幸福感で一杯にするようなすばらしい小説である。多幸感にみちたたすばらしい小説である。こんなに素敵な小説が読ま

れないわけがない。読みつがれないわけがない。愛されないわけがない。

いやいや、『夜のピクニック』は実際に読まれ、読みつがれ、愛されている。名作と呼ばれるものが、単に一つの世代で読まれることがあるが、本書は世代を超えて読み続けられ、本をなかだちにした会話が生まれるのではないか。本が出たとき、「子供からは心の汚れた親へ、親からは純真さを失いそうなわが子へと贈られるにちがいない」と書評に書いたことがあるけれど、実際に、世代間で本が行き来し、橋渡しをしている事実を僕は耳にしている。

そのような幸福なことが繰り返し、いつまでも行われるのだろう。『夜のピクニック』はまさに現代の名作であり、同時に、永遠の青春小説ともいえるだろう。

（平成十八年八月、文芸評論家）

この作品は平成十六年七月新潮社より刊行された。

重松清著　舞姫通信

教えてほしいんです。私たちは、生きてなくちゃいけないんですか？　僕はその問いに答えられなかった——。教師と生徒と死の物語。

重松清著　見張り塔から ずっと

坪田譲治文学賞受賞

3組の夫婦、3つの苦悩の果てに光は射すのか？　現代という街で、道に迷った私たち。新・山本周五郎賞受賞作家の家族小説集。

重松清著　ナイフ

ある日突然、クラスメイト全員が敵になる。私たちは、そんな世界に生を受けた——。五つの家族は、いじめとのたたかいを開始する。

重松清著　ビタミンF

直木賞受賞

もう一度、がんばってみるか——。人生の"中途半端"な時期に差し掛かった人たちへ贈るエール。心に効くビタミンです。

重松清著　エイジ

山本周五郎賞受賞

14歳、中学生——ぼくは「少年A」とどこまで「同じ」で「違う」んだろう。揺れる思いを抱き成長する少年エイジのリアルな日常。

重松清著　きよしこ

伝わるよ、きっと——。少年はしゃべることが苦手で、悔しかった。大切なことを言えなかったすべての人に捧げる珠玉の少年小説。

角田光代著　キッドナップ・ツアー
産経児童出版文化賞フジテレビ賞
路傍の石文学賞

私はおとうさんにユウカイ（＝キッドナップ）された！　だらしなくて情けない父親とクールな女の子ハルの、ひと夏のユウカイ旅行。

角田光代著　真昼の花

私はまだ帰らない、帰りたくない──。アジアを漂流するバックパッカーの癒しえぬ孤独を描いた表題作ほか「地上八階の海」を収録。

梶尾真治著　黄泉がえり

会いたかったあの人が、再び目の前に──。死者の生き返り現象に喜びながらも戸惑う家族。そして行政。「泣けるホラー」、一大巨編。

梶尾真治著　黄泉びと知らず

もう一度あの子に逢えるなら、どんなことでもする。感動再び。原作でも映画でも描かれなかった、もう一つの「黄泉がえり」の物語。

佐藤多佳子著　しゃべれどもしゃべれども

頑固でめっぽう気が短い。おまけに女の気持ちにゃとんと疎い。この俺に話し方を教えろって？「読後いい人になってる」率100％小説。

佐藤多佳子著　黄色い目の魚

奇跡のように、運命のように、俺たちは出会った。もどかしくて切ない十六歳という季節を生きてゆく悟とみのり。海辺の高校の物語。

江國香織著 **すいかの匂い**

バニラアイスの木べらの味、おはじきの音、すいかの匂い。無防備に心に織りこまれてしまった事ども。11人の少女の、夏の記憶の物語。

小野不由美著 **東京異聞**

人魂売りに首遣い、さらには闇御前に火炎魔人、魍魅魑魅が跋扈する帝都・東京。夜闇で起こる奇怪な事件を妖しく描く伝奇ミステリ。

北村薫著 **スキップ**

目覚めた時、17歳の一ノ瀬真理子は、25年を飛んで、42歳の桜木真理子になっていた。人生の時間の謎に果敢に挑む、強く輝く心を描く。

梨木香歩著 **裏庭**
児童文学ファンタジー大賞受賞

荒れはてた洋館の、秘密の裏庭で声を聞いた——教えよう、君に。そして少女の孤独な魂は、冒険へと旅立った。自分に出会うために。

宮部みゆき著 **龍は眠る**
日本推理作家協会賞受賞

雑誌記者の高坂は嵐の晩に、超常能力者と名乗る少年、慎司と出会った。それが全ての始まりだったのだ。やがて高坂の周囲に……。

湯本香樹実著 **夏の庭**
——The Friends——

死への興味から、生ける屍のような老人を「観察」し始めた少年たち。いつしか双方の間に、深く不思議な交流が生まれるのだが……。

# 新潮文庫最新刊

林 真理子著 **知りたがりやの猫**

猫は見つめていた。飼い主の不倫の恋も、新たな幸せも──。官能や嫉妬、諦念に憎悪。女のあらゆる感情が溢れだす11の恋愛短編集。

赤川次郎著 **森がわたしを呼んでいる**

一夜にして生まれた不思議の森が佐知子を招く。未知の世界へ続くミステリアスな冒険の行方は《会心のファンタスティック・ワールド。

吉田修一著 **7月24日通り**

どうにかなるさ、大丈夫。沖縄という場所が、人が、言葉が、声ならぬ声をかけてくる──。何かに感謝したくなる四つの滋味深い物語。

よしもとばなな著 **なんくるない**

私が恋の主役でいいのかな。港が見えるリスボンみたいなこの町で、OL小百合が出会った奇跡。恋する勇気がわいてくる傑作長編！

舞城王太郎著 **みんな元気。**

妹が空飛ぶ一家に連れ去られた！彼らは家族の交換に来たのだ。『阿修羅ガール』の著者による、〈愛と選択〉の最強短篇集！

柴田錬三郎ほか著 **剣 狼**
──幕末を駆けた七人の兵法者──

激動する世を生き、剣一筋に時代と切り結んだ男たち──。千葉周作、近藤勇、山岡鉄舟ら七人の剣客の人生を描き切った名作七篇。

新潮文庫最新刊

齋藤孝著

# 読書入門
―人間の器を大きくする名著―

心を揺さぶり、ゾクゾク、ワクワクさせる興奮を与えてくれる、力みなぎる50冊。この幸福な読書体験が、あなたを大きく変える!

池田清彦著

# 正しく生きるとはどういうことか

道徳や倫理は意味がない。人が自由に、そして協調しながらより善く生きるための原理、システムを提案する、斬新な生き方の指針。

山崎洋子著

# 沢村貞子という人

潔く生きて、美しく老いた――女優沢村貞子。その人生の流儀と老いの日々を、長年を共に過ごし最期を看取った著者が爽やかに綴る。

中野香織著

# モードの方程式

衣服には、こんなにも豊かな物語が潜んでいる――。ファッションに関する蘊蓄に溢れた、時代を読み解くための知的で洒脱なコラム集。

岩宮恵子著

# 思春期をめぐる冒険
―心理療法と村上春樹の世界―

思春期は十代だけのものではない。心理療法の実例と村上春樹の小説世界を通じ、大人にとっての思春期の重要性を示した意欲作。

岩中祥史著

# 出身県でわかる人の性格
―県民性の研究―

日本に日本人はいない。ただ、県民がいるだけだ。各種の資料統計に独自の見聞と少々の偏見を交えて分析した面白県別雑学の決定版。

# 新潮文庫最新刊

伊東成郎著　新選組　一千二百四十五日

近藤、土方、沖田。幕末乱世におのれの志を貫き通した最後のサムライたち。有名無名の同時代人の証言で今甦る、男たちの実像。

伊集院憲弘著　客室乗務員は見た!

VIPのワガママ、突然のビンタ、機内出産!　客室乗務員って大変なんです。元チーフパーサーが語る、高度1万メートルの裏話。

森功著　黒い看護婦
――福岡四人組保険金連続殺人――

悪女〈ワル〉たちは、金のために身近な人々を脅し、騙し、そして殺した。何が女たちを犯罪へと駆り立てたのか。傑作ドキュメント。

S・キング
池田真紀子訳　トム・ゴードンに恋した少女

9歳の少女が迷い込んだ巨大な国立公園。残酷な森には人智を越えたなにかがいた――。絶望的な状況で闘う少女の姿を描く感動作。

フリーマントル
松本剛史訳　トリプル・クロス（上・下）

世界三大マフィア同盟!　だがそれは「ボス中のボス」をめぐる裏切りの連鎖の始まりでもあった。因縁の米露捜査官コンビが動く。

M・パール
鈴木恵訳　ダンテ・クラブ（上・下）

南北戦争後のボストン。ダンテの「地獄篇」を模した連続猟奇殺人に、博学多識の文豪たちが挑む!　独創的かつ知的な歴史スリラー。

夜のピクニック

新潮文庫　　　　　　　　　　　　　　お-48-6

平成十八年九月　五　日　発　行
平成十九年六月　五日　七　刷

著　者　　恩　田　　　陸

発行者　　佐　藤　隆　信

発行所　　会株式　新　潮　社
　　　　　東京都新宿区矢来町七一
　　　　　郵便番号　一六二―八七一一
　　　　　電話編集部（〇三）三二六六―五四四〇
　　　　　　　読者係（〇三）三二六六―五一一一
　　　　　http://www.shinchosha.co.jp

価格はカバーに表示してあります。

乱丁・落丁本は、ご面倒ですが小社読者係宛ご送付
ください。送料小社負担にてお取替えいたします。

印刷・大日本印刷株式会社　製本・憲専堂製本株式会社
© Riku Onda　2004　Printed in Japan

ISBN978-4-10-123417-5　C0193